KB002238

한 생각 열어 주는 108가지 지혜

한 생각 열어 주는 108가지 지혜

인쇄 · 2001년 11월 1일
발행 · 2001년 11월 12일
2쇄 · 2001년 12월 21일
3쇄 · 2001년 2월 28일
4쇄 · 2005년 3월 18일
5쇄 · 2007년 4월 16일

엮은 이 · 김기석
펴낸 이 · 임종대
본문 그림 · 김행용
펴낸 곳 · 미래문화사

등록 번호 · 제 3-44호
등록 일자 · 1976년 10월 19일
주소 · 서울시 용산구 효창동 5-421호 ㊝140-120
전화 · 715-4507, 713-6647
팩스 · 713-4805

E-mail · mirae715@hanmail.net
ISBN 89-7299-222-4
ⓒ2007, 미래문화사

정가 · 9,000원

· 이 책의 저작권은 도서출판 미래문화사에 있습니다.
· 이 책의 그림이나 글의 무단 복제를 금합니다.
· 엮은 이와의 협의하에 인지는 생략합니다.
· 잘못 만들어진 책은 바꾸어 드립니다.

한 생각 열어 주는 108가지 지혜

김기석 엮음

미래문화사

나를 바라보기

마음의 새는 어디로든 날아 오른다. -미라래빠

"스님, 이 맑고 청아한 소리는 어디서 나는 것입니까?"

"소리는 바람에서도 풍경에서도 나지 않는다. 네 마음에서 난다."

산사에서 살아가는 스님네 이야기는 우리의 눈을 헹구고 마음의 창을 맑게 한다. 지치고 어지러운 일상을 맑게 깨우치는 선승들의 선문답은 그래서 눈여겨볼 만하다.

큰스님들의 말은 깨끗하여 험한 말들에 상처난 가슴들을 어루만지고 위로해 주기에 충분하다. 때론 우레와 같은 침묵으로 때론 봄바람 같은 부드러움으로 때론 사색과 명상의 단단한 옹심이로 때론 세속의 인간과 다를 바 없는 약함으로 지금까지의 삶과 일상을 송두리째 결단낸다.

공과 속을 자유롭게 넘나드는 스님들의 이 통쾌한 가로지르기는 처마 밑에 진 '그늘'과 '어둠'의 차이 같은 미묘한 음영조차 날카롭게 파헤치고, 존재의 근원에 맞닿고 싶은 열망 앞에서는 경이로운 침묵으로 그 바램 자체를 뭉뚱그려 보이기도 한다.

그래서 더욱 읽는 이의 상상력이 요구된다.

어디서 듣기는 했지만 일반인에게 별로 알려지지 않았던 선문답을 《한 생각 열어 주는 108가지 지혜》로 묶는 이유도 여기에 있다. 한마디로 본질적 자아를 확인하고 자신의 내면과 마주하는 삶, 두 눈 부릅뜨고 자기를 돌아보는 마음가짐으로 깨달음의 울림소리를 들어보시길 바란다.

이 책은 찰나찰나 자제할 수 없을 만큼 들뜨는 사람에게는 고요함의 미덕을, 편견을 깨고 세상을 마주하고 싶은 사람에게는 생생한 놀라운 가르침을, 무언가 새롭게 시작하려는 사람에게는 소중한 삶의 의미를 일깨울 것이다.

스스로 자연이 되어 인간과 정신, 자연을 하나의 눈으로 보는 생명패러다임의 다이내믹한 세계가 흥미진진하게 첫 장부터 펼쳐진다. 쉽게 들을 수 없는 가슴 떨리고 눈물 나는 금쪽 같은 이야기가 담긴 선승들의 선문답 속으로 떠나보자.

세상을 모두 담을 수 있는 그 큰마음, 내 속의 것을 비워 우주가 들어차도록 만드는 자유의 참맛에 빠져 보자.

수확을 거두기 위해서는 씨앗을 심고 거름을 주고 가꾸고 기다려야 하는 것이 이치다. 선승들의 가르침을 깊이깊이 음미할 일이다.

"도가 어디에 있습니까?"

"똥친 막대기에도 있지."

"예?"

"운문雲門의 말이 믿어지지 않거든 마음 공부나 하시게나."

2001년 9월
한국불교단체총연합회 사무실에서
김기석

추천의 글

알찬 삶을 열어가는 디딤돌

세기말을 전후해서 인류는 많은 소용돌이를 경험하게 된다. 자연 현상에서부터 인간의 사회 질서에 이르기까지 그렇다.

한파와 폭염, 가뭄과 폭우 등 기존의 잣대로는 측량하기 어려울 만큼 변화무쌍하다.

강과 바다에서도 생명을 부지해 가기 어려울 만한 현상들이 주기적으로 나타나고, 지표도 사막화되어 가는 과정이 가속되어 위험 수위에 육박한다는 느낌을 지울 수가 없다.

사람이 사는 사회 현상에 있어서도 지식과 정보의 폭발적인 축적과 활용으로 자칫 방향 감각을 잃고 정신을 차릴 수 없을 정도로 다변해 가고 있다.

자연이 파괴되어 가는 만큼 인간의 마음도 역동적으로 오염되어 가고 있다는 생각을 하게 된다. 자연과 인간의 마음이 두 가지가 아니라는 뜻이기도 하다.

원초적인 삶을 살았던 수렵 생활이나 진화된 농경 사회의 생을 살았던 옛 사람들의 생활이야 단순하고 진솔했다.

길가다 목마르면 흐르는 물을 어디서나 마실 수 있었다. 몸에 상처가 나면 흙을 발라 지혈하고도 파상풍 같은 균을 겁내야 할 이

유가 없었다. 길을 가다 만나는 사람이면 미소로 화답하고 때가 되어 마을에 찾아들면 어디서나 주린 배 달래고 잠자리를 해결할 수 있는 푸푸한 인정이 있었다.

그러한 시대를 살다간 사람들의 이야기가 여기 있다. 옛 선인들이 살다간 발자취를 모은 이야기다. 때로는 삼복더위 속에서도 서릿발이 내리듯 혼을 일깨우는 교훈적인 이야기이며, 대솔밭 사이에서 불어오는 향기롭고 넉넉한 인정이 넘치는 바람 같은 이야기이다.

시대가 바뀌고 자연이 오염되고 인정이 메말라 간다 해도 인간의 본성이야 변할 수 있으랴.

자연현상이 불규칙해지고 사회가 각박해져 비리로 얼룩진다 해도 삶의 본질이야 변할 수 있으랴.

《한 생각 열어 주는 108가지 지혜》는 읽는 이로 하여금 일상인에게는 자기를 뒤돌아보고 알찬 삶을 열어 가게 하는 디딤돌이 될 것이며, 복잡하고 조직화된 문명의 여울목에서 하루하루를 힘겹게 살아가는 사람에게는 삶의 흐름을 바꾸어 주는 청량제가 되리라.

더러는 자기 면목을 찾는 데에 뜻이 있는 이에게는 신심을 다져 주는 주춧돌이 되며 새로운 비젼을 일구며 향상일로(向上一路)를 구가하는 이에게는 두고두고 가슴에 깨달음의 불씨를 지펴 주는 진보(眞寶)가 되리라 믿어 의심치 않는다.

2001년 10월
삼각산 대각사 선불장에서
홍교

차례

제1부 깨달음을 주는 맑은 이야기

제2부 편견을 깨는 통쾌한 이야기

제3부 감동을 주는 흥미진진한 이야기

제4부 지혜를 일깨우는 소중한 이야기

제1부

•

깨달음을 주는 맑은 이야기

소중한 방문객은 앉아서 맞는다

세상에서 일어나는 온갖 일에 앞서서
그대 자신을 존경하라. / 피타고라스

조주趙州 스님이 유명해지자 그를 찾아오는 사람들이 줄을 이었다. 어느 날 왕이 스님을 방문한다는 통보가 전달되었다. 그리고 그날 오후 왕이 신하들과 경내를 방문해 왔으나 스님은 자리에서 일어나지 않았다. 마땅히 나와 맞아야 하는데도 불구하고 앉은자리에서 왕을 맞은 것이다. 왕이 사찰 내에 들어서서 인사를 하자 스님이 불쑥 물었다.

"왕께서 이해하시겠소?"

스님의 느닷없는 말에 왕은 어리둥절했다.

"무슨 말씀이신지?"

이에 스님이 왕에게 차를 따라 주며 천천히 말했다.

"나는 어려서 출가한 이래 줄곧 채식을 해서 기력이 부족한 터에 이렇게 늙고 보니 손님이 와도 자리에서 일어나질 못한답니다."

이 말을 들은 왕은 그날 스님에게 차 한 잔을 얻어 마시고 나오면서 존경심을 더욱 깊게 가지게 되었다. 이튿날 왕은 휘하의 신하를 통해 어제의 가르침에 감사하다는 전갈을 보내왔다. 신하가 왔다는 말에 스님은 황급히 자리에서 일어나 그를 정중히 맞았다. 스님을 모시고 있던 시중은 의아할 수밖에 없었다. 신하가 돌아가고 난 다음 시중이 스님에게 물었다.

"스님, 스님께선 왕이 방문했을 때는 일어나시지도 않더니, 오늘은 그의 신하가 왔는데도 황급히 일어나 맞으셨습니다. 예절에 어긋나신 듯싶습니다."

이 말에 스님이 손을 저으며 말했다.

"아니야. 그건 자네가 잘못 알고 있는 것이야. 마음이 통하고 상대가 되는 소중한 방문객이 오면 앉은 채 영접하고, 보통 사람이 오면 일어나 정중히 맞이하며, 더욱 하찮은 손님이 오면 반드시 일어나 문밖까지 나가 맞아들이는 것이야."

일하지 않으면 먹지 않는다

열심히 일한 날은 잠이 잘 찾아오고,
열심히 일한 일생에는 조용한 죽음이 찾아온다. / 레오나르도 다빈치

백장百丈 스님은 선禪에 정진하면서도 하루도 일을 거르는 일이 없었다. 늙은 스승이라 하여 밭에 나가서 하는 거친 일에 빠지거나 햇볕이 따갑다고 결코 쉬는 일이 없었다. 연로한 스승이 직접 연장을 들고 날마다 밭에 나가 작업을 하는 것이 제자들은 몹시 송구스러웠다.

"스님께서는 그만 쉬시지요. 일은 젊은 저희들이 하겠습니다."

제자들이 여러 차례 만류하였으나 소용이 없었다. 그때마다 스님은 이렇게 말했다.

"내가 늙었다 하여 어찌 손을 놓고 자네들의 수고로운 덕을 앉아서 입을 수 있겠는가? 나도 함께 일하게 해 주게나. 그래야 내 맘도 편하고 건강에도 일조를 하는 셈이야."

그러나 제자들은 스승의 힘든 노동을 더 이상 미루면서 볼 수만은 없었다. 그래서 하루는 스님이 쓰던 연장을 몰래 숨겨 버렸다. 스님이 호미와 괭이를 찾다가, 할 수 없이 그날 일을 못하게 되자

스님은 그날 하루 식사를 거르고 말았다.

"왜 공양을 드시지 않으십니까?"

제자들이 걱정스레 묻자, 스님이 목에 힘을 주어 말했다.

"일일불작이면 일일불식이라 一日不作 一日不食, 하루 일하지 않았으니 하루 먹지 않을 뿐이네."

이렇게 말하면서 끝내 하루를 굶었다.

이와 같이 백장 스님은 친히 몸으로 행함으로써 실천의 모범을 보여 주었으며, 백장청규百丈淸規라는 말은 총림에서 오늘날까지 그 유풍遺風을 전하고 있다.

네 가지 말馬에 관한 석가모니의 말씀

위대하다는 것은 방향을 주는 것이다. 어떠한 대하(大河)라도
그것만으로 커다랗고 풍부한 것은 아니다. / 니이체

어느 날 바라문波羅門이 석가모니를 찾아와 이렇게 물었다.

"유언有言을 묻지 아니하며 또한 무언無言도 묻지 않소이다."

유언도 무언도 즉 말로도 말 없이도 묻지 않는다는 것이었다. 말하자면 묻는 것이 곧 묻는 것이 아니며, 입을 열 수 없는 것을 물은 것이니 답하려고 하여도 답할 바가 없게 되는 알쏭달쏭한 물음이었다.

그러나 석가모니는 잠깐 동안의 침묵으로써 이 물음에 응답했다. 바라문은 이 순간 석가모니의 무언답無言答의 참뜻을 깨달았다.

"오, 석가모니시여, 대자대비로써 저의 우둔함을 열어주시어 저로 하여금 진리를 깨우쳐 알게 하여 주셨으니 이 기쁘고 감사한 마음을 어이 다 말씀드릴 수 있사오리까. 참으로 큰 은혜에 감사합니다."

그는 기쁜 마음으로 절하고 물러갔다. 이 광경을 처음부터 지켜보던 아난이 도무지 무슨 영문인지 알 수가 없어서 경이驚異의 눈

초리로 석가모니를 바라보며 여쭈어 보지 않을 수 없었다.

"석가모니시여, 그 바라문에게 일언반구의 답도 해 주시지 않으셨는데 도대체 무엇을 가지고 우둔함을 깨우쳐 주었다고 하는 것입니까?"

"아난아, 이 세상의 말馬에는 네 가지 종류가 있다고 일찍이 말하지 않았더냐. 가장 훌륭한 말은 채찍을 휘두르는 그림자만 보아도 똑바로 내닫고, 그 다음의 말은 채찍이 털끝을 스쳐야만 달리고, 그 다음의 말은 몸에 채찍이 떨어져 아픔을 느껴야만 비로소 달린다. 그 나중의 말은 노마駑馬라 아픔이 뼈에 사무치도록 모질게 때려야만 움직이는 것이니라. 방금 그 바라문은 흡사 훌륭한 말이 그림자를 보고 달림과 같느니라."

석가모니는 일일이 말의 비유를 들어 아난에게 설명해 주었다. 말에도 준마와 노마가 있듯이 도를 듣고 진리를 깨닫는 근본이 되는 도력에도 출중한 사람과 아둔한 사람이 있다. 그리고 아무리 외도外道라 하여도 진리를 깨우쳤다면 이는 이미 외도가 아니며, 비록 불제자라 하여도 도에 이르는 것을 깨닫지 못하였다면 진정한 불제자라고 말할 수 없다.

약산이 글자에 매이지 말라는 뜻

사람들이 글씨 있는 책은 읽을 줄 아나,
글씨 없는 책은 읽을 줄 모른다. / 채근담

약산藥山 유엄 스님은 청년 시절에 이미 경經을 통달한 교학자로 유명하였다. 그는 경의 연구가 제일 높은 경지의 것이 아니라는 사실을 깨닫고 결국 선禪의 길을 찾았다.

그러나 그는 항상 법화경, 화엄경, 열반경 등에 쉼 없이 눈을 돌리고 있었다. 이처럼 자신은 늘 경을 보면서도 스님은 주위의 사람들에게는 경을 보는 것을 엄격하게 금했다.

"일반 학도는 한갓 종이 위에 문자만 기억하는 것이니 이는 진정으로 경을 봄이 아니라 경론에 매수되어 문자의 노예가 되는 것이다. 그러므로 나는 일찍이 경전이나 논책 등을 본 일이 없다."

이와 같이 강경하게 경 보는 것을 금하면서도 자신은 여전히 틈만 있으면 여러 경을 두루 보는 것이었다. 이러한 광경을 본 한 스님이 보다 못해 그를 신랄하게 비난하고 나섰다.

"스님, 스님께서는 다른 사람에게는 경 읽는 것을 엄금하시면서 스님 자신은 늘 경을 보고 계시지 않습니까?"

이에 스님이 담담하게 대답했다.

"음, 나는 경을 다만 눈앞에 놓았을 뿐이지 한번도 경을 읽어 본 일이 없다."

"네, 그렇습니까. 그럼 저희들도 스님과 같이 경론을 눈앞에다 놓고만 있으면 되지 않겠습니까?"

"오, 그건 안 되는 소리지. 나는 눈앞에 놓을 뿐이지만 너희들은 눈앞에 놓으면 문자가 곧 너희를 보는 것을 어찌 하려느냐?"

이 스님은 그만 말문이 막혀서 답을 못 했다. 언어나 문자가 어둠의 씨앗이 된다는 것은 여기에 있다. '내가 문자를 보느냐? 문자가 나를 보느냐' 는 것이다.

어느 때 약산 스님이 오랫동안 설법을 하지 않아 공부하는 스님들이 모두 설법 듣기를 원하게 되었다. 그래서 감사가 대표로 나서서 법을 설하여 줄 것을 청하였다.

"스님, 학승들이 오랫동안 스님의 설법을 듣지 못하여 목마르게 기다리고 있습니다. 자비를 베푸셔서 법을 설하여 주십시오."

"오 그래. 그러면 속히 종을 쳐 모두들 법당으로 모이도록 해라."

감사는 법회를 알리는 종을 울렸다. 모든 구도자들은 기뻐하며 법당에 모였다. 약산 유엄 스님은 가사 장삼을 입고 평소와 다름없이 방장실을 나와 높은 법좌에 올라 앉았다.

좌중은 마치 물을 끼얹은 듯 조용했다. 단상을 향한 구도자들의 얼굴이 빛나고 있었다. 스님은 대중을 죽 훑어보았다. 새소리와 바람 소리까지 들릴 정도로 숨을 죽인 법당 안에 주장자가 높이 솟았다.

구도자들은 가슴에 울려 퍼질 어떤 법열에 긴장하며 스님의 법문을 기다렸다. 그러나 스님은 주장자를 조용히 법상에 내려놓고 묵묵히 내려오는 것이 아닌가. 그리고 뒤돌아보지도 않고 바로 방장실로 향하는 것이었다.

대중은 너무도 의외의 일이라 모두 무슨 영문인지 아연실색하지 않을 수 없었다. 감사는 스님의 뒤를 황급히 좇아가며 당황한 목소리로 말했다.

"스님, 오늘 대중을 위하여 설법을 하시기로 하시고는 어인 일로 일언반구의 법도 설하시지 않은 채 그냥 내려가십니까?"

"무어라고! 법을 설해? 경에는 강사講師가 있고 논에는 논사論師가 있지 않으냐? 나는 강사가 아니야. 그 이상 무슨 법을 또 설하라는 말인고!"

감사는 이 말을 듣고서야 비로소 묵언默言이 대설법인 것을 깨달았다.

약산 스님이 방장실로부터 나와 단에 올랐다가 법상에서 내려와 다시 방장실로 돌아간 그것이 바로 대설법 아니고 무엇이겠는가. 왔다가 가는 그 자체가 대자연 그대로 우리 인간의 삶의 모습인 것이다. 그보다 더한 설법이 있을 수 없다.

암자를 불살라 버린 노파

생명이란 자아(自我)를 뜻한다. 인간의 자아라는 뜻이다.
그것은 우선 나 자신이 살아 있음으로써 증명될 것이다. / 순자

신심이 깊은 노파가 떡을 팔아서 생계를 유지하고 있었다. 그런데 이 노파는 늘 마음이 갑갑했다. 그러던 어느 날 노파의 집에 스님 한 분이 찾아왔다. 노파는 이 스님을 깊이 존경하여 조그만 암자를 지어드리고 정성껏 모시고 받들었다.

이 노파의 소원은 그 스님이 어서 깨달음을 얻어 자신을 구원해 주기만을 바랄 뿐이었다.

세월이 흘러 어언 20여 년이 되었다. 그 스님은 참으로 열심히 기도하며 시종여일 정진을 계속하였다.

어느 날 노파는 무슨 생각을 하였는지 스님의 공부를 시험해 보기로 결심했다. 그리하여 자기의 딸을 곱게 화장을 시키고 화려한 옷을 입혀 놓고는 귀에다 무어라고 소곤거리는 것이었다.

그러더니 스님이 공부하고 있는 암자로 심부름을 보냈다. 이 아리따운 소녀는 어머니의 명령을 받아 암자에 당도하자 문을 살그머니 열고 들어가서 스님이 앉아서 면벽좌선하고 있는 뒤로 가서

갑자기 스님을 꽉 껴안고 아양을 떨면서 속삭이듯 말했다.

"스님, 이때의 경계가 어떻습니까?"

그러나 스님은 안색은 고사하고 앉음새도 변함없이 불상처럼 묵묵 담담할 뿐이었다.

나중엔 이 처녀가 스님의 무릎 위에 올라앉아 갖은 교태를 부리며 구애하자 스님이 차갑게 말했다.

"바싹 마른나무가 찬바람에 닦일 대로 닦인 바위에 닿으니 무슨 따뜻한 기운이 있으리요."

즉 마른나무 같은 그대가 찬바위 같은 나를 껴안았거늘, 무슨 따스한 정이 움직이겠느냐는 것이었다.

꽃송이처럼 아름다운 처녀가 곱게 단장을 하고 교태를 부리며 껴안았을 때의 그 경계는 사람에 따라 모두 다를 것임은 두말할 것도 없다. 소녀는 곧 뛰쳐나와 어머니한테 스님은 정말 무념무상 삼매에 들어 있는 것 같다고 하며 그 일을 자세히 설명했다.

노파는 딸의 말을 듣자 갑자기 노기가 충천하여 벌떡 일어나더니 두 주먹을 불끈 쥐고는 큰소리를 쳤다.

"그런 속물을 20여 년 동안이나 공양을 하다니 그동안 드린 공이

도로아미타불이로군."

그러더니 분노에 떨면서 암자로 막 달려가는 것이었다.

노파는 암자에 당도하자 문을 박차고 뛰어들어 스님에게 욕설을 퍼붓고, 당장에 그를 내쫓고는 암자에 불을 질러 버렸다.

노파는 왜 스님이 그와 같이 무념무상 지경에 이르도록 공부를 하였건만 속물을 20여 년 간이나 공양을 하였다고 낙망 분노하여 내쫓아버리고 암자를 불살라 버렸을까.

파자소암화婆子燒庵話란 이 유명한 일화는 지금도 스님들의 입에서 자주 회자되고 있다.

사실 고뇌도 욕망도 끊고, 슬픔도 끊고 앉아서 숨만 쉬고 있다면 목석과 뭐가 다르겠는가. 썩은 고목에서 꽃이 피기를 기다리는 것이나 다를 바가 없는 것이다. 그런 사람을 더 공양한들 달라질 것이 뭐고 바랄 것이 뭐겠는가.

목불을 쪼개 땐 단하 스님

괴물과 싸우는 자는 그때 자기가
괴물이 되지 않도록 주의해야 한다. / 니이체

단하丹霞천연天然 스님이 바랑을 메고 길을 떠났다가 낙양의 혜림사에 이르렀다. 때는 엄동이라 백설은 분분히 내리고 삭풍은 살을 에이는 듯 매서웠다. 스님은 허름한 객승 차림으로 절 안으로 들어섰다.

식은 밥 한 덩어리를 얻어먹고 주지가 객방으로 안내하여 들어서니 냉기가 서렸다. 밤이 깊어갈수록 객실의 추위는 등골을 시리게 하여 도저히 잠을 이룰 수가 없었다. 그나마 화로에 불이 거의 다 사위어가 그는 더 견딜 수가 없었다.

그는 불쑥 일어나서 불전 앞으로 가 안치해 놓은 목불을 번쩍 들어다가 도끼로 쪼개어 불을 놓았다. 바짝 마른 나무조각은 이내 붉은 화염을 넘실대면서 환하게 타올랐다. 그러자 단하 스님은 또 하나의 목불을 들어다 불속에 던졌다. 불길은 더욱 활활 타올라 차차 방안이 훈훈해지며 몸이 녹자 그는 만족스레 나무가 타는 것을 흥겹게 바라보다 어느새 스르르 잠이 들었다. 눈을 번쩍 떠보니 이른 새벽이었다. 단하 스님은 행장을 챙겨 서둘러 절을 나섰다.

주지가 일찍 일어나 경내를 둘러보다가 객방 쪽으로 발길을 돌렸다. 그리고 방문을 열자 훈훈한 공기가 얼굴에 확 닿자 어찌된 일일까 하고 윗목을 보니 목불이 없었다. 필경 어제 저녁 재운 스님의 짓으로 생각하고 헐레벌떡 단하 스님의 뒤를 좇아갔다.

"야, 이놈의 미친 중놈아. 이런 몰상식한 일이 천하에 어디 있느냐!"

그는 노발대발 격분하여 귀청이 떨어지게 호통을 치면서 내려칠 듯이 달려들었다. 그러나 스님은 들은 체 만 체 그의 이름 그대로 천연덕스럽게 능청댔다. 원주는 더욱 화가 폭발하여 발을 구르며 큰소리를 질러 댔다.

"법복을 입었으니 당신도 중이 아니오."

"그렇소이다만."

"그런데 예배드리는 목불을 쪼개 땐단 말이오."

"허어 참, 너무 흥분마시오. 석가여래의 몸은 화장하여 많은 사리舍利가 나왔다기에 나도 이 부처에게서 사리를 얻으려고 한 것이요."

그는 여유있게 낮은 목소리로 대꾸했다.

"이 어리석은 중아. 목불에서 무슨 사리가 나온단 말이냐?"

원주는 참으로 어이가 없었다.

"사리가 안 나올 바엔 나무토막이지 무슨 부처요? 나무토막을 추워서 좀 땠기로서니 그 무슨 큰 허물이라고 그리 소란을 떠는거요?"

그는 유유하게 오히려 정색을 하면서 원주를 힐책했다.

원주는 너무도 기가 막혀 파랗게 질려 버렸다. 그리고는 큰 벌이라도 금방 머리 위에 떨어질 것 같은 두려움에 온 몸을 떨고 있었다. 그러나 이러한 행동을 한 스님은 불벌은커녕 그 후 아무 일도 없었다.

목불상을 태운 단하소불丹霞燒佛의 말을 듣고 한 제자가 스승에게 물었다.

"스님은 왜 불상을 태우셨습니까?"

이에 스승이 담담하게 대답하였다.

"날이 추우면 너도 따듯한 화로 가까이 모여 앉지 않느냐?"

"그럼 부처를 태웠는데 잘못이 없단 말씀입니까?"

그러자 스승이 빙그레 웃으며 말했다.

"더울 때는 너도 시냇가 대숲 그늘을 찾으면서, 뭘."

제자의 물음에 좀 더 시원하게 대답해 주고 싶었지만 단하 스님은 봄바람에 꽃잎이 흔들리듯이 대답했다.

단하 스님의 결단은 많은 생각을 불러일으킨다. 사실 생각하면 사람이 산부처生佛다. 그런데 그 산부처인 사람을 섬길 줄도 모르면서 나무로 만든 불상을 섬겨 뭐하겠느냐는 뜻이 담겨 있기도 하다.

팔을 잘라 달마에게 준 신광

정열이란 인생의 한 우연으로 이루어진 일에 지나지 않는다.
이 우연은 뛰어난 인간의 마음에서만 일어난다. / 스탕달

혜가단비도慧可斷臂圖는 혜가가 달마達磨 스님 앞에서 팔을 끊어서 그 구도의 정성을 보여 마침내 입실을 허락받게 된 유명한 도화를 말한다.

달마 스님은 양나라 무제와 인연이 맞지 않아 양자강을 건너 위나라 소림사의 석굴에 들어가 면벽하여 좌선하기를 9년간을 계속했다. 이리하여 세상 사람들이 달마 스님을 벽관바라문壁觀波羅門이라고까지 불렀다.

그 당시 석학인 신광神光이라는 사람이 스님의 높은 도를 사모하여 불원천리하고 찾아왔다.

그는 석굴 밖에서 정중하게 예를 올리고 지성껏 법을 물었다. 그러나 스님은 응접하기는 고사하고 인사말을 들은 척도 않고 고개조차도 돌리지 않았다. 그리고 여전히 면벽하여 단정하게 앉아 있을 뿐이었다. 그는 무엇이라고 더 말할 수가 없었다. 그래서 그는 그 자리에 그대로 선 채 묵묵히 합장하고 간절히 스님에게 법을

구하였다.

때마침 함박눈이 삭풍을 타고 내리기 시작했다. 석굴 밖에서 마치 눈사람처럼 서서 기원하고 있는 신광의 몸뚱이를 송두리째 삼켜버릴 듯이 눈발은 사정없이 내려쳤다.

그의 발밑에 한 치, 두 치, 다섯 치, 여섯 치, 한 자, 두 자 눈은 내리고 내려 쌓이기를 낮에서 밤, 밤에서 아침까지 줄곧 퍼부어서 드디어는 그의 허리까지 파묻히게 되었다. 그러나 이와 같은 뼈를 파고드는 찬바람과 눈보라의 추위에도 그는 조금도 굴하지 않았다. 여전히 그냥 그대로 선 채로 요지부동하고 오직 구도의 일념을 불태울 뿐이었다.

석벽石壁이라도 능히 뚫고도 남음이 있을 사무치는 의기意氣가 마침내 스님의 마음을 움직이고야 말았다.

스님이 이윽고 머리를 돌려 화살 같은 눈빛을 신광에게 던지더니 무거운 입을 열었다.

"무엇 때문에 그리 오랫동안 눈 속에 서 있는고?"

이 말을 듣자 신광은 너무도 감격하고 황송하여 다시 공손히 절하고 간절하게 말하였다.

"네 원하옵건데, 큰스님께서 자비의 감로법문甘露法門을 열어 주시어 이 어리석은 중생을 제도하여 주옵소서."

"석가모니의 무상보리(가없는 지혜)는 여러 겁을 수행한 것이다. 그대는 작은 뜻과 가벼운 마음으로 큰 법을 구하려 하는구나."

달마 스님은 신광을 크게 꾸짖었다. 신광은 이 꾸짖음 소리에 자못 감동하여 돌연 허리에 차고 있던 칼을 꺼내서 왼쪽 팔을 절단하여 즉석에서 달마 앞에 내놓았다.

"석가모니와 보살들이 법을 구할 때에는 몸을 몸으로 여기지 않고 목숨을 목숨으로 여기지 않았다. 이제 그대가 팔을 끊어 믿음을 보이니 법을 구할 만하구나."

그리고 달마는 신광에게 혜가라는 불명을 내렸다. 혜가慧可는 '지혜를 얻을 만하다'는 뜻이다.

그러나 신광은 여전히 마음이 불안할 뿐이었다.

"소승은 여전히 마음이 불안하옵니다. 스님께서 소승의 마음을 안정시켜 주옵소서."

달마가 신광에게 말했다.

"그래, 그대의 불안한 마음을 가져오너라. 내가 마음을 편안케 해주리라."

"마음을 아무리 찾아도 찾을 수가 없습니다."

"찾아진다면 어찌 그것이 그대의 마음이겠는가? 나는 벌써 그대에게 마음의 평안을 주었느니라."

신광은 뜨거운 눈물을 흘리며 대사에게 몸을 구부려 감사의 절을 했다. 대사가 만면에 웃음을 띄우며 신광에게 말했다.

"석가모니께서 처음 도를 구하실 때 위법망구爲法忘軀 하셨듯이, 네가 지금 단비斷臂하여 내 앞에 바치니 그 구도심이 참으로 가상하도다."

이것이 달마 스님이 신광에게 준 최대의 칭찬이었다. 여기에서 신광은 비로소 입실을 허락받고 혜가慧可라는 최고의 이름을 얻었다.

누가 묶지 않았는데 무슨 해탈

완전한 도는
이름을 붙일 수 없다. / 장자

도신道信이라는 한 젊은 수행승이 승찬僧璨 스님을 찾아와 무릎을 꿇고 간청하였다.

"스님, 부디 자비를 베푸시어 어디에도 얽매이지 않는 해탈의 경지로 저를 이끌어 주십시오."

이에 스님이 먼 하늘로 날아가는 새를 바라보며 물었다.

"아니 누가 너를 묶어 놓았느냐?"

"저를 묶어 놓은 사람은 아무도 없습니다."

스님은 빙그레 웃으며 곧바로 타이르듯 말했다.

"잡아 맨 사람도 없는데 무슨 해탈을 구하느냐? '여기는 구속이고 저기는 해탈' 이렇게 차별하고 선택하는 마음 자체가 도의 장애가 된다. 마음의 평화를 찾아 탁트인 곳에 너 자신을 놓아라. 마음은 애쓸수록 더욱 멀어지기만 할 뿐이다."

본래 평화롭고 자유로운 평상심, 그것이 곧 도라고 스님은 말 속에 뜻을 전하였다.

승찬 스님은 신심명信心銘에서 '사랑하고 미워하는 마음을 벗으면 모든 것이 스스로 분명하리라'고 도신에게 말했다.

도신은 승찬 스님을 9년간 섬기고 의발衣鉢을 받았으며 선종 제4조가 되었다.

원효 스님이 말한 수행의 길

극락은 이 세상에 있지
사후 세상에 있는 것이 아니다. / 석가모니

원효元曉 스님이 말한 수행자의 생활을 보면 극락세계를 못 가는 것은 누가 막아서가 아니라 거기에 들어갈 만한 마음이 갖추어져 있지 않아서이다.

사람은 욕심, 성냄, 어리석음 이 3독으로 마음이 꽁꽁 매여 있어서 누가 악도에 유인하는 이가 없지만 악도에 떨어지는 것은 옳지 못한 마음으로 망녕되게 마음을 먹고 있기 때문이다.

사람들은 조용한 곳에 가서 공부하기를 좋아한다. 그러나 실천에 옮기지 못하는 것은 세상 인연에 얽혀 있기 때문이다. 비록 조용한 곳에 가서 마음을 닦는 공부는 누구나 다 하지 못한다 할지라도 자신의 분수에 따라서 착한 행실을 버리지 않는다면 극락을 이룰 수 있다.

세상의 쾌락을 버리면 다른 사람이 성인같이 믿고 섬길 것이며, 어려운 수행을 마다하지 않고 실행한다면 석가모니처럼 존경받게 되는 것이다.

물질에 욕심을 부리면 결국 마귀의 무리가 되며, 자비의 마음으로 은혜를 베풀게 되면 석가모니의 아들 불제자가 된다.

도를 닦는 사람은 굶주리면 산에서 열매를 따먹어 주린 배를 채우고, 목이 마르면 흐르는 물을 마셔서 그 목을 축여야 한다. 아무리 맛있는 음식을 먹어서 몸을 길러도 이 몸은 결국 무너질 것이며, 아무리 부드러운 옷을 입어 보호해도 목숨은 반드시 끊어질 때가 있다.

그러니 조용한 곳에서 경을 읽고 한가로이 지저귀는 새들과 더불어 마음의 벗을 삼아야 한다.

그리고 석가모니에게 절하는 두 무릎이 얼음장이 되더라도 불火을 생각하는 마음이 없어야 하며, 주린 창자가 끊어질 지경이 되더라도 음식을 구하는 생각이 없어야 한다.

세월은 덧없어 어느새 백 년이 흐르는 것이니 어찌 배우지 않을 것이며, 일생이 얼마나 되기에 도를 닦지 않고 한가로이 지낼 것인가.

마음속에 있는 세상의 애착을 끊어 버리는 사람을 수행자라 하고, 세속을 생각지 않는 것을 출가라 한다.

수행자로서 세상의 인연에 얽히게 되면 마치 개가 코끼리의 가죽을 쓴 것과 같으며, 도 닦는 사람으로서 옳지 않은 생각을 하면 고슴도치가 쥐구멍에 들어간 것과 같다.

아무리 재주가 많이 있더라도 복잡한 곳에서 헤어나지 못하는 사람은 불쌍한 사람이다. 도 닦는 수행은 좀 부족하다 해도 한가로운 곳에 있는 그런 사람을 받아들인다.

비록 재주와 지혜가 있다 해도 지켜야 할 것을 지키지 않는 이는 마치 보배가 있는 곳을 가르쳐 주어도 찾아가지 않음과 같고, 아무리 부지런해도 지혜가 없으면 동쪽으로 가려는 사람이 서쪽을 향하여 가는 것과 같다.

그리고 지혜 있는 사람의 수행은 쌀을 솥에다가 쪄서 밥을 지음과 같고, 지혜 없는 사람의 수행은 모래를 솥에다가 쪄서 밥을 지으려고 함과 같다.

세상 사람은 밥을 먹어 주린 배를 채울 줄은 알면서도 올바른 진리를 배워서 어리석은 마음을 깨우칠 줄은 모르고 있다.

실천과 슬기가 겸해진 사람은 수레에 두 바퀴가 있는 것과 같고, 나와 남을 서로 이롭게 하는 것은 새의 두 날개와 같다.

음식을 먹되 농부들의 수고를 모르고, 석가모니와 부모의 은혜를 모르면 수행자로서 어찌 부끄러운 일이 아니겠는가.

사람들은 벌레들이 더러움을 알지 못하는 것을 싫어함과 마찬가지로 수행자들이 자기의 본분을 잃고 하찮은 욕심 때문에 헤매면서 그것이 옳지 못한 것임을 분간하지 못함을 가엾게 생각한다.

공부를 성취함에 있어서 지켜야 할 것을 지키는 것이 올바른 방법이니, 지킬 것을 지키지 않고 다른 이의 스승이 되는 것은 마치 날개가 꺾어진 새가 무거운 거북을 업고 날아가려는 것과 같다.

지킬 것을 지키지 못한 사람은 자기의 죄악을 벗지 못했으므로 다른 이의 죄를 벗겨주거나 제도하지 못한다. 그러므로 계행이 없는 이는 다른 사람이 주는 물건을 조금이라도 받아서는 안 된다.

계행 즉 지켜야 할 것을 지키지 못하게 되면 몸은 아무리 잘 길러도 이익되는 것이 없고, 덧없는 목숨은 아무리 아껴도 결코 오래 보존하지 못한다.

그러므로 훌륭한 덕을 이루려면 꾸준히 고생을 참아야 하며, 석가모니의 지위에 오르려면 세상의 사소한 즐거움을 버려야 한다.

수행자의 마음이 깨끗하면 먼저 도를 성취한 성현이 기뻐할 것이며, 도를 닦는 사람이 욕심을 부리면 햇빛이 구름에 가리워 그 빛을 볼 수 없듯이 그에게서 따스한 빛이 떠나 버리게 된다.

이 몸은 결국 무너지므로 오래도록 머무르게 할 수 없으니, 이미 늦은 감이 있더라도 하루하루를 아껴가며 수행해야 한다. 세상의 즐거움이란 다른 날의 괴로움의 근본이 되는 것이니, 탐착하지 말 일이다. 단 한 번이라도 어려운 일을 참고 수행을 하게 되면 앞날의 진정한 즐거움이 되는 것이니 끝까지 노력해야 한다.

도를 닦는 사람이 탐욕을 부리면 이것은 수행자의 부끄러운 일이며, 수행자로서 재산이 많으면 다른 사람들의 웃음거리가 된다.

그토록 경계하는 말씀이 많건만 탐착을 버리지 않으며, 이날저날로 미루는 좋지 못한 습관을 버리지 못함은 마음에 아직도 세상의 인연이 남아 끊지 못함이며, 세상일을 끊지 못하면 도를 닦으나 결국 부질없는 일로 시간만 허비하고 만다. 세속의 일을 버리지 못하고 이런 일 저런 일을 꾀하는 생각이 다함이 없으면 끝내 결단심을 일으키지 못하게 된다.

오늘이 다함이 없으니 나날이 악업만 지으며, 내일이 다함이 없으니 번뇌만을 한없이 일으키며, 내년이 다함이 없으니 보리菩提에 나아가지 못한다. 시간이 쉬지 않고 흘러서 어느새 하루가 지나가며, 나날이 쉬지 않고 흘러서 어느새 한 달이 지나가며, 다달이 쉬지 않고 흘러서 어느새 일 년이 지나가며, 세월이 쉬지 않고 흘러서 금방 죽음이 다가오게 된다.

낡은 수레가 구르지 못하는 것과 같이 늙은 몸으로는 도를 닦지 못한다. 사람이 늙으면 힘없고 정신이 흐려서 아무 것도 안 되는 법이다. 전생에도 닦지 않아 이 꼴이 되었거늘 어찌 헛되게 나날을 보내며, 세세생생 헛된 몸으로 살아왔거늘 닦지 않고 일생을 보낼 것인가. 사람의 몸은 반드시 죽을 때가 있는 것이니 하루속히 수행하여 성불成佛을 이루도록 할 것이나.

포대 스님의 기행

이 지상에서 할 일이 실로 너무 많다.
서둘러라. / 베토벤

반석 위에 단정히 앉은 채로 입적한 포대布袋 스님은 당나라 명주 봉화현 사람이며 법명은 계차契此이다.

그는 늘 지팡이 끝에다 커다란 자루를 둘러메고 다녔다. 그 자루 속에는 없는 것 없이 다 있어서 무엇이든지 중생들이 원하는 대로 다 내주어서 그 자루가 더욱 유명했다. 그래서 포대 스님이라는 본명과 함께 자루 스님이라는 별명이 같이 붙어 다니게 되었다.

그는 무엇이든지 주는 대로 달게 먹고 아무 데서나 벌렁 누어서 태평하게 코를 골며 잤다. 구름 한 점 없이 맑게 개인 어느 날 자루 스님은 높은 나막신을 신고 뒤뚱거리며 거리를 걸어다녔다. 이것을 본 사람들이 수군거렸다.

"아, 저 포대 스님이 나막신을 신고 나왔으니 틀림없이 비가 올 거야."

비가 올 것을 미리 짐작하여 말하는가 하면 어떤 사람은 이렇게 말했다.

"시원찮은 소리 작작하게. 저 따위 거렁뱅이 승려가 나막신을 신고 나왔다고 하늘에서 비를 내릴 것 같은가? 도대체 저 스님의 나막신과 비가 무슨 상관이 있겠는가?"

이렇게 비웃는 사람도 있었다. 이와 같이 옥신각신 다투고 있는 참에 갑자기 구름이 끼고 사방이 음산해지며 바람이 일더니 빗방울이 후둑후둑 떨어졌다.

"그것 보게, 포대 스님의 나막신은 일기 예보란 말이야."

비가 온다고 우겼던 사람은 자못 의기가 양양해서 큰소리를 치는 것이었다.

한편 오랫동안 지루한 장마가 져서 사방에 피해가 대단할 때였다. 여러 날을 두고 주야로 줄곧 퍼붓는 하늘에는 먹구름이 무겁게 내려 덮여서 도저히 쉬 날이 개일 것 같지 않았다. 사람들은 모두 하늘을 원망하며 절망에 잠겼다. 이때 돌연 포대 스님이 그 낯익은 자루를 어깨에 메고 짚신을 신고서 지척지척 큰길로 나왔다. 길 가던 사람들이 이것을 보고 일제히 손가락질하면서 큰소리로 말했다.

"아, 포대 스님이 짚신을 신고 나왔다. 이제 곧 비가 개이고 해가 날거야."

환호성을 하며 반가워하였다. 과연 얼마 안되서 구름이 걷히면서 파란 하늘 사이로 밝은 햇빛이 눈부시게 비추는 것이었다.

이와 같이 포대 스님은 날마다 자루를 둘러메고 이 거리에서 저 거리로 돌아다니면서 자루 속에다 모든 것 천天, 지地, 인人, 불佛, 중생衆生, 두두물물頭頭物物을 모조리 집어넣기도 하고, 일체 만물은 물론 허공虛空까지도 임의로 내주는 것이었다. 그는 자연과 더불어 자고 깨고 자연과 더불어 행하는 자연인의 삶을 산 인물이었다.

기행을 한 스님은 수없이 많지만 그 중 포대 스님의 기행이 널리 세상에 알려진 것은 스님의 거리낌없이 넉넉한 보시 때문이다.

진묵 스님이 선정에 들었을 때

오랫동안 심연을 들여다보고 있으면
심연도 또한 그대를 들여다본다. / 니이체

진묵震默 스님은 실로 우리 나라에서 큰 산맥과 같이 근대에 뛰어난 성승聖僧이다. 정확한 연보와 계통 등 자세한 사항은 알려져 있지 않으나 스님에 관한 기록으로 초의艸衣 스님의 《진묵 스님 유적고》가 있다. 또 스님의 출생지인 전라도에는 스님에 대한 전설과 유적이 많다.

스님은 전라도 만경현 불거촌 사람으로 이름을 일옥이라 하였다. 일곱 살에 출가하여 전주 봉서사에서 경전을 공부하였는데, 스승의 가르침을 받지 않고 혼자서 그 심오한 뜻을 통달하였다고 한다.

스님이 상운암에 있을 때의 일이다. 사승들이 공양을 하러 나가면서 스님에게 절을 좀 지켜달라 부탁드렸다. 스님은 고개를 끄떡이며 구애함이 없이 선선히 말했다.

"알았네. 내 그렇게 하지."

그리고 한 달 만에 사승들이 돌아와 보니, 진묵 스님이 손으로

문턱을 짚고 벽에 기댄 채로 가만히 앉아 있는 것이 아닌가. 얼굴에는 거미가 줄을 치고 옷에는 먼지가 앉았으며, 손등에서는 피까지 흘러서 말라붙어 있었다. 열어 놓은 문이 바람이 불 때에 와락 닫기면서, 문턱을 짚고 있는 스님의 손을 쳐서 그렇게 피를 흘린 것이었다. 스님은 그런 줄도 모르고 깊이 선정에 들었던 것이다.

사승들이 거미줄을 걷고 먼지를 털은 뒤에 스님을 흔들어 깨웠다. 스님은 그제서야 비로소 맑은 눈을 들어서 그들을 쳐다보면서 말했다.

"너희들 벌써 왔구나, 어째 그렇게 속히 왔느냐?"

그들이 갔다온 지도 벌써 한 달이 넘었지만 스님은 겨우 하루 이틀 밖에 되지 않은 줄로 알고 그렇게 말한 것이다. 선정에 깊이 들었을 때는 시간관념이 정지되는 것이다. 그러므로 '일념즉시무량겁一念卽時無量劫'이라는 것이다.

못생긴 첩을 사랑하는 남편

사람은 어쩌면 우주를 알고 있을지도 모른다.
그러나 자기는 모른다. 자기는 어떤 별보다도 멀다. / 체스터튼

양주陽主가 여행길에 어느 여관에 들렀는데, 그 여관집 주인은 첩이 둘 있었다. 그 첩 중에 한 사람은 미인이었고, 한 사람은 추했는데, 묘하게도 여관 주인은 추한 첩을 귀히 여기고 얼굴이 예쁜 첩을 박대하였다. 양주가 이상하게 생각하여 그 까닭을 물었더니 주인이 이렇게 대답했다.

"아름다운 첩은 자기가 아름답다고 여기고 기고만장하니 예쁜 줄을 모르겠습니다. 그러나 추한 첩은 자신이 추하다고 생각하고는 늘 겸손합니다. 그녀의 겸손함으로 인해 나는 그 추한 것을 또한 모르겠기에 그녀를 아끼는 것입니다."

양주가 감탄하며 제자들에게 말했다.

"기억해 두거라. 행실이 어질되 스스로 어질다는 생각을 가지면 어짐이 도리어 자만심으로 보여 대접을 받지 못하고, 반대로 어질다는 생각을 버리면 어디를 가나 귀히 여김을 받는 법이다."

깨달음이 곧 천국

인생이란 본래 선도 악도 아니다. 어떻게 사느냐에 따라
선의 무대가 되기도 하고, 악의 무대가 되기도 한다. / 몽테뉴

무업無業이 마조馬祖 스님을 찾아와 인사를 하자, 마조 스님은 그의 건장한 체격과 우렁찬 목소리를 듣고 이렇게 떠보았다.

"허어, 그 법당 한번 웅장하구나. 그런데 그 안에 부처가 안 계시는구먼."

이 말에 무업이 공손히 무릎을 꿇고 말했다.

"저는 여러 경전들을 공부하여 다소 이해한 바 있습니다만 '마음이 곧 부처'라는 얘기는 아무리 생각해도 이해할 수가 없어 스님을 찾아 뵈었습니다."

스님이 무업을 바라보며 말했다.

"이해하지 못하는 그 마음이 바로 부처인 걸 어쩌겠나. 그밖에 따로 무엇이 있는 게 아닐세."

그래도 무업은 여전히 뭐가 뭔지 모르고 깜깜했다. 그는 보다 구체적인 대답을 듣기 위해 이렇게 물었다.

"서쪽에서 오신 달마 조사께서 스님께 비밀리에 전해 주신 진리

는 무엇인지요?"

스님은 뜰 앞에 뿌연 모래바람이 먼지를 일으키며 쓸고 가는 것을 물끄러미 바라보며 무업에게 말했다.

"자네는 아직 쓸데없는 것들에 집착하여 마음이 바쁘구먼. 오늘은 그만 물러가게나. 뒷날 마음이 한가해지거든 다시 오게."

무업이 일어나 쓸쓸히 물러가려 하는데, 스님은 그의 널찍한 등을 향해 고함을 쳤다.

"여보게."

무업이 고개를 돌리자 스님이 급하게 물었다.

"이것이 무엇인가?"

쏘는 듯한 눈빛으로 자신을 바라보며 던지는 이 질문에 무업은 문득 눈이 열렸다.

참으로 답답하게 짓눌러오던 것들이 환하게 비춰오는 것이었다.

미혹하면 중생의 마음이요, 눈 뜨면 석가모니의 성품인 이 마음을 마조는 큰소리 한마디로 무업을 깨우친 것이다.

무업이 궁금하게 생각하던 달마 스님도 이렇게 말했다.

"명확히 경계가 구분 지어져 존재하는 천국이나 지옥은 없다. 깨어남이 곧 천국이며, 미혹함이 바로 지옥이다. 사람은 항상 그 마음속에 지옥을 갖고 다닌다. 사람은 그 마음속에 천국을 갖고 다닌다. 그것은 지리적인 위치가 아니다. 그것은 존재의 상태이다. 자신이 미혹해 있을 때 그 사람은 지옥의 악몽을 꾼다. 그러나 눈을 뜨면 천국에 있게 되고 모든 고통은 그친다. 그러므로 늘 깨어 있어야 한다."

타고르의 촛불

도는 가까운 곳에 있는데도
사람들은 이를 멀리서 구한다. / 맹자

밝은 달밤에 인도의 시인 타고르가 한가롭게 나룻배에 촛불을 켜고 책을 읽고 있었다. 이윽고 밤이 깊어 그는 책장을 덮고 촛불을 껐다. 그때 이제까지 보이지 않던 보름달이 환하게 시야로 들어와 보였다. 달빛은 나룻배 안에 가득 차 그 부드럽고 황홀한 빛으로 온통 출렁거렸다.

그는 충만함과 황홀감에 가득 찬 가슴을 안고 일어서서 주위를 살펴보았다. 고요한 밤 고요한 숲에 달빛은 은은하게 물들고 강물은 달빛을 담고 천천히 일렁였다.

"아, 이 아름다움은 일찍부터 나를 감싸고 있었구나. 그러나 촛불이 그 아름다움을 가로막고 있었어. 촛불의 빛 때문에 미처 나는 달빛을 느낄 수 없었던 거야."

깨달음이란 이렇게 자아의 촛불이 꺼졌을 때 비로소 내 존재의 구석구석을 우주의 밝은 빛이 가득 채우는 것과 같이 늘 그 자리에 있는 것이다.

천국과 지옥은 그대 맘에

신은 인간이 자기 자신을 터득할 수 있도록 선을,
또 인간이 자기 자신을 알 수 있도록 악을 주신다. / 괴테

선정에 들어 있는 스님에게 그 나라의 황제가 찾아와 비장하게 물었다.

"스님에게 한 가지 질문이 있어 왔소. 천국과 지옥이 정말 있는 거요. 나는 이제 늙어 죽음이 가까웠소. 이 나이가 되고 보니 온 관심사가 어디로 갈 것인가 그것뿐이오. 이제 내가 죽으면 가는 그곳이 천국인지 지옥인지 꼭 알고 싶소이다."

황제의 말에 스님은 껄껄 웃으면서 대답했다.

"허허, 황제가 이렇게 어리석은 인물인지 정말 몰랐소."

황제는 스님의 비웃음에 화가 치밀어 순간적으로 칼을 빼들었다.

"생사여탈을 쥐고 있는 왕에게 이렇게 무례를 범하다니."

그리고 그 칼로 스님의 목을 내리치려는 순간 스님이 웃으면서 말했다.

"지금 그대 앞에 지옥문이 열려 있소."

깜짝 놀란 황제는 자신의 행동을 멈추고 칼을 거두었다. 그리고

무례함을 저지른 것을 스님 앞에 머리를 조아리며 사과했다. 이때 스님이 빙그레 웃으며 말했다.

"그대는 이제 천국에 들어왔소. 분노와 폭력을 담은 그 마음이 곧 지옥이오. 이해와 자비와 침묵으로 대하는 그 마음이 곧 천국의 문이오. 천국과 지옥은 다 그대 마음속에 있소. 나는 지금 그대에게 그 둘 다를 경험하게 한 것이오."

바로 어머니가 부처

모든 것은 생각할 수 있는 것 이상으로 단순하고,
동시에 이해할 수 있는 것 이상으로 착잡하다. / 괴테

양보讓步가 수행을 위해 무제無制보살을 만나러 사천 땅으로 갔다.

양보는 늙은 부모를 모시고 있었으나 수행을 위해 독한 마음을 먹고 무제보살을 만나 도를 구하고픈 일념에 출가를 결행한 것이다. 그는 서천으로 가는 도중에 한 노스님을 만나게 되었다.

스님이 부지런히 걸어가는 양보에게 물었다.

"어디로 가는 길입니까?"

양보가 스님의 물음에 정중히 대답하였다.

"무제보살을 만나 뵙고 그 제자가 되려고 가는 중입니다."

그러자 스님이 껄껄 웃으며 말했다.

"그 보살을 만나느니 그냥 부처를 만나는 게 훨씬 낫잖겠는가?"

양보가 깜짝 놀라 물었다.

"물론이죠. 그런데 어디로 가면 부처를 만날 수 있습니까?"

"허, 부처를 만나고 싶으면 지금 당장 집으로 돌아가게. 그러면 담요를 두르고 신발을 거꾸로 신은 사람이 자네를 반갑게 맞이할

걸세. 그 사람을 잘 모시게. 그분이 바로 부처일세."

스님의 말에 양보는 가던 길을 되짚어 집으로 향했다. 그는 허둥지둥 정신없이 집으로 달려갔다. 그가 집에 도착했을 때는 이미 깊은 오밤중이었다. 그의 늙은 어머니는 늦도록 돌아오지 않는 아들을 걱정하다가 막 잠자리에 들려던 참이었다. 그때 아들이 문 두드리는 소리를 듣고는 너무 반가워 옷 입을 겨를도 없이 담요로 대충 몸을 가리고 신발까지 거꾸로 신은 채 대문으로 달려 나왔다. 그런 어머니의 모습을 보는 순간 양보는 눈물이 쏟아지면서 스님의 말을 비로소 깨달았다.

행자의 손가락을 자른 구지 스님

쇠는 사람을 죽이지 않는다. 죽이는 것은 손이다.
그 손은 마음에 따른다. / 하이네

구지俱胝 스님은 금화산에 있었는데, 어떤 참선자가 와서 무엇을 질문하더라도 묵묵부답 오직 손가락 하나만을 쑥 들어 보일 뿐이었다.

스님이 만년에 이르러 심부름을 하는 열두어 살 먹은 행자를 하나 두었다. 그 아이는 스님이 누가 와서 무엇을 묻더라도 오직 손가락 하나만을 내세우는 것을 보고 법문이라든가 공부를 아주 대수롭지 않게 여기며 그까짓 것 누구는 못할까 코웃음을 치고 있었다.

어느 날 스님이 출타하여 절에 없는 동안에 어떤 스님이 구지 스님을 친견하려고 찾아왔다. 그는 스님이 마침 없는 것을 알고 크게 실망하여 애석해 하는 것이었다.

"스님께서는 언제 쯤이나 돌아오시는가?"

"글쎄요."

"꼭 뵈옵고 가야할 텐데……."

"무슨 일로 그러십니까?"

"법을 여쭈어 보려고 그러네."

이 말을 듣자 소년은 눈을 반짝이면서 자신만만한 어조로 말했다.

"그러세요? 그렇다면 저한테 물어보시지요."

스님은 너무도 당돌한 아이의 말에 그만 어이가 없어 소년을 새삼스럽게 바라보았다. 한참 동안 그는 무엇인가 곰곰이 생각하더니 고개를 두어 번 끄덕였다. 그리고 앉음새를 단정히 고쳐 앉으며 옷깃을 바로 여미고, 구지 스님을 대하는 것과 똑같은 태도로 정중하게 물었다.

"여하시불如何是佛이니고?"

소년은 의젓하게 가부좌를 틀고 앉아서 엄숙한 표정을 지으며 서슴지 않고 손가락 하나를 쑥 들어 보였다. 구지 스님과 조금도 다름이 없었다. 깜찍스럽게 흉내를 잘 내었던 것이다.

스님이 제아무리 구삼납자舊參衲子라 할지라도 이 어린 행자에게 어쩔 수 없이 머리를 숙이지 않을 수 없었다. 스님은 그냥 그대로 절하고 묵묵히 물러갔다.

그 후 며칠이 지나서였다. 행자는 전날 있었던 일을 자랑삼아 구지 스님에게 낱낱이 이야기하였다. 스님은 아무 말도 없이 잠자코 이야기를 듣고만 있더니 문득 고개를 돌려 행자를 찬찬히 훑어보는 것이었다.

"네가 그처럼 잘 가르친다니 어디 내가 한번 물어보아야겠다."

소년은 총명한 눈을 한층 초롱초롱하게 빛내며 자신만만한 기세를 보였다.

"무엇이 본래면목本來面目인고?"

묻는 말이 미처 끝나기도 전에 행자는 손가락 하나를 쑥 들어서 보였다. 이때 스님은 몰래 쥐고 있던 예리한 장도로 들어 보이는 그 손가락을 싹딱 잘라버렸다. 순간 새빨간 피가 분수같이 솟고 소년은 비명을 지르면서 손가락을 붙들고 산으로 달아났다.

이 광경을 지켜보던 스님은 처절한 비명을 지르며 달아나는 소년의 뒤에다 벽력같이 고함을 질렀다.

"야, 행자야."

정신없이 울면서 달아나던 소년은 벽력같이 부르는 소리에 엉겁결에 주춤하여 뒤를 돌아다보니 스님이 손가락 하나를 쑥 올려 보이는 것이 아닌가?

순간 놀라움과 아픔에 펄펄 뛰던 소년도 늘 하던 대로 엄지손가락을 쑥 들어 보였다.

그러나 소년의 손가락은 이미 거기에 없었다. 이때 소년은 그의 전 존재가 뒤바뀌는 소리를 들었다.

스님은 활인검을 휘둘러 어린 사미의 손가락을 자름으로써 그에게 매여 있는 한 영혼을 자유롭게 한 것이다.

태조 왕사 자초 무학 스님

이상은 우리 자신 속에 있다. 동시에 그 달성에 대한
여러 가지 장해 또한 우리 자신 속에 있다. / 칼라일

자초自超는 고려 말 조선 초기의 큰스님으로 세상에는 무학無學으로 알려져 있다. 무학은 자초의 호이며, 속성은 박가로 삼기 사람이다. 자초가 있던 집은 계월헌溪月軒으로 18세에 소지 스님 문하에서 승려가 되었다.

특히 태조 이성계와 왕사 무학의 이야기는 세인들의 입에서 귀감으로 전해지고 있다.

하루는 암자에 불이 나서 온 절이 소란하기 그지없었다. 그런데 오직 무학만이 그대로 가만히 앉아서 불상같이 움직이지 않자 모든 사람들이 의아하게 생각했다.

그 뒤 무학 스님은 《능엄경》을 보다가 깨달은 바가 있어서 침식을 잊어버리고 더욱 공부에 전력하였다. 공부할 때에 잠이 와 혹 깜박 졸기라도 하면 어디서인지 종과 경쇠를 치는 소리가 요란스럽게 들려서 잠을 깨워 주었다 한다. 스님은 그렇게 밤낮으로 공부한 뒤에 큰 깨달음을 얻게 되었다.

조선 태조 5년에 스님의 몸에 병이 생겨서 시자가 약을 지으려 하자 무학이 말했다.

"80이 다 된 늙은이에게 약이 다 무어냐."

그리고 다시 금장암으로 옮겨가서 '오래지 않아 내가 이 세상을 떠나갈 것이다' 라고 하더니 그 예언대로 병이 심화되어 임종을 맞이하게 되었다. 최후 선문답을 할 때 한 제자가 물었다.

"스님, 각각 흩어지면 어디로 갑니까?"

"모르겠다."

"스님께서는 병중에도 병들지 않은 것이 있습니까?"

그러자 무학 스님은 대답은 않고 손가락으로 옆에 있는 스님을 가리킬 뿐이었다.

그래서 제자가 또 물었다.

"색신은 곧 지수화풍으로 된 것이니 필경 마멸되는 줄 알고 있습니다. 진법신이란 대체 어떠한 것입니까?"

이에 무학 스님은 두 팔을 옆으로 벌리면서 말했다.

"이것이 곧 하나이다."

이렇게 대답한 뒤에 조용히 입적하였다.

태조 이성계가 어느 날 꿈을 꾸는데 모든 집의 닭이 일시에 울고 모든 집의 다듬이 소리가 일시에 들렸으며, 또한 무너진 집으로 들어가서 서까래 세 개를 등에 지고 나오는데 꽃이 떨어지는 것과 거울이 깨어지는 것을 보았다.

태조는 이런 꿈을 꾸고 길흉을 알지 못하여 답답하게 여기다가 근처에 해몽을 잘하는 노파가 있다는 말을 듣고 노파에게 가서 꿈

이야기를 하였다. 노파가 급히 말을 막으면서 말했다.

"저는 이 꿈에 대하여 해몽할 수가 없습니다. 요망하게 계집이 어찌 대장부의 앞일을 알 수가 있겠습니까. 그러니 섭섭하게 여기지 마시고 다른 곳에 가셔서 물어보십시오."

그 말을 듣고 태조가 그녀에게 물었다.

"내가 듣기로는 해몽을 잘하는 사람으로는 노파밖에 없다고 들었는데 또 누구를 찾아가서 물어보란 말인가?"

"그러시다면 그 꿈을 해설할 만한 스님을 한 분 천거하겠습니다. 여기서 서쪽으로 십 리쯤 올라가시면 설봉산이란 산이 있고, 그곳에 토굴 암자가 하나 있습니다. 그곳에 도인 스님 한 분이 계시니 그분에게 가셔서 물어보시면 시원하게 말씀해 드릴 것으로 믿습니다."

그래서 태조는 노파가 일러주는 곳으로 찾아갔다.

"스님이 이 산에서 수도하고 계신 스님이십니까?"

"수도랄 것이 있습니까. 번화한 세상이 싫어서 그저 번거로움을 피하려고 이렇게 은거하고 있습니다."

"나는 속세에 사는 이성계란 사람인데 무슨 일을 구상하는 중입니다. 그런데 그에 대한 징조의 꿈을 꾸었으나 해득할 길이 없어서 그 의심스러운 것을 풀고자 불원천리하고 찾아왔으니 자비심으로 해몽하여 주셨으면 감사하겠습니다."

"나는 수도승의 몸으로 불도의 참선공부밖에 모르는 승려입니다. 그런데 천하를 경영하는 분의 꿈을 어찌 해설할 수가 있겠습니까?"

"스님의 명성은 이미 다 듣고 왔으니 겸사하지 마시고 말씀하여 주십시오."

스님은 이성계의 꿈 얘기를 듣고 장차 임금이 될 꿈이라고 해몽해 주었다. 그 스님이 바로 무학 스님이었다.

무학 스님은 이성계에게 꿈을 해몽해 주면서 지금 자신이 거하고 있는 이 자리에 반드시 절을 세우고 3년 동안에 5백 성재를 올려 기도를 드려야 한다고 당부했다.

이 말을 들은 태조는 마음이 매우 흐뭇하였다.

무학 스님과 태조 이성계와의 사이에 얽힌 이야기는 많다.

이성계가 위화도에서 회군하여 조선을 건국한 후 나라가 어느 정도 안정이 되자 무학 스님을 국사로 모시고 서로가 존경하는 관계를 이어갔다.

어느 날 이성계가 무료하였던지, 무학 스님에게 서로 스스럼없이 농담이나 나누자고 제안했다. 그러면서 무학 스님을 놀리 듯 이렇게 말했다.

"스님께서는 꼭 돼지같이 생겼소이다."

태조는 머리가 훌렁 벗겨지고 콧구멍이 휑하며 번들번들하게 살이 찐 무학을 보고 이와 같이 말했다.

그러자 무학 스님은 빙긋이 웃으면서 말했다.

"승상께서는 꼭 부처님 같소이다."

이에 태조는 무척 난처했다. 자신의 농담을 상대가 농담으로 받아 주지 않았기 때문이었다. 그래서 이성계가 다시 물었다.

"나는 스님께 돼지 같다고 농을 했는데 어찌하여 나를 부처님 같다고 하셨습니까?"

그러자 무학 스님이 빙그레 웃으면서 대답했다.

"저도 분명히 농담을 한 것입니다. 들어 보십시오. 돼지 눈으로 사람을 보면 모두가 돼지같이 보이지만, 부처님 눈으로 사람을 보면 모두가 부처님처럼 보이지요."

그제야 태조는 무학이 한 농담의 뜻을 깨닫고 통쾌하게 웃었다.

이성계가 왕이 되기 이전, 자신이 왕이 되기 위해서 꼭 해야 할 일 중의 하나가 금산군 일대를 비단으로 덮는 일이었다. 금산군 일대를 비단으로 덮는다는 것은 왕의 입장에서도 불가능한 일이었다. 더구나 일개 장군의 입장에서 그곳을 비단으로 덮는다는 것은 실로 어려운 일이었다. 그렇다고 왕이 되는 꿈을 포기하는 것도 어려웠다. 그는 어찌하면 좋을까 하고 궁리 중에 있었다.

그러다가 무학 스님을 만나게 되었고, 급기야는 무학 스님의 도움을 요청했다.

이성계의 야심을 다 들은 무학 스님은 빙긋이 웃으며 이런 조언을 했다.

"장군의 힘으로 한 고을에 비단을 까는 것이 뭐가 그리 어려워서 고심하십니까. 그곳의 지명을 금산錦山 즉 비단산이라 바꾸십시오. 그리하면 그곳 일대가 비단으로 덮일 것이 아닙니까?"

이성계는 이런 조언을 받고 애초의 그곳 이름을 비단산이라는 뜻으로 금산이라고 바꿔 부르게 했다.

남악 스님의 기왓장 마조 스님의 좌선

바다의 물이 마르면 나중에는 밑이 보인다.
그러나 사람은 죽어도 마음은 알지 못한다. / 채근담

혜능慧能 스님의 문하에는 뛰어난 사람이 많아 그 법을 계승한 자가 무려 사십삼인이요, 도를 깨달은 사람도 헤아릴 수 없이 많다. 그 중에도 특히 특출한 제자로 널리 이름이 남겨진 것은 청원靑原행사行思 스님과 남악南嶽회양懷讓 스님이다.

즉 조동종曹洞宗은 청원의 법통을 이어받았으며 황벽종과 임제종은 모두 남악의 계통이다. 남악 스님이 처음 육조를 방문하였을 때의 일이다.

"너는 어느 곳에서 왔느냐?"

"네, 숭산崇山이라는 곳에서 왔습니다."

"숭산으로부터 온 것은 도대체 무슨 물건인고?"

혜능 스님에게 추궁받자 남악이 차분하게 대답했다.

"설사 일물이라도 즉 부중設似一物卽不中입지요."

그는 그렇게 답하여 크게 깨달음을 인가 받았다. 본래무일물本來無一物인 그것을 무슨 물건인고 하고 물은 물음에 참으로 명답이 아닐 수 없다.

남악 스님이 숭산의 반야사에 있을 때 같은 산 전법원에 젊은 스님이 자못 열심히 좌선삼매坐禪三昧에 들고 있었다. 일찍이 남악은 이 스님이 심상한 법기法器가 아니라는 것을 알았다. 어느 날 그 스님이 돌부처처럼 입정관법入定觀法하고 있는 곳으로 가서 말을 걸어 시험하여 보았다.

"너는 날마다 여기서 무엇을 하고 있느냐?"

"좌선을 하고 있습니다."

"좌선은 무엇하려고 하는가?"

"성불을 하려고 합니다."

남악은 더 말이 없이 묵묵히 있더니 문득 뜰로 내려가서 기왓장과 돌멩이 하나를 주어 가지고 그 젊은 스님 앞으로 바짝 다가앉아 돌에다 기와를 쓱쓱 갈기 시작하였다. 이 기상천외한 행동을 본 그는 도무지 무슨 영문인지 알 수가 없었다.

"스님, 그 기와를 갈아서 무엇을 하시렵니까?"

"거울을 만들련다."

"하하, 기왓장을 갈아서 어떻게 거울이 되겠습니까?"

"하하, 범부가 좌선만 한다고 부처가 되겠는가?"

그 젊은 학승은 깜짝 놀랐다. 좌선으로 부처가 되려는 것은 마치 기왓장을 갈아서 거울을 만들려는 것이나 다름이 없다는 이 말에 모골이 서늘하게 놀랐다.

당황한 그는 남악 스님에게 매달렸다.

"그럼 어떻게 하여야만 되겠습니까?"

"여기 수레가 있는데 그 수레가 움직이지 않을 때 소를 때려야 가겠는가. 수레를 쳐야 가겠는가?"

젊은 스님은 말문이 꽉 막혀 대답을 못했다. 그로부터 남악 스님의 제자가 되어 그 후 크게 깨달아 천하의 대종사大宗師가 되었다. 이 사람이 바로 유명한 마조馬祖 스님이다.

마음속에 지닌 생각으로 본다

사람이 자신 내면에 잠재한 더러움을 모르면
진여(眞如)를 알 수 없다. / 중아함경

자태가 고운 여승이 조주趙州 스님을 찾아와 정중히 가르침을 청했다. 그녀는 스님께 도道의 가장 값은 이치인 '비밀 중의 비밀'을 가르쳐 주기를 간청했다. 이에 스님은 그 여승의 손을 가볍게 잡았다.

조주 스님은 그녀의 손을 잡음으로써, '비밀 중의 비밀'이 따로 있는 것이 아니라 바로 네 자신 속에 있음을 가르쳐 주고자 함이었다. 그런데 그 여승은 스님의 행동이 뜻밖이었던지 화들짝 놀라며 말했다.

"아니, 노스님께도 아직 그런 마음이 남아 있으신가요?"

이미 해탈하신 줄 알았는데 아직도 여자 손을 잡아보고 싶은 그런 마음이 있느냐는 질문이었다. 이에 스님이 빙긋이 웃으며 여승에게 말했다.

"그대에게 그 마음이 있는 게지."

이때 스님이 말한 '그 마음'은 여승이 말한 그런 마음(속된 마음)뿐만 아니라 여승이 찾는 '비밀 중의 비밀' 인 불성(부처의 마음) 즉 도도 그 마음속에 있다고 말하고 있는 것이다.

그렇다. 마음이 순수한 사람에게는 모든 것이 순수하게 생각되지만, 그렇지 못한 사람은 가장 순수한 것까지도 자기 생각이 그러므로 의심의 눈으로 바라보게 된다. '마음이 아름다운 사람은 온 세상이 아름답다' 고 한 유마거사의 말은 예나 지금이나 심금을 울린다. 마음의 색안경을 벗어야 바로 볼 수 있듯이 생각을 비워야 바로 볼 수 있다.

간다리 왕후의 지극한 사랑

깊은 암흑 속에서 방황해도 영혼의 신성한 깊이에 있는
신적인 창조력과 빛은 사라지지 않는다. / 헤세

옛날 인도에 간다라라는 나라에 간다리라는 공주가 있었다. 그녀는 서양의 클레오파트라나 중국의 양귀비와 같이 아름다웠다.

그러나 용모가 너무 빼어나다 보니 구혼자는 많으나 마땅한 자리가 없어 이리저리 살피다가 시집을 가지 못하게 되었다. 때를 넘기고 보니 소낙비 뒤에 한적함처럼 혼담이 뚝 끊어지고 말았다.

이때 마침 구루나라 왕후가 별세를 하게 되었는데 왕후가 없으니 재취하겠다는 소문이 나돌았다.

그러나 구루왕은 불행히 앞을 못보는 시각장애인이었다.

그럼에도 불구하고 간다리 공주는 구루왕과 결혼하기로 결심했다. 성대한 결혼식이 거행되고 구루왕과 간다리 왕후가 나란히 한자리에 앉았다. 참으로 황홀한 광경이었다.

혼례를 치른 후 간다리 왕후는 구루왕에 대한 인간적 동정심을 금할 수가 없었다. 보고 싶은 것을 볼 수가 없고, 위험한 것이 닥쳐도 피할 수가 없는 왕의 처지에 대한 동정의 마음은 '어떻게 하면 내가 왕을 도와드릴 길이 있을까. 어떻게 하면 내가 낭군인 왕을 돕고 위로할 수 있을까.'라는 상념으로 이어졌다. 생각하고 또 생각해도 도와 줄 길이 없었다. 생각다 못해 마지막으로 결심한 것이 자기도 시작장애인이 겪는 괴로움을 직접 체험함으로써 그 답답함과 안타까움을 함께 나누자는 것이었다.

왕후는 시녀들을 불러서 자기의 두 눈을 종이와 헝겊으로 수십 겹씩 포개서 붙이게 했다.

이후로 왕후는 죽는 날까지 이 헝겊을 떼지 않았다. 시각장애로 고생하는 구루왕의 괴롭고 답답하고 안타까운 생활을 함께 나눔으로써 자신의 동정심을 행동으로 실천한 것이다.

가난한 사람의 마음은 가난한 사람이 알고, 부자의 마음은 부자가 알 듯이 장애인의 마음은 장애인이 가장 잘 아는 것이다. 왕비는 인간에 대한 지극한 사랑으로 스스로 장애인이 되어 한평생 왕을 극진히 보살폈다.

꿈에서 그리던 여인과 산 조신

"나는 당신을 죽도록 사랑합니다."라는 말의 정체는
"나는 당신을 죽도록 오해합니다."일 것이다. / 법정 스님

조신調信은 신라의 스님이다. 세달사(후에 홍교사) 스님으로 명주 날리군에 있는 농장의 관리로 갔다가 군수 김흔의 딸을 보고 반해버렸다. 조신 스님은 낙산사 대비상大悲像 앞에 가서 날마다 그녀를 만나게 해 달라고 기도하였는데 그 기도가 수 년 동안 계속 되었다.

그러나 그녀는 이미 결혼하여 인연을 이룰 수 없게 되었다. 조신은 자기의 소원이 이루어지지 못하게 된 것을 원망하여 불당 앞에서 울며 호소하다가 날이 저물고 지쳐서 잠깐 졸았다. 그때 꿈에도 그리던 그녀가 와서 말했다.

"스님을 뵈옵고 항상 그리워하였으나 부모의 명으로 어찌할 수 없이 시집을 갔는데 이제 스님과 함께 살고자 왔나이다."

조신은 반가운 마음에 그녀를 데리고 고향으로 가서 40여 년을 살면서 다섯 남매를 낳았다.

그들 부부는 매우 가난하여 사방으로 떠돌아다니면서 10년 동안

걸식을 했다. 명주 해현령에서 열다섯 살 된 큰아들이 굶어 죽어 길가에 묻고, 우곡현에 가서 큰 길가에 오막살이를 짓고 살게 되었다. 두 부부가 늙고 병들어 걸식도 할 수 없자 열 살 된 딸이 밥을 빌러 다녔다. 하루는 그 딸이 개에게 물려 돌아와 부모 앞에 쓰러져 울었다. 아이가 울자 부부가 함께 통곡하다가 아내가 눈물을 씻고 말했다.

"내가 당신을 처음 만났을 때에는 나이 젊고 얼굴도 아름다웠습니다. 오십 년 동안 고락을 함께 하였으나, 이제는 서로 늙고 병들어 빌어먹기도 어렵고 자식들도 헐벗고 굶주려 어찌할 수 없게 되었습니다. 부부가 함께 다니면서 고생하는 것보다는 따로 헤어져서 각기 갈 길을 찾는 것이 좋겠소."

이렇게 하여 부부가 아이를 둘씩 나누어 데리고 남북으로 각각 길을 떠나려 하다가 문득 깨어 보니 한동안의 꿈이었다.

이 하룻밤 사이에 스님은 머리가 희고, 세상 생각이 다 스러져 대비상 앞에 무수히 참회하였다. 꿈에 해현령에 큰아들을 묻은 자리를 파 보니 석미륵상이 나왔다. 스님은 이 미륵상을 근처의 절에 모시고 돌아가서 농장 관리의 책임을 사퇴하고, 정토사를 짓고 정업淨業을 부지런히 닦았다.

달빛을 공양 삼아 불공

독창적이 아닌 것에는 아무런 가치도 없다.
그리고 독창적인 것은 항상 개체의 결함을 가지고 있다. / 장 파울

어느 날 마조馬祖의 세 제자가 스승을 모시고 밝게 떠 있는 달을 보며 한가롭게 즐기고 있었다. 하늘 가운데 휘영청 뜬 달을 바라보던 마조 스님이 나란히 서 있는 세 제자들에게 물었다.

"이렇게 달이 밝고 기분 좋은 밤에는 무엇을 하고 보내면 제일 좋겠느냐?"

제자 서당이 먼저 스승의 물음에 대답하였다.

"밝은 달빛을 공양 삼아 불공을 드리기에 안성맞춤입니다."

그러자 서당의 말에 고개를 끄덕이며 백장이 뒤를 이었다.

"고요한 달빛 아래 참선하기 그지없겠군요."

그러나 옆에 있던 남전은 아무 말 없이 소매를 털털 털고 일어서서 가버리는 것이었다. 마조 스님이 달빛을 받으며 걸어가는 남전의 뒷모습을 보고 빙그레 웃으며 말했다.

"경전의 강의는 서당이 으뜸이고, 선을 논함은 백장이 제일이지만 남전 홀로 만물에 초연해 있구나."

도란 현상계(바깥 세상)에 집착하면 바다에 파도가 일듯이 생과 사의 물결이 일게 마련이다. 마음밖의 현상계에 집착하지 않으면 잔잔히 흐르는 강물처럼 생과 사의 굴레에서 벗어난다.

달은 언제나 밝다. 다만 때때로 구름에 가리울 뿐이다. 구름만 없으면 언제나 달 그대로다.

여기서 '달 밝아 좋은 밤'은 현상에 붙잡힌 인식의 세계다.

남전은 소매를 털고 감으로써 스승의 질문에 답한 것이다. 현상을 초월한 이에겐 특별히 좋은 날이 없다. 날마다 좋은 날일 뿐이다.

마하가섭과 아난의 차이

부처님과 중생과는 엄청난 차별이 있으나
근본적인 마음자리는 추호의 차별도 없다. / 삼처전심

석가모니가 영취산의 영산회상에서 어느 날 평상시와 다름없이 천 이백 제자를 비롯하여 팔만의 대중을 거느리고 설법을 하고자 단상에 올랐다.

대중은 모두 몸을 단정히 하고 심신을 모아 공손하게 석가모니의 설법을 고대하고 있었다. 오랫동안 석가모니는 아무 말도 없이 침묵하더니 문득 범천梵天에서 바친 금바라金婆羅라고 하는 아름다운 꽃 한 가지를 들어올리며 좌중을 두루 살폈다.

청중들은 마치 물로 씻은 듯 숙연하며 숲 속의 정적과도 같이 고요하였다. 석가모니는 엄숙히 한 말씀도 하지 않고 다만 꽃만 들어 보일 뿐이었다. 좌중은 모두 그것이 무슨 뜻인지 알지 못하여 입을 열지 못하고 묵묵히 바라볼 뿐이었다.

바로 그때 위쪽에 앉아 있던 마하가섭摩河迦葉이 빙그레 웃음을 지어 보였다. 석가모니가 손에 든 꽃의 뜻을 오직 가섭만이 알 수 있었던 것이다. 석가모니와 가섭은 아무 말 없이 서로 바라볼 뿐이었다. 좌중은 말할 것도 없이 다 눈이 있어도 보지 못하고 귀가 있어도 듣지 못하는 농아聾啞가 되어 버렸다. 이것은 참으로 짧은 가르침의 한 순간이었다. 그러나 그 속에는 기묘한 대설법이 있었던 것이다. 또한 형언할 수 없는 법요의 진리가 밝혀진 것이다.

제아무리 천지를 진동시키는 천둥소리라 해도 귀머거리 농아에게는 들릴 리가 없으며 들을 수도 없다. 오직 마음의 눈을 뜬 가섭에게만 석가모니의 뜻이 천둥소리 이상으로 마음의 귀를 울렸던 것이다. 그러나 모든 대중은 이 소리를 들을 수 없었던 것이다.

이때 가섭의 파안미소를 본 석가모니는 비로소 입을 열었다.

"나에게 있는 오늘의 이 큰 깨달음의 내용들을 마하가섭에게 부탁하노라."

이것이 이른바 이심전심以心傳心의 최초의 전법이며, 이로써 가섭은 선문禪門의 제일조第一祖가 되었다.

석가모니가 열반하고 어느덧 아난阿難이 70세의 장로가 되었다. 그러나 그는 그때도 모르는 것이 있었다. 총명하기로 이름이 높아 다문 제일의 아난이었으나 정작 근본에 들어가서 가섭 사형이 석가모니로부터 금란가사 외에 또 무엇을 물려받았을까라는 의문이 항상 머리에서 떠나지 않았다.

"사형, 석가모니께옵서 금란가사 외에 무엇을 또 전하셨습니까?"

표면상으로는 이 질문이 극히 단순한 질문인 것 같으나 노령의 장노 아난에게는 단순한 질문이 아니었다.

금란가사는 일찍이 석가모니의 이모 교담미憍曇彌 부인이 금실로 천을 짜서 가사를 지어 바친 것으로 석가모니가 항상 입던 행장이다. 이를 석가모니가 가섭에게 이심전심의 표시로써 전한 것이다. 마하가섭은 이심전심으로 석가모니가 전한 깊은 뜻을 받았다.

그러나 큰 깨달음이란 누가 누구에게 주고 또 받는 것이 아니다. 모든 일체의 물건이 낱낱이 다 구속하지 않는 것이 없으나 어리석은 중생이 이를 모르므로 석가모니가 법을 설하고 도를 깨치는 법의 문을 열어준 것이다.

그러나 마하가섭에게는 어떤 설명이나 표시, 방편도 필요 없었던 것이다. 중생이 잘 모르기 때문에 설명이나 표시, 방편을 필요로 하는 것이며, 만일 설명이나 표시 방편으로 그것을 깨닫는다면 도가 무엇이 힘들다고 하겠는가? 그 마음의 경지는 설명과 표시 이전이며 방편 이전인 것이다. 그러므로 어리석은 마음의 경계로 어찌 석가모니와 마하가섭의 이심전심을 깨달을 수 있겠는가.

아난이 사형 마하가섭에게 '금란가사 밖에 또 무엇을 전하셨습니까' 한 질문은 석가모니가 말한 대법의 핵심이 무엇인가를 물은 것이다. 이 중대하고도 긴요한 질문에 마하가섭은 의미심장한 대답을 하였다.

"아난아."

마하가섭은 나직한 목소리로 불렀다. 그리고는 문 앞을 가리켰다.

"문 앞의 깃대를 꺾어 버려라."

아난은 석가모니를 평생 모시고 설법을 들었으나 이 뜻만은 도저히 알 수가 없었다. 마음이 꽉 막힌 때문이었다.

용맹정진 7일이 지난 후 비로소 아난은 크게 깨달아 석가모니의 대법해 속에 묻혀진 큰 뜻을 발견하였다. 깃대는 옛날에 설법을 할 때 문 앞에다 세워서 설법 중임을 표시하던 도구였다.

이리하여 석가모니의 법은 마하가섭에게로, 마하가섭으로부터 아난에게로 전하여졌다.

'의심 덩어리, 문 앞의 깃대를 꺾어버려라.' 이 뜻이 해소된다면 석가모니가 마하가섭에게 전한 금란가사 이외의 것 또한 깨달을 수 있을 것이다.

제2부

편견을 깨는 통쾌한 이야기

공空은 붙잡을 수 없다

한계가 있는 정신의 이해력 밖에 완전한 존재가 있다.
그렇게 생각하는 한 우리는 무한의 개념을 가지고 있는 것이다. / 괴테

도오道悟 스님이 구도 수행 중에 석두碩頭 스님을 찾아갔다. 이때 도오 스님은 이미 어느 경지에 이르러 있었다. 일찍이 출가하여 경산 스님과 마조 스님 밑에서 혹독한 고행과 선을 수행하여 자기 나름대로 깨달음을 터득한 구도자였다. 도오 스님은 석두 스님에게 절을 하고, 수행 중에 몇 가지 의문이 있어 왔노라고 말했다. 스님이 그게 무어냐고 묻자 도오가 입을 열었다.

"선 수행의 궁극은 선정과 지혜마저도 벗어던지는 데 있다고 들었습니다. 그런데 선정과 지혜를 다 벗어던지고 나면 사람들에게 어떻게 진리를 가르칠 수 있겠습니까?"

"선정과 지혜에서 벗어난다고? 부처의 마음이 본래 구속된 게 없는데 뭘 더 벗어난단 말이냐?"

도오가 다시 물었다.

"그렇다면 본래 구속된 게 없다는 걸 남에게 어떻게 알릴 수 있습니까?"

스님이 도오를 바라보며 물었다.

"너는 공空을 붙잡을 수 있느냐?"

"공은 붙잡을 수 없다는 이야기는 오래 전에 끝난 것 아닙니까?"

"어허, 그새 거기서 나왔는가?"

"저는 거기서 오지 않았습니다."

스님의 말은 '네가 아직도 본시 공인 선정과 지혜를 붙잡고 집착해 있구나' 하는 말을 던진 것이었다.

"나는 이미 알고 있다."

스님의 말에 도오가 얼굴이 붉어지면서 발끈하여 말했다.

"왜 근거도 없이 사람을 속이십니까?"

"근거라면 네 몸이 여기 있지 않느냐."

"어쨌거나 선정과 지혜를 벗어던지고 나서 후세 사람들을 어떻게 제도하느냐 하는 의문은 여전히 남아 있습니다."

"도대체 누굴 보고 후세 사람이라 하는 건가?"

스님의 이 일갈에 도오는 '내가 아닌 남을 얘기하고 있구나' 하는 생각과 동시에 '옳지' 하면서 깨닫는 바가 있었다.

선정과 지혜는 이곳에서 저곳 즉 번뇌에서 해탈로 건너가는 나룻배일 뿐이다. 강을 건너고 나면 그뿐, 나룻배도 버려야 한다고 말한다.

도오의 의문은 이것이었다. 그 선정과 지혜라는 훌륭한 나룻배를 버리고 나면 후세 사람들은 어떻게 건너겠느냐는 것이다. 그 말이 바로 사람들에게 어떻게 진리를 가르치겠느냐는 말이다.

이에 대한 스님의 대답은 '너는 아직 공에 집착하고 있구나' 라는 질타로부터 시작한다.

참으로 깨달은 자는 나룻배를 늘 타고 왕래하면서도 나룻배에 걸림이 없고, 나룻배를 떠나서도 걸림이 없는 사람이다.

혜능은 '참본성을 본 자는 둘 사이를 자유로이 오가며, 그 어느 쪽에도 걸림이 없다. 그러므로 한순간도 참본성을 잃지 않는다. 이렇게 자유로운 경지가 깨달음이다' 라고 말했다.

그렇게 말해도 도오가 알아듣지 못하고 계속 미망을 헤매자 석두 스님이 마지막 일침을 놓은 것이다. 도오가 말하는 '후세 사람' 이란 다름 아닌 늦게야 깨달을 '자기 자신' 이었던 것이다. 그리고 스님은 도오를 배에 태워 건네주고 있었던 것이다.

문수보살이 유마거사를 문병한 이야기

날 적부터 위인과 성자가 따로 있는 것이 아니다.
마음에 때가 끼지 않도록 수시로 돌아본다는 점이 다를 뿐이다. / 맹자

유마힐維摩詰 또는 유마거사라고 불리우는 그는 석가모니 재시에 인도 비야리성에 살고 있었다. 대부호임에도 불구하고 집에서 홀로 승려처럼 대승보살의 불도를 닦아 그 고매함이 불제자로서도 감히 이를 수 없는 경지에 있었다.

어느 날 유마거사가 병석에 누웠다 하여 석가모니가 제자들에게 문병을 가도록 했다. 그러나 지혜가 으뜸인 사리불이나 준민하고 신통함이 제일인 목건련이나 경에 대한 해석이라면 첫째인 수보리나 웅변이 뛰어난 부루나 등 그 누구를 막론하고 선뜻 문병을 가겠다고 나서는 사람이 없었다. 그것도 무리한 일이 아니었다. 문병이라고 말하기는 하나 유마거사의 병은 보통 병이 아닌 마음의 병이었기 대문이다. '모든 중생이 앓고 있음으로 나도 앓고 있다' 라고 말하는 그런 병이었다. 생生함으로 생하는 것의 고뇌苦惱를 고뇌로 한다는 큰 병임으로 섣불리 문병을 갔다가는 오히려 유마거사뿐 아니라 일체 중생의 병고를 더욱 더 중태에 빠뜨리게 될 것

을 두려워하고 있었던 것이다.

그리고 또 그럴만한 이유가 있었다. 석가모니의 십대 제자 중에서 그 누구 하나 거사에게 법담을 하여 당해 낸 사람이 없었다. 제자들은 거사의 법이 얼마나 높은지를 너무도 잘 알고 있었다. 그리하여 나한은 물론 보살도 서로 가기를 꺼려하여 하는 수 없이 문수보살文殊菩薩이 문병을 가게 되었다. 수많은 보살과 나한 그리고 헤아릴 수 없이 많은 천인天人들이 문수보살의 뒤를 따랐다.

이와 같이 많은 대중의 내방을 받은 유마거사는 그의 거실인 방장에서 모두를 맞으며 환영했다.

"잘 오셨소이다. 문수보살이여, 보살은 오는 상相이 없이 오고, 나는 보는 상相이 없이 보살을 봅니다."

"거사여, 참으로 그러하오. 만약 왔다고 할진데, 그것은 온 것이 아니며, 또한 갔다고 하여도 그것은 간 것이 아니외다. 왜냐하면, 온 것은 그 온 바가 없고 간 사람도 또한 그 간 바가 없는 까닭에 사람이 보는 그것은 역시 보지 않는 것입니다."

"오직 하나이며, 최상인 법문에 어떻게 들어갑니까?"

거사의 말에 문수보살이 말하였다.

"무언無言, 무설無說, 무시無示, 무식無識의 모든 문답을 떠나 보내는 것이 이 불이不二의 법문에 들어가는 것이라 하겠소이다. 언어를 빌려 설할 수도 없고, 생각으로도 나타내 보일 수 없는 이 이상 그 어떠한 문답도 논할 여지가 없는 것이외다."

문수보살은 말을 마치자 이윽고 유마거사에게 다시 물었다.

"우리들이 각기 이상과 같이 말하였으니 거사여, 어떤 것이 불이의 법문에 들어가는 것인지요?"

"……."

거사는 다만 묵연히 단좌하고 있을 뿐 입을 열어 설하지 않았다. 이를 본 문수보살이 찬탄하며 말했다.

"문자도 없고 언어까지도 없는 이 묵언默言이야말로 참으로 불이법문不二法門에 들어가는 것이로다."

유마거사가 이 입불이법문入不二法門을 설할 때에 수많은 보살이 모두 불이의 법문에 들어가서 무생법인無生法忍을 얻었다.

입을 열지 아니함이 참으로 무언무설이며, 언어나 문자로 나타내지 않은 것을 무언무설이라 함은 참다운 무언무설이 아닌 것이다. 또한 문답의 모든 문제를 여인다는 것도 이미 문답에 떨어진 것이라고 하겠다.

유마거사의 묵연당체默然當體는 오히려 무언의 커다란 언설이며 천둥소리와 같은 것이다.

유마거사는 '중생이 앓으니 나도 앓는다'는 말과 함께 '만약 지옥에 한 중생이라도 남아 있다면 나는 그 중생을 구하기 위하여 지옥에 남아 있겠다'고 하였다. 중생이 있는 곳이라면 더불어 어느 곳이라도 함께 있겠다고 한 거사의 중생 구휼의 마음이 눈물겹다.

부자가 되려면 체면 따위는 버려라

훌륭해지고 부자가 되고 싶다는 것은, 거짓말을 하고 머리를 숙이고, 아첨하고 속일 것을 결심한 것이다. / H.발자크

광동에 소문난 부자가 있었는데, 그는 돈이라면 사족을 못쓰는 인색한 사람이었다.

그 집에 어느 날 저녁 낯선 사람 일곱 명이 찾아와 늙은이 앞에 공손히 절을 하고는 말했다.

"저희는 부자가 되는 비법을 배우기 위해 찾아왔습니다. 부디 그 비법을 가르쳐 주십시오."

젊은이들의 청을 들은 늙은이가 약간 거드름을 피우며 말했다.

"이제까지 누구에게도 그 비법을 말하지 않았네. 그러나 자네들이 그렇게 간곡히 배우고 싶다면 한 사람마다 백 냥씩 갖고 오게나. 그러면 내가 그 비결을 가르쳐 주겠네."

"백 냥만 가지고 오면 가르쳐 주시는 거지요? 부자가 된다는데 그게 문젭니까. 그럼 당장 가서 가져오겠습니다."

젊은이들은 그날로 각각 백 냥씩을 준비해 가지고 돌아왔다.

"그럼 비결을 말해 주겠네. 부자되는 길이란 게 뭐 어려운 게 없

다네. 먼저 바깥 도적을 몰아낸 다음 안에 있는 도적을 없애버리면 되는 것이야."

"바깥 도적이라니요?"

"바깥 도적은 다섯이 있는데 그것은 눈과 귀, 코와 혓바닥 그리고 몸뚱이라네. 눈이란 항상 아름다운 것만 찾게 마련이지. 그런데 그 아름다움이란 게 한이 없거든. 나는 불과 몇 냥 안 되는 돈으로 눈의 만족을 버리고 못난 여자를 데려왔지만 아들딸 낳고 살림 알뜰히 하니 그만 아닌가. 귀도 코도 혓바닥도 모두 마찬가지야. 좋은 것을 택하자면 하루에 몇 만 냥씩을 써도 모자라지. 나는 그런 것에는 일체 돈을 쓰지 않는다네. 귀를 즐겁게 하는 소리도 마찬가지야, 바람 소리, 새소리, 물소리 그 또한 끝도 없는 것 아닌가. 그리고 또 냄새도 마찬가지야. 마구간의 말똥 냄새도 코에 배면 구수하다네. 내게 향수 같은 것은 말하지도 말게나. 그거 아무짝에도 쓸데없는 것이야. 그 다음 먹는 것 말야. 그건 더욱 간사스럽지. 혓바닥의 비위를 맞추려면 아마 돈푼깨나 없앨걸세. 그러나 마음을 비우고 생각해 보게. 죽 한 그릇이나 고기 한 접시나 먹어서 배부르긴 마찬가지 아닌가."

부자 노인은 장황하게 설명을 이었다.

"그럼 안의 도적이란 무엇인가요?"

"바깥 도적을 깨끗이 물리치자면 우선 안의 도적부터 없애버려야 하는데, 안의 도적도 다섯 가지라네. 즉 인의예지신仁義禮智信이야."

"좀 자세히 말씀해 주십시오. 잘 모르겠습니다."

"음, 그 첫째는 인仁이라는 것으로 이것은 아주 고약한 것일세. 나는 남들이 착하다고 하는 일은 아예 안하기로 했다네. 그랬더니 정말 돈 쓸 일이 없더군. 누가 죽는다고 해도 모르는 척 해야 해. 써 버린 돈은 이미 썩은 돈이거든. 다신 돌아오지 않아. 그 다음 의義라는 것도 그렇지. 많은 사람들이 의리를 앞세워 재산을 없애는 경우가 얼마나 많은가? 의리라는 허울을 벗어 버리고 그야말로 철면피가 되어야만 해. 그래야 돈이 굳어지지. 또 예禮라는 것도 귀찮기 짝이 없는 거지. 알량한 체면 따위를 위해 돈을 써버린다면 언제 돈을 모으나, 그러니 쥐꼬리만한 체면 따윈 다 버려야 하네. 그런 건 번거롭기만 한 것이야. 오는 것은 받아들이고 가는 것은 잊어버려야 하네. 또 지智라는 것, 그것 또한 마찬가지야. 그저 속으로 알면서도 겉으로 모른 체하고 사는 것이 편하다네. 아는 척을 하다가는 돈을 써버리게 돼. 그리고 신信이라는 것, 그건 아예 내동댕이치는 게 좋아. 저놈은 믿을 수 없는 놈이라는 소리를 들어놔야 손 벌리고 오는 사람이 없지. 이렇게 다섯 가지를 물리치면 돈은 절로 모이게 마련이거든. 자 이제 비결을 다 가르쳐 주었네. 자네들도 당장 내 말을 시행하면 몇 해 안 가서 부자 소리를 듣게 될 걸세."

"잘 알았습니다."

젊은이들은 돈 꾸러미를 놓고 일어섰다. 그런데 부자 늙은이가 돈 꾸러미를 풀어 보니 황당무계했다. 돈 다발이 모두 종이로 만든 가짜였다.

노랭이 영감이 버럭 성을 냈다.

"자네들 대체 이게 뭔가? 나는 진심으로 말해 줬는데……."

"영감님 말씀은 잘 들었습니다만 그 비결은 세상 사람들에게 전할 것이 못되니 도깨비들에게나 가르쳐 드리시죠."

젊은이들은 금세 도깨비로 변하여 늙은이를 둘러쌌다.

늙은이가 도망치려 하자 도깨비들이 꽉 붙들고 놓아주지 않았다. 늙은이는 덜덜 떨며 도깨비들 앞에 꿇어 엎드려 내 생각이 잘못되었다면서 용서해 달라고 애원하였다. 그리고 이렇게 말했다.

"나를 죽이려거든 집안 살림을 정리할 틈이라도 주시오."

늙은이는 돈을 챙기기 위해 집안 곳곳을 뒤졌으나 어인 일인지 동전 한 푼 나오지 않았다.

늙은이는 도깨비들에게 끌려갈 처량한 신세가 되어 중얼거렸다.

"지금까지 떵떵거리며 살아왔는데 이게 웬일이란 말인가."

자신의 가진 것을 나눌 줄 모르고 평생을 인색하게만 살아오며, 더구나 자신의 인색함을 마치 부자되는 큰 비법인 양 떠들던 노인은 뒤늦게 후회의 눈물을 흘려도 이미 손쓸 겨를이 없음을 알고 비통해 했지만 소용이 없었다.

허주 스님의 무언설법

말은 날개를 가지지만 생각하는 곳으로
날아가지는 않는다. / G. 엘리엇

조선 시대 허주虛舟 스님의 이름은 덕진이요, 허주는 법호이다. 어려서 조계산 송광사에서 출가하여, 온갖 고행을 다 겪으면서 정진한 결과, 마침내 도를 이루어 근래에 드문 유명한 스님이 되었다. 스님은 조용한 것을 좋아하여 늘 깊은 산 속에 숨어 지냈으나, 그가 가는 곳마다 법을 구하는 사람들이 인산인해를 이루었다.

스님은 주로 호남의 사찰을 순례하면서 찾아오는 사람을 맞아 제도하다가, 뒤에 대원군의 청에 의해 보개산 초암 지장암과 고산 운문사에서 기도불사를 하였다. 그리고 나중에 경산에 있다가 그곳에서 열반에 들었는데, 다비에 부칠 때에는 궁궐에 있는 사람들이 나서서 상여끈을 매었다고 한다.

허주 스님은 청렴하고 도력이 뛰어나서 손바닥에 모이를 가지고 새들에게 보이면, 새들이 날아와서 스님의 손 위에서 모이를 먹었다. 이외에도 여러 가지 일화가 많다. 한번은 신도들의 청으로 서울에서 법을 설하는데, 청중이 만장한 가운데 스님이 법좌에 올랐다. 스님은 올라앉은 채로 한 시간이 넘도록 입을 열지 않고 그대로 가만히 앉아 있다가 내려왔다. 이 무언설법이야말로 백 마디 말보다 의의가 있고 위대한 것이었다.

그러나 청중은 당시 허주 스님의 높은 도성을 듣고 오직 귀로 듣는 법만을 구하여 왔다가, 이렇게 들을 수 없는 설법을 하는 것을 보게 되니, 한편으로는 그 숭고하고 장엄한 도력에 매료되면서도 한편으로는 그 뜻을 알지 못하였다.

그들은 스님에게 다시 한 번 설법을 청하였다. 스님은 조금도 어려워함이 없이 곧 승낙하였다. 이 무언설법의 소문이 퍼지자, 온 장안의 신도들이 이 일을 이야기하지 않는 사람이 없었다.

곧 제2차 설법의 소식이 들리자, 사람들은 호기심까지 발동하여 이번에는 전보다도 몇 배나 더 많은 청중이 모이게 되었다. 스님이 위의를 갖추고 법좌에 오르니, 이번에야말로 무슨 미묘한 법문이 열리겠지 기대하며 청중은 숨소리조차 죽이고 고요한 정묵을 지키면서 스님의 입만 쳐다보고 있었다.

그러나 이번에도 그들의 기대와는 반대로 스님의 입은 여전히 닫혀 있었다. 일 분, 이 분, 오 분, 십 분, 이십 분……, 이렇게

조바심이 이는 시간을 보내면서 청중은 이제나저제나 입이 열리기만 기다렸으나, 스님은 청중의 이러한 조바심에는 아랑곳하지 않았다.

스님은 오직 평연히 앉아 있을 뿐이었다. 그렇게 거의 한 시간이 지나자, 청중의 마음이 풀리고 도리어 권태를 느끼게 될 지경에 이르렀다. 이때 스님은 문득 입을 열어서 "용타" 하고 말하였다.

그러나 오직 이 말만 있을 뿐, 청중은 다시 숨을 죽이고 혹여나 뒤를 이어서 무슨 말이 나오는가 하고 긴장하고 기다렸다. 그러나 스님의 입은 다시 닫힌 채로 열릴 기미가 보이지 않았다. 그때 한 사람이 너무 갑갑하여 벌떡 일어나서 물었다.

"스님, 무엇이 '용타' 는 말씀입니까?"

스님은 그의 물음에 입을 열어서 말했다.

"굼벵이가 다시 매미가 되는 재주가 용하다는 말이야."

그리고 그대로 자리에서 내려왔다. 청중은 다시 아연실색하지 않을 수 없었다. 이것이 그 유명한 허주 스님의 무언설법이다.

불속에서 열반한 곽산경통 스님

생각날 때가 일을 착수할
가장 좋은 적기이다. / 사명대사

곽산藿山경통經通 스님이 백발이 성성한 만년에 이르러 어느 날 산 아래 넓은 들판에 손수 장작을 해서는 한 짐 두 짐 쌓기 시작하였다. 마치 명공名工이 탑을 쌓듯이 밑바닥부터 차곡차곡 장작을 쌓아 올려서 흡사 자그마한 산과 같이 되었다.

사람들은 이 노승이 무엇을 하려고 그러는지 통 알 수가 없어서 모두 이상하게 여기고 주의 깊게 보았다.

장작더미가 완성되자 스님은 평소에 친밀하게 지내던 신도들의 집을 일일이 찾아다니면서 말했다.

"나는 이제 사바의 인연이 다하여서 좀 쉬어야 되겠소."

신도들은 깜짝 놀라는 한편 혹시 스님이 농담하는 것이 아닌가 하고 반신반의하였다. 매일 신도들을 찾아다니던 스님은 들판에 쌓아 놓은 장작더미가 있는 곳으로 가서 그 옆에 엄숙하게 좌정을 하고 제자들을 돌아보며 일렀다.

"시간이 정오가 되거든 바로 알려다오."

그리고는 마치 휴양하는 사람처럼 눈을 감고 참선에 들었다.

잠시 후 정오가 되어 당부한 대로 제자들이 시각을 알리자 스님은 몸을 일으키더니 횃불에다 불을 당겨서 장작더미 주위를 돌면서 군데군데 불을 붙이더니 돌연 불속으로 들어가 장작더미 맨 꼭대기로 태연하게 올라가는 것이었다.

바짝 마른 장작더미는 불이 닿자마자 뭉게뭉게 흰 연기가 피어나더니 어느덧 붉은 불길이 치솟아 올랐다. 불길은 맹렬한 속도로 요란스런 소리를 내며 타올라 삽시간에 온 천지가 불바다가 되어 버렸다.

이렇게 무서운 불길 속에서도 스님은 눈썹 하나 손가락 하나 움직이지 않고 좌선의 부동자세로 주장자를 들고 입적하였다. 평소와 같이 평화롭고 숭고한 그의 모습에서는 거룩한 빛이 흘러나왔다. 곧 맹렬한 불길은 거침없이 스님을 휩싸 영원히 그의 모습은 찾아 볼 수 없게 되었다. 사나운 불길이 모든 것을 남김없이 휩쓸어 삼켜버린 들판에는 오직 식어가는 재만이 바람에 나부끼고 무심한 구름만이 흘러갈 뿐이었다.

열반에 들어가기 위해 불속으로 들어가 입적한 이는 선가에서는 곽산경통 스님이 처음이다.

불교의 큰 기둥 원효 스님

도달된 자유의 표시는 무엇인가?
이미 자기 자신에 대해서 부끄러움이 없는 것이다. / 니이체

동방의 큰 별 원효元曉는 수천 년이 지난 오늘날까지 그 이름이 빛나고 있다. 스님은 나면서부터 매우 영특하여 스승에게 별로 배운 적도 없이 문장에 능통하였으며, 출가하여서도 쉽게 경전에 통달하여 뛰어난 이름을 얻게 되었다.

원효 스님은 일찍이 의상義湘 스님과 함께 법을 구하러 당나라 유학 길에 들었다. 원효와 의상에 대한 그때의 유명한 일화와 그 후 행적을 소개한다.

원효와 의상은 청운의 꿈을 안고 몇 날 며칠을 걸어 중국 땅에 들어섰다. 기약없이 하루 종일 길을 걸어 날은 저물고 어둠이 짙은데다 지친 몸이라 도저히 더 걸을 수가 없어 언덕에 있는 굴로 들어가 쉬게 되었다. 그런데 그곳은 오래된 고총이었다. 두 스님은 그런 줄도 모르고 편편한 곳에 몸을 눕히자 피곤한 몸이라 금방 잠이 들었다. 자다가 목이 몹시 마른 원효 스님은 어둠 속에서 물을 찾아 더듬거렸다. 다행히 손에 물그릇 같은 것이 잡혀 스님

은 순간 그것을 들어서 달게 마셨다.

잠을 자고 아침에 일어나 보니 지난밤 물그릇인 줄 알고 마신 것이 사람의 해골에 고인 썩은 물이었다. 스님은 이것을 보고 그만 비위가 거슬려 창자를 거머쥐고 구역질을 하였다. 그러다 원효 스님은 이 순간 홀연히 깨달은 바가 있었다. '그릇으로 알고 마신 때에는 마음이 그렇게도 편안하더니 해골인 줄을 알게 되니까 곧 더러운 생각이 들어 구역질을 하게 되니, 실상 더럽고 깨끗한 것은 밖에 있지 않고 오직 마음에 있구나' 하고 깨달은 것이다.

그리하여 원효 스님은 함께 갔던 의상에게 자신이 비로소 법을 얻은 것이며, 당나라에 가지 않고 고국으로 돌아갈 것임을 알렸다. 스님은 그대로 돌아와서 명산으로 돌아다니면서 오직 도를 닦기에 전념하였다. 그러나 마음이 본래 광달무애하므로 언어와 행동이 도에 지나치다 싶게 벗어났다.

그때 마침 나라에서 백좌인 왕경대회를 열고 두루 훌륭한 스님들을 찾아 법회를 가질 예정이었다. 이때 원효 스님의 고향 상주에서는 법회에 스님을 추천하였다. 그러나 원효 스님을 미워하는 이들이 왕에게 간언하여 나라에서는 스님을 받지 아니하였다.

그런데 얼마 지나지 않아 왕비가 뇌 속에 종기가 나는 중병에 걸렸다. 의원들이 아무리 치료를 해 보아도 효험이 없으므로 나라에서는 할 수 없이 사신을 외국에 보내 약을 구하게 되었다.

사신이 배를 타고 당나라로 가는 길에 뜻밖에 한 노인이 배에 뛰어올라왔다.

그리고는 약과 경을 주며 단호하게 말했다.

"이제 왕비의 병을 인연 삼아 금강삼매경을 세상에 유포하고자 한다. 이 경은 오직 대안 성자를 모셔다가 차례대로 경을 꾸미게 하고, 원효 스님을 청하여 소를 지어서 강석케 하여야 왕비의 병이 나을 것이다. 그렇지 않으면 가령 설산의 아가타약을 가져다 쓴다 할지라도 소용이 없을 것이다."

이렇게 당부하고 홀연히 사라지는 것이었다. 사신이 다시 배를 돌려 귀국하여 이 사실을 낱낱이 왕에게 고하니 왕은 기뻐하며 곧 대안 성자를 찾았다. 그러나 대안 성자가 누군지를 아는 사람은 아무도 없었다. 왕은 '어떻게 하여야 그를 찾을까' 하고 크게 걱정을 하였다.

그러던 중 이상야릇한 모습으로 시장을 돌아다니면서 '대안 대안' 하고 구리로 된 발잇대를 두드리는 승려가 있다는 이야기를 듣게 되었다.

왕은 곧 가서 예를 갖추고 궁중으로 함께 가기를 청하였다. 그는 정말 대안大安 성자였다. 혜공惠空 대안 스님은 진평왕과 선덕여왕 때의 선성이다.

대안 스님은 너구리 새끼를 살린 일로도 유명한데 하루는 산길을 가다가 날이 저물어 쉬어 가려고 동굴 속에 들어갔다. 그런데 어디서 강아지 우는 소리가 들려 가보니 어미 없는 너구리 새끼들이 비쩍 마른 상태로 끙끙거리고 있었다. 대안은 그 너구리 새끼를 살리기 위해 쪽박을 들고 마을로 내려가 아낙들에게 젖 동냥을 해서 얻어다 먹였다. 처음 젖을 얻으러 갔을 때 아낙들은 웬 중이 젖을 달라고 하느냐며 물을 뿌리고 흙을 던지면서 갖은 욕설을 퍼부었다. 그래도 대안 스님은 오로지 너구리 새끼를 살리겠다는 일념으로 정중하게 젖을 구해 결국 너구리를 살렸다는 이야기다.

이렇게 자연과 하나가 되어 태평하게 살아가는 대안 스님이었다. 그런 스님이 왕의 초청이라 하여 궁중에 들어갈 리가 없었다. 그는 왕궁에 가지 않고 다만 경만을 가져오게 하여 경의 차례를 쉽게 안배하여 팔품을 정했다. 비로소 글의 뜻이 통하여 읽을 수 있게 되자 스님은 경을 돌려 주면서 이렇게 일렀다.

"다른 사람으로는 안 될 터이니 곧 원효 스님에게 가져다 주라."

그리고는 다시 길거리를 돌아다니면서 발잇대를 두드리고 '대안 대안' 하고 외우면서 떠났다.

이때 원효 스님은 상주에 있었다. 자신을 찾는 사자가 오자 소牛

를 타고 오면서 붓과 벼루를 소뿔 사이에 얹어 놓고 소疏를 짓기 시작하여 서울에 다다르기 전에 이미 이것을 다 마치었다. 그래서 이 소를 각승이라 부르게 되었다.

왕은 곧 황룡사에 법석을 설치하고 이것을 강설케 하였는데, 마침 스님을 시기하는 무리들이 이 소를 도적질하여 일을 방해했다. 스님은 이 사실을 왕에게 말하고 사흘을 연기하여 다시 세 권의 소를 지으니 이것이 세상에서 말하는 약소라 하는 것이다.

법을 설하는 날에 왕과 신하들, 도인, 백성 등 모든 사람들이 구름같이 모여서 법당이 터질 듯이 가득했다.

스님은 낭랑한 목소리로 어둠을 뚫고 헤치고 빠개면서 물을 쏟듯이 거침없이 구슬을 꿰듯 불법의 진리를 꿰어 나갔다. 듣는 청중은 다만 묘법에 도취하여 우레와 같이 일어났다. 그때에 스님은 조용히 읊조렸다.

"흥, 전일에 서까래 백 개를 가릴 때에는 비록 참여치 못하였으나 오늘 들보 하나를 쓸 때에는 나 혼자 능하구나."

이 법회 후 왕비의 병은 씻은 듯이 나았다. 스님은 그 뒤 다시금 미친 사람처럼 길거리로 돌아다니면서 다음과 같은 노래를 불렀다.

"내가 하늘을 떠받칠 기둥을 깎을 것인데, 자루없는 도끼를 빌릴 사람이 그 누구냐."

그러나 그 뜻을 아는 사람이 아무도 없었다. 태종이 이 말을 듣고 곰곰이 생각한 후 말했다.

"스님이 드디어 장가를 들어 귀한 아들을 나을 생각이로구나. 나라에 어진 사람이 나면 그 보다 더 좋은 일이 어디 있겠느냐."

마침 요석궁에 기거하는 공주가 있으므로 스님을 곧 그곳으로 들이게 하였다. 궁인이 스님을 찾을 때 스님은 벌써 남산에서 내려와 문천교를 지나고 있었다. 이들은 다리에서 서로 마주치게 되었다. 스님은 궁인들을 피하다가 다리에서 떨어져 옷을 적시고 말았다. 궁에서 나온 사람들이 스님을 그대로 들어다가 옷을 벗겨

말리고 요석궁에 유숙케 하였다.

마침내 공주가 잉태하여 설총을 낳게 되었다. 스님은 그 뒤로 계를 범하였다 하여 속가의 옷을 입고 자신을 소성거사라 칭하며 다녔다.

시시콜콜 설명해 주지 않아서 모시는 스승

자기를 지키는 사람은 다른 자기도 지킨다. 그렇게 하면
누구에게나 해침을 받지 아니하는 현자가 되는 것이다. / 석가모니

동산洞山 스님이 자신의 스승인 운암雲岩 스님의 제삿날을 맞아 문하생들에게 제사 모실 준비를 명하자 한 제자가 물었다

"스승께서는 운암 스님으로부터 무슨 특별한 가르침이라도 받으셨습니까?"

그 물음에 동산 스님이 낭랑하게 말했다.

"그분을 스승으로 모시고 공부하긴 했지만 특별한 가르침을 받진 못했다."

스님의 말에 제자가 의아스런 얼굴로 다시 물었다.

"그런데 스승님께선 어째서 그분 제사를 모시는 겁니까?"

"내가 그분의 가르침을 받지 않았다고는 하나 어찌 그분을 잊겠는가?"

그러자 제자가 이해가 안 간다는 듯이 물었다.

"스승님께서 제일 먼저 찾아 뵌 분은 남전 스님이신데, 왜 남전 스님의 제사는 모시지 않고 운암 스님의 제사를 모시는 겁니까?"

동산 스님이 미소를 지으며 대답했다.

"나는 운암 스님의 높은 덕망과 도를 존중해서 제사를 지내는 게 아니다. 그분이 스승으로 계시면서도 나에게 시시콜콜 진리를 설명해 주시지 않은 게 고마울 따름이야."

제자가 고개를 갸우뚱거리며 물었다.

"스승님께서 큰스님을 위해 제사를 모시는 것은 결국 큰스님의 가르침에 동의하시기 때문이 아닙니까?"

"그건 그렇지 않네. 반은 동의하고 반은 동의하지 않는다고 생각하네."

"왜 전부 동의하지 않으신다 하십니까?"

이에 스님은 조용히 웃으며 말했다.

"만약 그분에게 전적으로 동의한다면 이는 그분의 뜻을 고스란히 저버리는 것이 될걸세. 그렇다고 동의하지 않는다면 이 또한 그분의 뜻을 저버리는 것이 될걸세. 나는 운암 스님께서 맥만 짚어 주시고 나로 하여금 스스로 깨닫게 해 준 그 부분을 높이 사는 것이라네. 그렇지 않은가."

심우도尋牛圖와 십우도十牛圖

정신은 자기 자신의 생명에 파고드는 생명이다.
그것은 스스로의 괴로움에 의해서 그 지식을 풍부히 한다. / 니이체

송나라 곽암廓庵 스님은 인간의 자성自性을 소에 비유하여 내면적인 마음 닦음을 그림으로 설명한 선도학禪道學의 선구자다.

자성을 탐구하여 마음을 닦는 열 장의 그림을 단계적으로 그려서 변화를 사실적으로 묘사하였는데, 이를 흔히 십우도十牛圖라고 부르기도 하고 소를 찾는 그림이라 하여 심우도尋牛圖라고도 한다.

곽암 스님과 같은 시대에 보명普明 스님도 이 심우도尋牛圖를 제작하였는데 우리 나라는 곽암의 심우도를 받아들였다.

선禪공부를 하고자 하는 사람의 마음을 동자로 묘사하고 있으며 그 동자가 새끼줄을 들고 소를 찾아나서는 그림이 맨 처음 나오는 그림이다. 여기서 새끼줄은 공부를 하고자 하는 심지心志라 말할 수 있으며, 이는 선공부를 위해 근기를 세우는 것으로 소를 찾고자 하는 간절한 마음과 같으므로 심우尋牛이다.

소를 찾아 나선 동자는 처음에는 안개 속같이 깜깜하기만 했으나 한참 공부를 하다 보니 곧 소 발자국을 발견하게 된다. 이 발

심發心이 바로 견적見跡으로 두 번째 그림이며, 공부를 하고자 열심어린 구망이 그 족적을 찾을 수 있게 된다는 상징적인 표현이다.

소의 발자국을 따라 가 보니 소가 숲 속에서 풀을 뜯고 있는데 꼬리부분과 엉덩이만 보인다. 이 장면이 세 번째 그림으로 견우見牛인데, 선禪공부를 하고자 하는 일념으로 계속 공부를 하다 보니 세상 실체와 자성의 실체가 다소나마 보이게 되고 따라서 마음 공부에 목표가 확연히 설정되어진 경우다.

이제 소를 발견했으니 묶어서 끌고 와야 하는데 야생의 소가 호락호락 말을 들을 리 없다. 그래서 코를 꿰어 밀고 당기고 넘어지고 뒹굴고 하면서 결국 소를 끌고 와 길들이게 된다. 이 광경이 네 번째 그림 목우牧牛이다.

그러니까 인간의 마음 가운데는 늘 저울질하는 간사한 계교計巧가 있는데 말하자면 아무리 좋은 마음 공부라도 할 것이냐 말 것이냐 하는 갈등을 시사한 대목이라 하겠다. 전폭적으로 따르자니 하고 싶은 것도 마음대로 할 수 없고, 안 따르자니 세상살이가 심란해서 마음 고생이 이만저만이 아닌 상태를 소를 잡아 끌어 오는 장면에 비유한 것이라 하겠다.

그러나 일단 하고자 마음먹고 나면 의외로 편해질 수 있다. 끌고 온 소를 외양간에 매어 놓고 꼴도 베어다 주고 쇠죽도 쑤어 주고 하다 보니 야생에서 멋대로 살 때 보다 훨씬 편리하고 안락한 자유를 느끼게 된다. 바로 이런 길들임 다음에 완전히 소를 얻게 되니 다섯 번째 그림 득우得牛이다.

일단 마음 공부를 하고자 작정하고 나니 예전의 거친 마음이 사그라지고 경전 말씀을 양식으로 마음 공부를 하다 보니 소와 내가 둘이 아니라 하나가 되는 자리이다. 이때 동자는 소 잔등에 올라타 구멍 없는 피리를 불면 소도 피리 소리에 따라 꼴을 뜯으면서 뚜벅뚜벅 걸어 주인의 뜻대로 움직인다. 즉 내 마음은 도道를 완전히 터득하여 소가 나고 내가 소인 상태로 온전하게 하나 된 오도悟道의 활구活句가 흰 소로 나타난다.

이렇게 소와 내가 한 몸을 이루었으니 소 등에 올라타 집으로 돌아오게 되는데 본래의 자성으로 돌아오기 때문에 기우귀가騎牛歸家다. 여섯 번째 그림의 내용은 내가 내 마음을 주관하고 마음대로 다스리는 혼연일체의 자리로서 본래의 자성으로 돌아온 나를 말한다.

일곱 번째가 망우존인忘牛存人으로 참나眞我로 돌아온 내가 해탈이라는 피안에 들어 무념무상한 초탈의 세계로 들었으니 마음에 걸림이 없이 초연하게 있는 상태다. 배를 타고 강을 건너 내 동산에 내렸으니 배가 필요 없는 것처럼 경전의 문자를 통하여 깨달음을 얻고 보니 경전이 필요 없는 그야말로 무상의 경계다. 이렇게 도성인신道成人身을 이루었으니 도가 나고 내가 도이므로 자신조차도 필요 없는데 무슨 소가 필요하겠는가. 따라서 그러한 나를 필요한 곳에 쓰일 수 있도록 대승大乘을 실천해야 하는 성인으로서 최고의 발원지가 인우구망人牛俱忘으로 여덟 번째 그림이다.

아홉 번째 그림 반본환원返本還源으로 세상만사가 돌고 도는 일원상 자체며 본래 자기면목이 거울에 비치는 것처럼 텅 빈 상태이다. 따라서 산은 산이요 물은 물의 경지로 눈에 보이는 것이 아침

이슬인 초로요 환상이요 꿈일 수 있는 원화의 세계로 우주의 근본을 어디에다 둘 것인가다. 하늘을 나는 새는 발자국이 없다. 날갯짓을 하면서 날아갔지만 흔적을 남기지 않는다. 마음도 어쩌면 저 허공과 같다. 때문에 소나무는 푸르고 꽃은 붉은 것처럼 마음이 없는 것과 같다.

열 번째 그림이 입권수수入卷垂手로 나의 본래면목과 세상의 진면목을 보았으니 아귀축생의 자리에 있는 사람들을 일깨워야 하는 중생제도를 말하고 있으며, 이는 곧 깨달은 사람이 더불어 살고 더불어 즐기며 끝내 불국정토를 이루어야 하는 수승한 실천신앙을 말한다.

소를 찾아 나서서 소의 발자국을 발견하고, 소를 본 다음 소를 잡아 길들여서 소를 타고 돌아오는데, 이때 소는 없어지고 자기만 남는다. 사람도 소도 잊어버린다. 자성이 그대로 우주의 근본임을 깨닫게 되는 것이다. 그리고 포대 스님처럼 온갖 것을 걸망에 담아 깨달음을 실천한다는 참으로 필요불급한 이야기다.

그러니까 야생에서 난 소를 길들이듯이 본래의 나를 나로 바로 세우고 나아가 이웃을 위해 대승을 실천해야 한다는 과정이 심우도尋牛圖의 전반적인 요지이다. 이렇게 야생의 소에 인간의 마음을 비유하여 열장의 그림으로 그린 십우도十牛圖는 구도의 자세를 상징적으로 표현한 오묘한 철학이다.

절 외벽에 흔히 그려져 있는 열 장 남짓한 그림으로 어쩌면 불교를 말없이 대변해 주고 있는데 그렇기에 그 연원을 캐 단면을 훑어보게 되었다.

법원이 고불古佛된 까닭

배부르고 자유가 없는 개가 되기보다
굶주려도 자유로운 이리가 되리라. / 실러

어느 날 귀성歸省 스님이 외출하여 절에 없는 틈을 타서 신도들이 법원法遠에게 모두 몰려와서 특별 공양 한번만 먹게 해달라고 간청하였다.

"날마다 사람이 차마 먹지 못할 것을 먹으니, 심기가 곤궁하여 공부에 장애를 가져오는군요. 오늘은 스님께서도 마침 안 계시니 도깨비 몰래 빨래한다는 격으로 스님 몰래 흰죽이나 한번 쑤어 먹읍시다."

마치 어린애가 젖 달라고 보채듯이 도반들이 자꾸만 졸랐다. 법원은 전부터 늘 딱한 마음이 들던 참이라 선뜻 응하고 부랴부랴 죽을 쑤어서는 모두 배불리 먹었다.

얼마 후 귀성 스님이 절에 들어오자 한 학승이 이 일을 낱낱이 일러바쳤다. 스님은 노발대발하여 당장 죽을 쑤어 준 장본인을 불러오라고 불호령을 내렸다.

법원은 모든 것을 각오하고 방장실로 들어가 무릎을 꿇고 엎드려 죄를 빌었다. 스님은 불꽃이 펄펄 이는 눈으로 법원을 뚫어지게 노려보았다.

"네 이놈, 누구 허락을 받고 죽을 쑤어 주었느냐? 그런 각별한 호의는 후일 네가 주지나 되어서 할 일이야. 건방지게 네 멋대로 이 산의 법규를 어지럽혀? 너 같은 놈은 도저히 용서할 수 없다. 단 한줌의 먼지라도 사유물은 절대로 손을 대어서는 안되는 법이야."

추상같이 꾸짖으며 그 자리에서 지사승에게 명하여 법원의 의발과 소유물 일체를 빼앗아 모조리 팔아서는 절 재산으로 납부하도록 하였다. 그리고 절에서 나가라는 추방 선고를 내렸다.

법원이 절에서 쫓겨나게 되자 산중의 모든 장노와 유력한 신도들이 방장실로 가서 누누이 용서를 빌었으나 스님의 노여움은 오히려 타는 불에 기름을 붓는 것처럼 더욱더 충천하였다.

법원은 하는 수 없이 절에서 빈손으로 쫓겨나 거리에서 방황하다가 스님 몰래 슬그머니 절안으로 들어가서는 마루 밑에 숨어 있으면서 스님이 상당 설법할 기회만을 노리고 있었다.

연중 햇빛을 못 보아 눅눅하고 먼지가 겹겹으로 쌓여 있는 마루 밑에서 주먹밥 한 덩어리씩 얻어먹으며 겨우 목숨만을 부지하니 그의 몰골은 거의 산송장이나 다름없이 되어 보기에도 참혹하기 이를 데 없었다. 그러나 그는 변함없이 정진하는 데 소홀함이 없었다. 마치 진흙 속에서 연꽃이 피어나듯 어두운 밤에 보석이 광채를 발하듯 감히 세속의 사사로운 감정이 범접을 할 수 없는 성스런 위엄을 발하는 수행이었다.

어느 날 스님이 우연히 외출을 하려고 막 방장실을 나오다가 문득 법원의 모습을 발견하였다. 그는 큰 변이라도 난 듯 고래고래 소리 지르며 달려들었다.

"이놈, 대관절 이 꼬락서니를 하고 여기서 얼마나 있었느냐?"

"네, 한 반년 있었습니다."

"뭐? 반년이나 있었다고? 그래 그동안 숙박료는 얼마나 냈느냐?"

"아직 한 푼도 안냈습니다."

"야, 이 도적놈아. 당장 숙박료를 따져서 냉큼 내놓아라. 만약 한 푼이라도 덜 냈다가는 관에 고발하고 말테다."

참으로 완고하고 악랄하기 짝이 없는 일이었다. 그러나 법원은 조금도 항거한다든가 성내지 않고 도리어 그 혹심한 학대를 순순히 받아들였다.

마루 밑에서까지 쫓겨난 법원은 그 후 묘지, 헛간, 다리 밑, 굴속 등에서 자며 부지런히 탁발托鉢을 하여 숙박료를 갚아 냈다.

또한 발우鉢盂를 들고 정처없이 동냥을 하러 다니다가 어쩌다 먼발치에서 스님의 그림자만 눈에 띄어도 반드시 그 자리에서 스님을 향하여 지극지성으로 절을 하는 것이었다.

어느 날 스님이 외출하고 돌아와서 돌연히 구도자들을 모두 법당으로 집합시키고는 엄숙하게 선언하는 것이었다.

"이 산의 고불古佛, 그리고 대중은 들을지어다."

"이 산내에 스님 이외에 또 고불이 누가 있습니까?"

"아니다. 원공遠公이야말로 진정한 고불이다."

이 같은 폭탄적인 선언에 도반들은 아연실색하여 와글와글 들끓었다.

"대중이여, 조용히 하여라. 이제 곧 거리로 모두 나가서 원공을 맞아들이도록 하여라."

스님은 한편으로는 시중드는 사람에게 향과 꽃을 준비하도록 명하고 성대한 의식을 갖추어서 법원을 영접하여 높은 자리에 앉히고 건당식建幢式을 거행하였다.

그날로 법원은 도반들의 우러름을 받는 사람이 되었다.

백낙천과 도림 스님의 만남

선은 부처님의 마음이요, 교는 부처님의 말씀이며,
율은 부처님의 행동이다. / 서산대사

유명한 시인이요 뛰어난 문객이며 정치가이기도 한 백낙천白樂天이 관리들과 함께 항주 지사가 되어 부임했을 때의 이야기다.

부임지 근방에 당시 도림道林 스님이라는 덕이 높은 석덕碩德이 있었다. 백낙천은 두뇌가 탁월하게 명철한데다 불경을 널리 섭렵한 지식인이었다. 그는 우월감이 충만해 어디를 가나 그 스스로 본색을 나타내어 상대방을 설파하는 버릇이 있었다.

어느 날 그는 도림 스님을 시험해 볼 심사로 많은 수행원을 거느리고 도림 스님을 찾아갔다.

스님은 항상 사찰 경내에 있는 큰 고목나무의 꼭대기에 올라가서 좌선을 하고 있어서 나무 밑에서 쳐다보면 꼭 새가 둥지를 틀고 있는 것과 흡사하여 '새집 스님' 이라고 불렸다.

그날도 역시 나무 꼭대기에 앉아서 좌선을 하고 있는데 백낙천의 일행이 마침 도착하였다.

백낙천은 경내를 두루 구경하고 예의 그 나무 밑에 이르러서 소문 들은 대로 나무를 올려다 보았다. 과연 까마득한 맨 꼭대기 나뭇가지에 가부좌를 틀고 앉아서 좌선하고 있는 스님의 아슬아슬한 모습이 보였다.

"아, 위험하다 위험해."

그는 부지중에 소리쳤다. 스님은 갑자기 사람 소리가 나서 아래를 내려다 보니 높은 관리가 많은 수행원을 거느리고 나무 밑에 서 있는 게 아닌가. 스님은 그가 학문의 자만이 대단한 백낙천이라는 것을 알았다.

"아, 위험하다 위험해."

스님은 아래를 굽어보며 그의 말을 그대로 받아서 앵무새처럼 되뇌었다.

"이 사람은 머리를 하늘에 두고, 발은 이렇게 땅을 밟고 있거늘 도대체 무엇이 위험하다는 말씀이요?"

백낙천은 의아하여 반문하였다.

"심화心火는 상교相交하고 식識은 허랑虛浪해서 정정靜定할 줄 모르니 어찌 위험하지 않다는 말씀이요?"

스님은 직통으로 쏘아부쳤다. 백낙천은 스님이 자기의 마음을 환히 들여다보는 것처럼 말하자 당황해 버렸다. 그리고는 내심으로 '과연 보통 승려가 아니구나' 느끼고 슬쩍 화제를 돌렸다.

"어떤 것이 이 불법의 적적대의嫡嫡大意입니까?"

"나쁜 짓은 하지 않고 착한 일만 행하는 것이다."

스님의 이 대답을 듣자 백낙천은 소리를 높여서 껄껄 웃었다.

"그거야 삼척동자라도 다 아는 사실이 아니요?"

신통치 않다는 뜻으로 말하자 스님은 다음과 같이 엄숙하게 말했다.

"삼척동자라도 다 아는 일이지만 팔십노인도 행하기는 어려운 일이외다."

이 말이 백낙천의 가슴을 아프게 쳤다. 지와 행, 불법은 아는 것으로서 이루어지는 것이 아니라 오직 실행함으로서만이 성취할 수 있다는 것을 그는 여실히 깨달은 것이다. 그리하여 그 자리에서 모든 자만심과 식견을 깨끗이 버리고 진심으로 도림 스님에게 귀의하고 돈독히 수행을 하였다.

그리고 얼마간의 시간이 흘러 백낙천이 꿈에도 그리던 도림道林 스님을 다시 방문하였다. 마침 스님은 겨울 맞을 준비를 하느라고 흙벽을 바르고 있었다. 시인으로 명성이 자자한 백거이의 방문에 도림사의 승려들이 달려와 스님을 찾았으나 도림 스님은 들은 체도 않고 흙벽만 바르고 있었다. 백거이 시인이 스님이 일하는 현장으로 찾아와 인사를 드리자, 스님은 일손을 놓지 않은 채 고개를 돌리며 백낙천에게 물었다.

"지사는 군자인가, 아니면 소인인가?"

이 말 속에는 내가 나가서 맞아야 하는데 일하다 말고 나가 맞을 수가 없었으니 이해할 수 있겠는가 하는 암시였다.

"군자가 되려고 노력하기는 합니다만."

이 말을 듣자 스님이 말없이 흙손을 내밀며 흙판을 툭툭 두드렸다. 시인 백거이는 흙을 떠서 도림 스님의 흙판에 올려놓았다. 스님은 흙을 받으며 물었다.

"그대가 그 유명한 백낙천이란 말이지?"

"그렇습니다만."

시인의 대답에 스님은 껄껄 호탕하게 웃으며 말했다.

"겨우 흙이나 떠 주는 사람이구먼 그래."

이에 시인이 깊이 허리를 숙여 스님에게 감사의 인사를 했다. 그리고 정중히 말했다.

"과찬의 말씀이십니다."

그는 수향 후 심금을 울려주는 명문, 명시를 많이 남겼는데 이는 지행의 원만한 인격에서부터 우러나오게 된 것이다.

부모를 공경하는 마음父母恩重經

그 사람됨이 효도하고 공손하면 윗사람을 침범하는 자는 거의 없다.
효도와 공손이란 것은 그 인(仁)을 구현함의 근본일 것이다. / 공자

석가모니가 대중과 함께 기타 숲에서 남쪽으로 가다가 해골 한 무더기를 보았다. 석가모니는 해골더미를 향하여 이마를 땅에 대고 정중히 절을 하였다. 이것을 본 아난이 석가모니에게 이렇게 물었다.

"석가모니시여, 여래는 세상의 큰 스승이시고 모든 중생의 아버지이시니, 여러 사람들이 의지하고 공경하는데 어찌하여 해골더미에 절을 하십니까?"

석가모니는 이렇게 대답하였다.

"아난아, 네가 비록 나의 큰 제자로서 출가한 지 오래지만 사리를 널리 알지 못하는구나. 이 한 더미 해골이 혹은 내 전생의 조부모도 되었을 것이요, 또 여러 대에 내 부모도 되었을 것이니 내가 지금 예배하는 것이다. 아난아, 이 한 더미 해골을 두 몫으로 나누어 보아라. 만일 남자의 뼈라면 희고 무거울 것이요. 여자의 뼈라면 검고 가벼울 것이다."

"석가모니시여, 남자와 여자가 살아 있을 때에는 그 의복과 생긴 모양으로 능히 구별할 수 있지만 죽은 뒤에는 마찬가지 해골이거늘 저더러 어떻게 분간하라 하십니까?"

"아난아, 만일 해골이 남자라면 세상에 있을 때에 절에 가서 경을 읽는 소리를 듣기도 하고, 3보寶 앞에 예배도 하고 염불도 하였을 것이므로 뼈가 희고 무거울 것이다. 그러나 여자는 아기를 한 번 낳을 적마다 서 말 석 되의 피를 흘리고, 여덟 섬 너 말의 젖을 먹여야 하므로 뼈가 검고 또 가벼우니라."

아난이 이 말씀을 듣고 가슴을 오리는 듯 울면서 석가모니에게 물었다.

"석가모니시여, 어떻게 하면 어머니의 은혜를 갚겠습니까?"

"아난아, 자세히 들어라. 내가 이제 너를 위하여 세상의 모든 어머니가 아기를 배어 낳느라고 열 달 동안 겪어야 하는 지독한 고통을 말하겠다.

어머니가 아기 밴 지 첫 달에 아기는 풀 끝에 맺힌 이슬방울처럼 아침에 있다가 한나절이 지나면 없어져 버린다. 둘째 달에는 잘 끓은 우유죽을 한 방울 떨어뜨림과 같은 형상이 생기고, 셋째 달에는 엉켜진 피와 같다. 넷째 달에는 어머니의 태내胎內에서 다섯 부분이 생기니, 그 다섯 부분이란 머리가 한 부분이요, 두 팔이 세 부분이요, 두 무릎이 다섯 부분이다.

어머니가 아기 밴 지 여섯째 달에는 어머니 태내에서 여섯 정기가 열리니 눈이 한 정기요, 귀가 두 정기요, 코가 세 정기요, 입이 네 정기요, 혀가 다섯 정기요, 뜻이 여섯 정기이다. 그리고 일곱째 달에는 어머니 태내에서 3백60 뼈마디와 8만4천 털구멍이 생긴다. 여덟째 달에는 뜻과 지혜가 생기고 아홉 구멍이 자란다. 아홉째 달에는 아기가 어머니 태내에서 먹기를 시작하는데 복숭아, 오얏, 마늘이나 오곡은 먹지 않는다. 어머니의 생장生臟은 아래로 향하고 숙장熟臟은 위로 향하여 한 더미 산이 있는데, 이 산 이름이 세 가지니 한 이름은 수미산須彌山, 한 이름은 업산業山, 한 이름은 혈산血山이다. 이 산이 한번 무너지면 한줄기 피로 화하여 아기의 입으로 흘러 들어간다.

어머니가 아기 밴 지 열 달째에는 마침내 낳게 되는데, 아기가 만일 효순한 자식이면 두 손을 합장하고 나오면서 어머니를 괴롭히지 아니할 것이요, 만일 5역逆의 자식이면 어머니의 태를 깨뜨리거나 발에 힘을 주고 어머니의 골반에 버티어 디디기도 하며, 어머니로 하여금 천 개의 칼로 배를 찌르는 듯 만 개의 창으로 가슴을 쑤시는 듯 하게 한다. 이러한 고통을 겪으면서 이 몸을 낳은 뒤에 또 열 가지 은혜가 있다.

어머니가 아기를 밴 지 열 달 동안에 일어나고 앉는 것이 자유롭지 못하여 무거운 짐을 진 것 같고, 음식이 잘 내리지 않으며 오랜 병을 앓는 사람 같다. 만삭이 되어 순산할 때에는 한량없는 고통을 받으면서도 잠깐 동안 좋고 나쁜 것이 아기에게 해가 될까 염려하며, 양이라도 잡은 것 같이 피가 흘러 자리를 적신다.

이러한 고생을 겪으면서 아기를 낳고는 쓴 것은 삼키고, 단 것은 뱉어서 아기를 먹이면서 업어 기르고, 부정한 똥오줌을 받아 내면서 부정한 것을 빨래하되 귀찮은 줄을 모른다. 더운 것도 참으면서 고생되는 것을 싫어하지 않으며, 마른 데는 아기를 누이고 젖은 데서 어머니가 잔다. 삼 년 동안 어머니의 흰 피(젖)를 먹여서 어린 아이가 자라나면 학문과 예절을 가르치고, 장가들이고 시집보내어 벼슬도 시키고 직업도 구하여 주며, 수고로이 지도하여 애써 기르는 일이 끝나더라도 온정이 끊인 것이 아니다. 자식이 만일 병이 들면 부모도 병이 나고, 자식의 병이 나아야 부모의 병도 비로소 낳는다.

이렇게 갖은 애를 써서 기르면서 어른 되기를 희망하였건만, 자식이 장성한 뒤에는 부모의 그러한 은공도 모르고, 도리어 불효하고 부모와 함께 말할 때에는 대답이 불순하고, 눈을 흘기고 눈동자를 굴리면서 능멸한다. 형제간에 욕설하고 싸우며, 친척들을 헐뜯고 예의가 없어 부모를 따르지 않으며, 부모의 타이르는 말에 순종하지 않고, 형제간에 말할 때에도 일부러 어긋장을 치며, 나가거나 들어올 때에도 어른에게 알리지 않는다. 말과 행동이 버릇없고 괴상하며 제멋대로 일을 행한다.

부모는 훈계하여 책망하고, 어른들은 그른 것을 일러주어야 하는데 철없다 용서하고 존장들이 덮어주기만 하니, 점점 자라면서 거칠고 괴괴하여 순종하지 않고 잘못된 일도 항복하지 않으며 도리어 성을 낸다.

좋은 친구를 버리고 나쁜 사람을 사귀며, 습관은 천성이 되어서 드디어 허망한 일을 꾀하기 시작하며, 또 남의 꾀임에 타향으로 돌아다니면서 부모를 멀리 여의고 고향을 등진다. 혹은 장사를 한다거나 군대에 따라다니면서 엄벙덤벙 세월을 허송하다가 어찌되어 결혼을 하게 되면 살림에 치여 오래도록 본집에 돌아오지 않는다.

이렇게 타향으로 다니면서 삼가고 조심하지 않다가 혹 남의 모략에 빠져 잘못된 일을 범하기도 한다. 그로 말미암아 형벌을 받고 옥중에 구금도 되며, 혹 모진 병환에 걸려 무수한 곤경을 당하거나, 혹 액난을 만나 춥고 배고픔을 면할 길이 없게 될 때에 돌보아 주는 사람은 없고 여러 사람의 천대를 받게 된다. 혹은 길거리에 나앉아 필경에 죽게 되더라도 구호할 사람이 없고, 죽은 송장까지도 땅 속에 묻히지 못하여 붓고 썩으며, 볕에 쪼이고 바람에 불리며 해골이 낭자하여 타향의 모랫바닥이나 풀밭에 뒹굴게 되면 부모 친척들과는 영원히 만나지 못하게 된다.

부모의 마음은 자식을 따라 걱정하기도 하고, 피눈물을 흘리다가 눈이 어둡기도 하며, 너무도 슬퍼하다가 병이 되기도 한다. 자식을 기다리다가 몸이 쇠약하여 죽게 되면 외로운 혼이 원한이 되어서 끝끝내 자식을 잊어버리지 못한다. 혹은 아들이 효순과 도의를 본받지 아니하고 이단異端의 무리들과 어울려 부랑하고 포악해져서 나쁜 짓을 일삼는다거나, 남을 구타하고 절도와 강도를 감행하기도 하여 이웃에까지 폐해를 끼치기도 한다. 술먹고 노름하고 여러 가지 죄를 저질러 형제에게 누를 끼치거나 부모에게 걱정을 시키기도 하며, 아침에 집을 나갔다가는 늦게야 돌아오기도 하면서 어버이로 하여금 근심케 한다.

부모의 헐벗고 배곯은 것은 아는 체도 하지 않고, 조석이나 초하루, 보름으로 봉양할 것은 꿈도 꾸지 않는다. 부모가 늙어 얼굴이 쭈그러지고 기운이 쇠하게 되면 남이 볼까 부끄럽다고 괄시와 구박이 자심하기도 하다. 혹은 아비가 홀로 되거나 어미가 홀로 되어 외딴 방에 혼자 있게 되면 마치 남의 늙은이가 객으로 와서 의탁하는 것으로 생각하여 방을 치우거나 마루를 닦는 일이 없고, 한번도 살펴보거나 문안하는 일이 없다. 방이 차고 더운 것이나 옷 입고 밥 먹는 것을 아는 체 아니하여 부모가 밤낮으로 탄식하고 슬퍼하게 하며, 혹시 맛있는 음식을 보면 싸 가지고 돌아와서 부모에게 드려야 하지만, 남들이 비웃는다 하여 부끄럽게 여긴다. 그러나 처자를 먹일 적에는 체면도 불구하고 비루한 짓을 저지른다. 아내나 첩과 약속한 일은 꼭꼭 이행하면서도 어버이의 말씀과 부탁은 조금도 어렵게 생각하지 아니한다.

또한 딸자식이 출가하게 되면 집에서는 그렇게 효순하던 것도 남편을 맞은 뒤에는 점점 불손하게 되어 부모가 조금만 꾸짖어도 곧 원망하면서 남편에게는 매를 맞아도 달게 여긴다. 성이 다른 남에게는 정이 깊고 사랑이 간절하면서도 자기의 골육 친척에게는 도리어 생소하다. 혹 남편을 따라 타향에 옮겨가게 되면 부모를 이별하고서도 사모하는 생각이 없이 소식을 끊고 편지 한 장도 보내지 않아 부모로 하여금 간장이 끊어지듯이 생각나게 한다. 부모가 딸의 얼굴을 한번 보고 싶어 하는 것이 목마를 때에 물을 생각하듯이 잠깐도 쉬지 아니한다. 부모의 은덕에 관해 설법하는 것을 듣고, 생각하면 한량이 없건마는 자식의 불효하는 죄악은 말로 형언할 수 없다."

그때에 대중들이 부모의 은덕에 대해 듣고, 몸을 일으켜 땅에 던지며 스스로 부닥쳐 온몸의 털구멍마다 피를 흘리며 기절하였다가 다시 소생하여 높은 목소리로 부르짖었다.

"석가모니시여, 저희의 가슴이 쓰리고 마음이 아픕니다. 저희들이 비로소 많은 죄를 지은 줄을 알겠습니다. 이전까지는 캄캄하게 깨닫지 못하였다가 이제야 잘못된 줄을 알고 보니 쓸개까지 부서지는 듯 어찌할 바를 모르겠습니다. 바라건대 여래께서 불쌍히 여기셔서 구원하여 주십시오. 어찌하여야 부모의 깊은 은혜를 갚겠습니까?"

석가모니가 정중하고 청아한 음성으로 대중에게 말하였다.

"내가 이제 너희들을 위하여 분별하여 설명할 것이니 자세히 들어라. 어떤 사람이 왼쪽 어깨에 아버지를 업고, 오른쪽 어깨에 어머니를 업고서 수미산을 수천 번을 돌아서 가죽이 터져 뼈가 드러나고 뼈가 닳아서 골수가 흘러나오더라도 오히려 부모의 깊은 은혜는 갚을 수가 없다.

어떤 사람이 흉년을 당하여서 어버이를 위하여 그 몸의 살을 오려내고 뼈를 갈아 티끌같이 하기를 백천 겁이 지나도록 하더라도 오히려 부모의 깊은 은혜는 갚을 수 없다.

어떤 사람이 손에 잘 드는 칼을 잡고 부모를 위하여 자기의 눈을 도려내어 바치기를 백천 겁이 지나도록 하더라도 오히려 부모의 은혜는 갚을 수가 없다.

어떤 사람이 어버이를 위하여 잘 드는 칼로 자기의 염통을 오려내어 피가 흘러 땅을 적시는 고통을 백천 겁을 지나도록 하더라도 오히려 부모의 깊은 은혜는 갚을 수 없다.

어떤 사람이 어버이를 위하여 백천 자루 칼로 자기 몸을 쑤시되 왼쪽에서 찔러 오른쪽으로 받고, 오른쪽에서 찔러 왼쪽으로 뽑기를 백천 겁이 지나도록 하더라도 오히려 부모의 깊은 은혜는 갚을 수 없다.

어떤 사람이 어버이를 위하여 몸에 불을 켜서 여래에게 공양하기를 백천 겁이 지나도록 하더라도 오히려 부모의 깊은 은혜는 갚을 수가 없다.

어떤 사람이 어버이를 위하여 뼈를 부수어 골수를 내며 백천 개의 창끝으로 일시에 몸을 쑤시기를 백천 겁이 지나도록 하더라도 오히려 부모의 깊은 은혜는 갚을 수가 없다.

어떤 사람이 어버이를 위하여 백천 겁이 지나도록 뜨거운 무쇠

탄환을 삼키어 온몸이 타더라도 오히려 부모의 깊은 은혜는 갚을 수가 없다."

이때에 대중들이 석가모니가 말하는 부모의 깊은 은덕을 듣고 슬피 울면서 석가모니에게 물었다.

"석가모니시여, 지금 저희들은 막중한 죄인이올시다. 어떻게 하면 부모의 깊은 은혜를 갚을 수 있겠습니까?"

석가모니가 엄숙하게 말하였다.

"깊은 은혜를 갚으려거든 부모를 위하여 이 경을 쓰며, 부모를 위하여 이 경전을 읽고 외우며, 부모를 위하여 죄를 참회하며, 부모를 위하여 삼보에게 공양하며, 부모를 위하여 재계齋戒를 받아 지니며, 부모를 위하여 보시布施하여 복을 지을 일이다. 만일 이렇게 하면 효도하는 자식이라 할 것이요, 이런 행을 하지 않으면 지옥에 떨어질 사람이다."

석가모니는 다시 아난에게 이렇게 말하였다.

"불효한 사람은 죽은 뒤에 아비지옥에 떨어지게 되니 이 지옥은 넓이와 길이가 팔만 리요, 사면이 무쇠성으로 둘러싸여 있다. 그 바닥은 벌겋게 달은 쇳물이 끓고 있으며, 모진 불이 훨훨 타서 맹렬한 불길이 번개같이 번쩍이고, 끓는 구리와 무쇳물을 죄인의 입에 부어 넣는다. 또한 쇠로 된 뱀과 구리로 된 개가 불꽃을 토하여 볶고 지지고 삶아서 살이 타고 기름이 끓어 그 고통을 참고 견디기 어렵다. 거기다 쇠채찍과 쇠꼬챙이와 쇠창과 칼과 검이 구름 속의 우박인 양 폭우가 쏟아지듯 공중에서 사람을 갈기고 후리고 찌르고 쳐서 죄인을 괴롭히되 여러 겁을 지나면서 고통을 받아 잠깐도 쉴 사이가 없다. 머리에 불 화로를 이고 무쇠 창으로 사지를 찢으며 창자가 쏟아지고 골육이 낭자하게 되어 하루에도 천 번 살고 만 번 죽으니, 그렇게 고통을 받는 것은 모두 전생에 불효한 오역죄를 지었으므로 그러한 죄보를 받는 것이다."

그때에 대중들이 눈물을 흘리며 석가모니에게 물었다.

"저희들이 오늘날 어떻게 하여야 부모의 깊은 은덕을 갚겠습니까?"

대중의 물음에 석가모니는 이렇게 말했다.

"만일 부모의 은덕을 갚으려거든 부모를 위하여 경전을 널리 펼치면 이것이 참으로 부모의 은덕을 갚는 것이다. 경전 한 권을 만들면 한 분의 여래를 뵈올 것이요, 열 권을 만들면 열 분의 여래를 뵈올 것이요, 백 권을 만들면 백 분의 여래를 뵈올 것이요, 만 권을 만들면 만 분의 여래를 뵈올 것이니, 이 사람의 경전을 만든 공덕으로 말미암아 여러 여래들이 항상 오셔서 보호하시므로 이 사람의 부모로 하여금 천상에 태어나서 여러 가지 즐거움을 얻으며 영원히 지옥고를 면하게 될 것이다."

대중들이 석가모니의 말을 듣고 상기된 표정으로 이렇게 말했다.

"저희들은 세상이 끝날 때까지 차라리 이 몸을 티끌같이 부수어서 백천 겁을 지날지라도 여래의 가르침을 어기지 않겠습니다. 또 백천 겁 동안에 혀를 백유순 되게 빼내어 보습으로 갈아서 피가 흘러 강이 되더라도 석가모니의 가르침을 어기지 않겠습니다. 백천 자루 칼로써 이 몸을 좌우로 찌르고 뽑아내더라도 석가모니의 가르침을 어기지 않겠습니다. 뜨거운 철망으로 이 몸을 얽어서 백천 겁을 지나더라도 맹세코 석가모니의 가르침을 어기지 않겠습니다. 차라리 작두와 방아로 이 몸을 찍고 부수어 천만 조각을 내어 가죽과 살과 뼈가 모두 가루가 되기를 백천 겁을 지나더라도 마침내 석가모니의 가르치심을 어기지 않겠습니다."

이때에 아난이 석가모니에게 물었다.

"석가모니시여, 이 경을 무엇이라 이름하오며 어떻게 받들어 지녀야 하겠습니까?"

"아난아, 이 경은 '대보부모은중경大報父母恩重經' 이다. 부디 간직하여 익히도록 할 일이다."

잘 익은 매실 대매 스님의 '마음이 곧 부처다'

마음이 어둡고 산란할 때엔 가다듬을 줄 알아야 하고, 마음이 건강하고 딱딱할 때는
풀어 버릴 줄 알아야 한다. 그렇지 못하면 흔들리는 마음에 병들기 쉽다. / 채근담

대매大梅 스님이 처음 마조馬祖 스님을 찾아가서 물었다.

"어떤 것이 부처입니까?"

"이 마음이 곧 부처니라."

오랜 방황과 마음의 여행으로 무르익은 대매 스님은 마조 스님의 대답을 듣고 홀연히 깨쳐 더 이상 물어 볼 것이 없었다. 곧 하직을 하고 이후 대매산 매자진 깊은 곳에 들어가 더욱 수행에 정진하였다. 그의 삼십 년 산거山居의 시작이었다.

승려나 세속의 많은 친구들이 찾아가서 여러 가지로 이야기하며 세상에 나오기를 권유하였으나 끝내 나오지 않고 다음과 같은 게偈를 읊어서 답하였다.

부러져 꺾인 고목 찬수풀에 의지하니
아무리 봄이 온들 변심이 있을소냐.
나무꾼도 그대로 버려두거든
도시의 풍류객이 무엇하러 굳이 찾으리.

이 게송이 삽시간에 다른 선방禪房에 퍼지자 마조 스님도 알게 되었다. 그리하여 곧 마조 스님은 학승을 시켜 다음과 같이 물어보고 오라고 분부하였다. 분부를 받은 그 학승은 곧 대매산으로 가서 물었다.

"대매 스님께서는 마조 스님을 뵈옵고 무엇을 얻었길래 여기에 계신 것입니까?"

대매 스님이 빙그레 웃으며 말했다.

"마조 스님은 나에게 즉심즉불卽心卽佛 '마음이 곧 부처'라고 하셨으므로 나는 이 속에 주住하고 있노라."

이 말을 듣고 학승이 웃으며 말했다.

"그래요? 요사이 마조 스님께서 그렇게 말씀하지 않으시는데요."

"그럼 어떻게 달라졌는고?"

"요사이 비심비불非心非佛 즉 부처인 이 마음이 본시 '마음도 아니요, 부처도 아니다'라고 하더이다."

그러자 대매 스님이 유쾌하게 껄껄 웃고 나서 의기에 차 말했다.

"그 늙은이가 사람을 혼란하게 하니 아직도 깨달음에 이르지 못하였구나. '비심비불'이라고 하거나 말거나 나는 오직 '즉심즉불'뿐이다."

학승이 돌아와 마조 스님에게 대매 스님의 언행을 낱낱이 고하니 마조 스님이 듣고 호탕하게 웃으며 혼자 말하였다.

"매실이 하나 익었구먼."

그리고 대중들에게 말했다.

"대중들아, 매자梅子가 이겼도다."

수행은 들킬세라 안으로 해야

나는 하루 세 번씩
나 자신을 뒤돌아본다. / 논어

어느 날 남전南泉 스님이 연락도 없이 한 마을을 방문하였다. 그런데 놀랍게도 그 마을 사람들이 이미 그가 온다는 사실을 알고 그를 맞이할 준비를 서두르고 있는 것이었다.

남전 스님은 깜짝 놀랐다. '내가 여기 올 것을 누구에게도 알리지 않았는데, 어떻게 내가 오는 것을 알았을까.'

그래서 남전 스님이 마을 사람에게 물었다.

"내가 온다는 것을 어떻게 아셨습니까?"

그때 마을의 노인이 앞으로 다가와 공손하게 대답했다.

"어젯밤 꿈에 신령이 나타나 스님께서 오늘 방문하신다는 걸 미리 알려 주었습니다."

이 말에 스님은 깊이 탄식하였다.

"쯧쯧, 나의 수행이 아직 부족하구나. 나의 마음의 움직임을 귀신에게 들키고 있다니."

그 후 남전 스님은 더욱 은밀하게 수행 정진에 힘썼다.

제자에게 배운 계현 스님

과실을 범하고도 바로잡지 않음을 곧 과실이라 한다.
과실을 범하거든 바로잡음을 꺼려하지 말라. / 공자

백장百丈 스님의 법을 이어받은 사람 중에 고령에 신찬神贊이라는 사람이 있었다. 어렸을 때 북주에 있는 고령사에서 도를 깨우치고 계첩을 얻었으나 그의 스승인 계현戒賢 스님은 신찬이 장차 큰 법사가 되기를 기대하고 일찍부터 경학을 열심히 가르쳤다.

재주가 비상한 신찬은 오래지 않아서 오히려 그 스승을 능가하는 훌륭한 경학자가 되었다. 그러나 계현 스님은 웬일인지 신찬이 공부를 펼칠 기회를 주지 않았다. 그래서 신찬은 어느 날 바랑을 짊어지고 몰래 도망하여 정산으로 백장 스님을 찾아갔다.

그는 여기에서 수년간 피눈물나는 정진을 하여 드디어 크게 깨달음을 얻게 되었다. 후에 그는 자기를 처음 입도시켜 경학을 가르쳐 주고 지극히 사랑하여 준 은사 계현 스님의 은혜에 감사하는 마음이 드는 한편 스승이 불현듯이 그리워져 다시 고령산으로 돌아갔다.

"너는 나를 버리고서 여러 해 동안 소식없이 돌아다니더니 그동안 무슨 소득이 있었느냐?"

스승인 계현 스님은 오랜만에 돌아온 제자 신찬이 한없이 반가웠으나 은근히 이처럼 힐문을 하였다.

"아무 것도 얻은 바가 없습니다."

계현 스님은 신찬의 참뜻을 알아듣지 못하고 빈손으로 허송세월을 하고 돌아왔다고 실망한 나머지 노발대발하여 꾸짖고 천한 일을 하도록 명하였다. 어느 날 계현 스님은 신찬에게 목욕물을 데우게 하고 등의 때를 밀어달라고 하였다. 그는 시키는 대로 등의 때를 밀어주다가 문득 이렇게 중얼거렸다.

"법당法堂은 참 좋은데 부처가 영험치 못하군."

이 말을 들은 스승은 괴이하게 여겨 뒤를 돌아다보았다.

"부처가 영험치 못하나 빛을 내쏠 줄은 아는군."

거리낌없이 신찬은 또 중얼거렸다. 이때 계현 스님은 무엇인가 선뜻 가슴에 대이는 것 같은 느낌이 들며 신찬이 범상한 인물이 아닌 것을 막연히 짐작하였다.

그 후 며칠이 지나서 계현 스님이 한적하게 경서를 보고 있는데 난데없이 벌 한 마리가 열어 놓은 창문으로 들어와서 나가지 못하고 닫힌 창문으로만 '탕탕' 몸을 부딪치며 애를 쓰고 있었다. 이것을 옆에서 본 신찬은 이 광경을 비유해서 시를 한 수 지어 스승에게 들으라는 듯이 유유히 읊었다.

아, 어리석은 벌이여
활짝 열어 놓은 저 문은
어이하여 마다하고
굳게 닫힌 창문만을
안타까이 두드리는가.
백 년을 쉬임없이
경서를 뚫어지게 본들
아, 어느 날 어느 때에
깨치기를 기약하겠는가.

이 게송을 읊는 소리를 들은 스승은 보던 경서를 책상 위에 덮고 신찬을 묵묵히 바라보았다.

"나는 네가 나가서 허송세월을 하고 돌아온 줄 알았더니 그렇지 않은가 보구나. 네 태도가 모두 범상치 않으니 그동안 누구에게 가서 어떤 법을 배웠느냐?"

"스님, 무례한 말씀을 드려서 죄송합니다. 실은 소승은 그동안 백장 스님 법좌法座에서 불법의 요지를 깨닫고 돌아왔습니다만, 돌아와 보니 스님께서는 아직도 참공부에는 뜻이 없으시고 여전히 문자에만 골몰하고 계심을 보고 민망하였으나 권하여서 들으실 리가 없겠기에 그런 버릇없는 말씀을 누차 드려서 참다운 발심發心을 촉구하였던 것이니 용서하십시오."

"오, 기특한 일이로다. 네가 비록 내 제자이나 공부로는 나의 스승이니 지금부터 백장 스님을 대신하여 나에게 불법을 설하여다오."

계현 스님은 자리를 정중히 고쳐 앉으며 간절하게 부탁을 하였다. 그리고는 특별히 법좌를 베풀어서 신찬을 공양한 뒤에 설법상에 오르기를 청하였다. 계현 스님은 그의 설법에 깊이 감동하고 다 늙어서 이런 무상無上의 법문을 들으니 꿈만 같다고 하며 감격의 눈물을 흘렸다.

소리나는 마음 일심 적정

이 세상에 변하지 않고 항상 하는 것은
아무 것도 없다. / 석가모니

승가난데僧迦難提가 세상을 두루 돌아보면서 널리 교화敎化에 힘쓰고 있었을 때 일이다.

어느 날 마데국이라는 나라의 깊은 산 속 골짜기에 들어섰을 때 산 중턱에서 난데없이 한 동자가 나와서 공손히 합장배례를 하는 것이었다. 이 동자는 볼수록 이목구비가 맑고 영민하게 생긴 아주 사랑스런 아이였다. 승가난데는 귀여운 생각이 들어 부드럽게 웃으면서 말했다.

"오, 참 착한 아이구나. 몇 살이나 되었는고?"

"백 살입니다."

그 아이는 선뜻 이렇게 대답하는 것이었다.

"호, 백 살이라! 재미있는 말이구나. 참으로 너는 묘한 아이다. 그래 어째서 백 살이나 되는고?"

"네, 석가모니께서 말씀하시기를 사람이 세상에 나서 백 살을 먹었다 해도 석가모니께서 가르치신 바를 능히 깨닫지 못한다면 오히려 이 세상에 나서 단 하루 동안에 이것을 결료決了하여 얻은 것만도 못하다고 하지 않았습니까?"

승가난데는 너무도 신통하여 자기도 모르게 감탄하였다.

"오 그렇지, 그렇지."

고개를 끄덕이면서 적지않이 마음속으로 경탄하였다. 그리하여 이 동자에게 인도되어 산마루에 있는 그의 조그마한 초가집으로 안내를 받았다.

동자가 앞서서 집안으로 들어가자 그의 양친이 곧 뛰어나와 반기며 공손하게 영접하였다. 승가난데는 극진한 대접을 받으면서 그 아이의 천성이 승려 되기에 모자람이 없으므로 그 자리에서 출가시켜 곧 제자로 삼았다.

동자는 가야사다伽倻舍多라고 불명을 받고 승가난데를 모시며 잠시도 옆을 떠나지 않고 열심히 수행하여 곧 도를 깨우쳤다.

어느 날 스승과 제자 가야사다가 한가롭게 자리를 같이하여 선에 관해 논하고 있을 때 때마침 한줄기의 바람이 솔솔 불어와 처마 끝에 매달려 있는 풍경을 '뎅그렁 뎅그렁' 울리는 것이었다.

"가야사다야. 네 저 소리를 들었느냐? 저 소리가 바람에서 났느냐, 풍경에서 났느냐?"

"소리는 바람에서도 나지 않고 풍경에서도 나지 않았습니다."

"그래, 그러면 어디서 났는고?"

"제 마음에서 났을 뿐입니다."

"소리나는 마음, 허 그게 도대체 무슨 물건인고?"

"모든 것에 있어서 일심一心은 적정寂靜합니다."

"오, 그렇다. 그렇다. 나의 대법을 계승할 자격을 족히 구비하였도다. 내 너를 내놓고 대법을 그 누구에게 전하리오."

승가난데의 얼굴에는 흡족한 빛이 넘쳐흘렀다.

물벼락 맞고도 구도심에 불탄 법원

당신을 괴롭히고 실패하게 하는 일들은 더 큰 일을 하기 위한
하나의 시련이라고 생각하라. / A. 아우구스티누스

법원法遠이 두루 사방을 다니던 중 어느 날 같이 공부를 하던 스님 70여 명과 함께 귀성歸省 스님의 절을 찾아갔다. 이들 일행이 절에 들어서자 노스님은 서슬이 퍼렇게 화를 내고 대뜸 절이 떠나가게 고함을 지르며 욕설을 퍼부었다.

"이 땡초 중놈들아, 여기가 어디라고 몰려오느냐? 처먹고 떼를 지어서 몰려다니며 지랄치는 너희 강도 놈들에겐 쌀 한 톨 못 주겠다. 이 개부랄 같은 놈들아!"

상면의 인사를 주고 받기는커녕 입에 담지 못할 욕설로 참지 못할 모욕을 주었다. 그러나 70여 명의 스님은 누구 하나 그 악다구니에 흔들리지 않고 돌부처처럼 묵묵히 단좌하여 요지부동이었다. 마치 입방入房을 허락하지 않는다면 언제까지나 이 자리를 떠나지 않겠다는 듯 실로 그들의 결의는 대단하였다.

이 모양을 본 스님은 더욱 화가 머리끝까지 뻗쳐 노발대발 펄펄 뛰면서 물통을 끌고 와서 사정없이 찬물을 쫙쫙 머리에서부터 퍼

부었다.

그러나 한 사람도 까딱없이 단정히 앉아 움직이지 않았다.

화가 날대로 난 스님은 이번에는 부엌으로 헐레벌떡 달려가서 아궁이의 재를 퍼다가는 미친 사람처럼 끼얹었다.

운수객승들은 마치 물에 빠진 생쥐가 잿더미에 뒹군 꼴이 되어 버렸다. 이쯤 되니 제아무리 구도심이 철석같다고 하여도 언짢은 감정이 일어나지 않을 수 없었다.

"야, 이 미친 늙은이야. 너무 심하지 않는가?"

성을 불끈 내며 모두 분개하여 물러가고 말았다.

그러나 오직 법원과 의회義懷 두 사람만은 태산같이 의젓이 앉은 채로 움직이지 않았다. 스님은 최후까지 남은 두 사람에게 별별 욕설과 가혹한 시달림을 주어서 여러 가지로 시험을 다하여 보았으나 끝끝내 요지부동이었다.

"저 놈들은 다 도망쳤는데 네 두 놈은 어째서 아직도 버티고 있느냐?"

스님은 발을 구르며 호령하였다.

"저희들은 오래전부터 노스님의 도덕을 흠모하여 수천 리 길을 멀다 않고 이렇게 달려왔습니다. 어찌 한 동이의 물과 한 삼태기의 재 때문에 저어하여 귀중한 법을 버리고 가겠습니까? 이 목숨이 끊어지기 전에는 결단코 이 자리를 물러가지 않겠습니다."

이 결심이야말로 금강석보다도 더 굳고 불꽃보다도 더 뜨거운 것이었다. 이와 같은 하늘에 사무치는 구도심에 슬며시 스님은 마음이 움직여서 드디어 입방을 허락하였다.

"너희 두 놈은 좀 쓸만한 것 같다. 마침 우리 절에 전좌직이 비었으니 그것이나 맡아보아라."

입방만 허락한다면 무엇이든지 마다하지 않고 다 견디어 낼 굳센 각오를 한 그들인지라 오직 황송하고 감격할 뿐이었다.

"분부대로 받들어 행하여 삼가 법은에 보답하겠습니다."

이리하여 법원과 의회는 즉석에서 절의 중책을 맡아서 그날부터 고달프게 일을 하면서 공부하게 되었다.

창술 솜씨도 도道다

경전에 말하기를 몸을 닦는 것은
그 마음을 바르게 하는데 있다고 했다. / 내방가훈

산에서 홀로 연마해 창술의 비범한 경지에 도달한 청년이 있었다. 그는 자신이 갈고닦은 재주를 세상에 보여 주고 싶었다. 이미 창술로 일가를 이룬 그의 눈에는 시장 바닥 사람들은 벌레처럼 먹고살기 위해 잡다한 물건들을 이고지고 다니는 하잘 것 없는 사람들로 보였다. 번화한 시장 바닥을 쏘다니던 그는 이들에게 자신의 신기神技를 보여 주어야겠다고 생각했다.

'허허, 도무지 사람 보는 눈들이 없어. 내가 십여 년 동안 닦은 창술을 보여 주면 존경의 눈빛들로 바뀌겠지.'

그가 시장 한복판에서 현란한 창술을 선보이자 아니나 다를까 사람들이 몰려들기 시작했다. 긴 창을 쥐고 이리 뛰고, 저리 날고 찌르고 할 때마다 사람들 사이에서 '와' 하는 찬탄의 소리와 박수갈채가 터져 나왔다.

그런데 오직 한 사람, 기름통을 어깨에 메고 있는 노인만은 생긋 미소만 지을 뿐 별 감동을 나타내지 않고 있었다. 창술의 대가는 그 노인에게 자꾸만 눈길이 가면서 신경이 쓰였다. 그는 노인이 감탄할 때까지 자신이 지닌 모든 기술을 펼쳐 보였다. 그러나 노인은 여전히 아까와 같이 빙그레 웃을 뿐이었다. 마침내 그는 분통을 터뜨렸다.

"여보 노인장, 당신은 내 창술이 신통치 않다는 표정인데?"

"아이구, 그럴 리가 있겠습니까. 젊은 나이에 뛰어난 재주를 지녔다고 생각합니다."

"아니, 젊은 나이에 재주라고. 감탄이 아니고?"

그는 노인의 대답에 화가 치밀었다. 창을 꼬나잡고 노인에게 윽박지르듯 말했다.

"당신은 나이가 많으니 내가 가지지 않은 재주가 하나쯤 있겠구만. 그걸 보이시오. 만약 내가 할 수 없는 재주를 보이지 못하면 당신이 우롱한 이 창이 용서치 않을 것이요."

노인은 깊이 허리를 숙여 사과부터 했다.

"이 늙은이가 용사의 심기를 거슬렸다면 부디 용서해 주시오. 먹고사느라 기름통이나 메고 다니는 주제에 무슨 재주가 있겠습니까."

창술의 대가는 노인의 말에는 대꾸도 않고 더욱 다그쳤다.

"쓸데없는 사설 늘어놓지 말고 빨리 뭐든 보여 주시오!"

구경꾼들도 노인에게 뭐든 해보라고 소리쳤다. 노인은 겸연쩍게 웃으며 기름통을 내려놓고 말했다.

"재주랄 것도 없습니다만, 용사께서 마음이나 푸시라고 아주 작은 것을 보여 드리겠습니다."

노인은 빈 기름통 하나에 바늘구멍 정도의 아주 작은 구멍을 내더니, 기름이 가득 찬 통을 높이 들었다. 노인이 높이 든 기름통을 천천히 기울이자, 기름통에서 흘러나온 기름이 실처럼 가늘게 늘어져서 바늘구멍같이 작은 구멍 속으로 빨려 들어가는 것이었다. 한 방울도 옆으로 떨어지거나 다른 곳에 묻는 일이 없이 정확했다.

모여선 구경꾼들의 입에서 감탄의 소리가 흘러나왔다. 사람들이 이 하찮은 재주에 감탄하는 걸 본 창술의 대가는 더욱 화가 치밀었다.

"아니, 이따위 재주에 감탄을 해?"

그는 이것이 자기의 신기에 대한 경멸처럼 느껴졌다. 구경꾼들이 노인의 하찮은 재주에 별 반응이 없었다면 그는 너그럽게 노인을 보내 주려고 했다. 그런데 의외로 군중이 열광적인 환호를 보내자, 화가 잔뜩 난 젊은이는 노인의 기름통을 냅다 걷어차며 소리쳤다.

"그까짓 것도 재주라고 날 비웃는 거요!"

그는 창을 들어 노인을 칠 듯 덤벼들었다. 그때 구경꾼들 중에 한 중년 사내가 나서며 말했다.

"놀라운 재주요. 노인장, 당신의 솜씨에는 평생을 쌓아 온 무념無念의 도가 배어 있소."

노인이 허리를 숙여 공손히 사례하자, 중년 사내는 창술의 대가를 돌아보며 말했다.

"용사여, 그렇지 않소?"

아직 화가 풀리지 않은 젊은이는 꿩 대신 닭이라고 그 중년 사내를 향해 창을 겨누며 말했다.

"너는 또 뭐냐? 누가 이 시비에 끼어들라 했어. 내 창을 상대로 네 재주나 보여라."

"나야 평생을 전쟁터나 떠돌던 몸, 별다른 재주는 없소이다."

말을 마친 사내는 칼을 뽑아 들었다. 창과 칼의 현란한 대결이 곧 펼쳐질 판이었다. 그러나 웬일인지 칼을 든 사내는 미동도 하지 않았다. 창술의 대가는 몇 번 사내의 주위를 돌더니 땀을 흘리기 시작했다. 산에서 나무를 상대로 창술을 익힌 그와 피바람 비명이 귀를 찢는 전쟁터에서 익힌 검술 솜씨와는 비교도 할 수 없는 것이었다. 이미 승부는 나 있었다.

중년의 사내가 비로소 천천히 칼을 거두며 말했다.

"그대의 창술도 훌륭한 솜씨요. 다만 그 재주에 삶의 냄새가 아직 배어 있지 않구려."

노인과 사내가 떠나가는 뒷모습을 바라보던 창술의 대가는 얼굴을 붉히며 서둘러 시장을 떠났다.

문언이 목주 스님에게 멱살을 잡힌 일

인간의 가치는 그 사람이 가지고 있는 진리로써 잴 수는 없다.
그 사람이 진리를 발견하기까지 겪는 곤란에 의해서 재어지는 것이다. / G.E.레싱

문언文偃이 처음 목주睦州 스님을 방문하였을 때 스님은 토굴 주위에 높다랗게 담을 쌓고 문을 굳게 잠그고 있었다. 문언은 하는 수 없이 토굴 문을 두들겨 스님을 찾았다. 이윽고 문이 열리며 스님이 도도한 기세로 따지듯 말했다.

"누구냐? 무엇하러 왔느냐?"

"네. 소승은 생사일대사生死一大事를 밝히러 찾아 뵈었습니다."

말끝도 채 맺기 전에 목주 스님이 비호같이 달려들어서 문언의 멱살을 움켜잡고 눈을 부릅뜨며 말했다.

"무어야, 이놈의 똥자루가."

산골짜기가 쩌렁쩌렁하게 고함을 치면서 휙 떠밀고는 문을 덜컥 잠그고 들어가 버렸다.

문언은 너무나도 돌발적인 일이라 얼떨떨하여 말 한마디 못하고 쫓겨났다. 그는 창피스럽고 분통이 터졌으나 분을 삭이고 수행을 쌓은 다음 또 찾아갔다. 그러나 이번에도 역시 말 한마디 못하고

쫓겨났다. 그는 하도 기가 막혀서 목숨을 내던지자는 심정으로 토굴로 들어가서 정진에 정진을 거듭하여 자신만만한 경지를 이루어서 세 번째로 스님을 찾아갔다. 스님은 예나 다름이 없이 문을 열자마자 다짜고짜로 멱살을 잡고 대뜸 벽력같이 소리를 질렀다.

"말해라, 말해."

문언은 그렇게도 자신만만하던 마음이 어디로 다 흩어져 버리고 무언지 모를 압박감에 눌려서 입을 벌릴 수가 없었다.

"야, 원. 진시도삭찬 秦時鍍鑠鑽이로구나!"

스님은 내뱉듯이 말하며 문언을 탁 떠밀고 문을 닫아걸었다. 이때 문언의 발 한 짝이 미쳐 빠져나오지 못하여 문에 치어 버렸다. 문언은 이 순간 온몸에 뜨거운 불길이 '확' 오르더니 정신이 탁 트여 금세 공중에라도 솟아오를 것 같은 경계를 얻었다.

평소 기상이 뛰어나고 식견이 참으로 고매하던 그는 도를 얻은 후에 수다스러움을 피하고 간단명료하게 의표만을 나타낸 문답을 많이 하여 대중에게 큰 감동을 주었다.

* **진시도삭찬:** 곱패로 장치된 송곳으로 진시황제가 만리장성을 쌓을 때 쓰던 것이다. 그런데 후세에는 아무 쓸모없이 크기만 한 물건을 일컫는다. 사람들 중에 말솜씨만 그럴 듯 하고 또 날카롭지만 얻은 바 없는 사람을 평하는 말이다.

네가 바로 보물 창고

우리의 진실한 주인은 마음자리이지
물질로 된 몸은 아니다. / 보조국사

대주大珠 스님이 마조馬祖 스님을 찾아와 인사하자 마조 스님은 그가 큰 법기法器임을 알아보고 이렇게 물었다.

"무얼 구해 예까지 왔는가?"

"스님께 불법을 구하러 왔습니다."

대주 스님의 대답에 마조 스님이 말했다.

"나는 네게 줄 게 아무것도 없다. 나에게서 무슨 불법을 배울 수 있으리라 생각하는가? 너는 네 안에 보물 창고를 감춰 두고 그것도 모자라서 남의 보물을 빼앗으려는 거냐. 욕심 많은 놈이로고."

대주 스님이 어리둥절해서 물었다.

"보물 창고라니요. 저는 가난합니다. 그런데 제게 보물 창고가 있다니요, 그게 무슨 말씀이십니까?"

마조 스님이 어리둥절해 하는 대주에게 조용히 그에게 타이르듯 말했다.

"그렇게 묻고 있는 자네가 바로 보물 창고야. 그 보물 창고 안에 일체가 부족함이 없이 다 갖추어져 있거늘, 그리고 아무리 써도 바닥나지 않을 터인데 그걸 두고 바깥에서 무얼 찾아 헤매는가."

이미 찾아 이루어야 할 보배 중의 보배가 네 속에 보름달처럼 가득 채워져 있는데 밖에서 무얼 구하는가라는 뜻이다.

자신을 구할 사람은 바로 자기 자신 뿐이다.

나를 대신해서 숨쉬어 줄 사람은 없다. 모든 것은 내 속에 있는 법, 그러니 보물을 끄집어 낼 사람은 누구겠는가. 호리병 속에 갇힌 새를 끄집어 내 창공으로 날릴 사람은 나 자신밖에 없다. 호리병 속에서 새가 자라도록 가만히 두면 나중에 호리병을 깨야 나올 수 있다.

다시 마조 스님이 말했다.

"법은 네 안에 있다."

마조가 대주에게 내린 가르침이다.

제자 황벽에게 뺨을 맞은 백장

옥은 닦지 않으면 그릇을 이룰 수 없고,
사람은 배우지 않으면 도(道)를 모른다. / 예기

어느 날 황벽黃檗 스님이 외출했다가 돌아오자 이를 본 스승 백장百丈 스님이 어디를 갔다 왔느냐고 물었다.

"네, 대웅산에 가서 버섯을 따가지고 왔습니다."

그는 공손하게 답하였다.

스님은 정색하며 또 물었다.

"그래 거기서 큰 범을 보지 못하였느냐?"

황벽은 아무 대꾸도 않고 범이 금방 사람을 잡아먹으려고 대어드는 시늉을 하며 '어흥' 산천을 뒤흔드는 것 같은 포효하는 소리를 지르는 것이었다.

이 맹랑한 거동을 본 스님은 다짜고짜로 옆에 있는 도끼를 번쩍 들어 내려치려는 무서운 기세를 보였다. 그러나 이 순간 어느 틈엔가 황벽 스님의 손이 백장 스님의 뺨을 '철썩' 하고 갈겼다.

"야, 내가 한 방망이 맞았구나."

스님은 마치 남의 일을 관망하고 평하듯이 손뼉을 치며 '껄껄껄'

웃으면서 방장실로 들어갔다.

그날 저녁 설법이 있어서 법상에 올라간 백장 스님은 대중에게 다음과 같은 법문을 하였다.

"이 대웅산에 사납고 날랜 큰 범이 한 마리 있다. 너희들 공부하는 사람은 각별히 조심하지 않으면 봉변을 당할 것이니 명심하렸다. 오늘 이 노승도 그 범한테 한입 물렸느니."

스님은 주장자를 울리고는 내려갔다.

사자는 사자를 낳고, 범은 범을 낳는다고 했다. 참으로 그 어버이에 그 자식이요, 그 스승에 그 제자이다.

백장 스님의 유물을 받은 임제

마음의 논밭만 잘 개간된다면 세상의 황무지를 개간하는 것은
결코 어려운 일이 아니다. / 니노미야 손도쿠

“그래 여기를 떠나서 어디로 가려느냐?”

“하남河南이 아니면 하북河北일테죠.”

그의 통명스런 답이 떨어지자마자 스님의 주장자가 보기 좋게 임제 스님의 어깨를 ‘탁’ 쳤다.

그러나 스님의 얼굴은 희색이 넘쳐흐르며 다음과 같이 말했다.

“얘, 시자야, 어서 그 선판과 불자를 이리로 가져오너라.”

선판이라는 것은 좌선할 때 피로를 없애기 위해 몸을 기대도록 만든 판대기고 불자는 총채를 말하는 것이다.

이 선판과 불자는 스승인 백장 스님으로부터 물려받은 중요한 유물이다. 황벽 스님은 그의 사자嗣子인 임제 스님을 기약없이 송별하는 이 마당에 그의 나아가는 길을 축복하는 동시에, 스승의 유물인 이 선판과 불자를 전하고 법을 위촉하려는 것이었다.

스님의 유물을 전승하는 것은 곧 스님의 법을 그대로 주고받는 것이나 다름이 없는 것이다.

그러나 임제 스님은 스승이 시중드는 사람에게 이르는 소리를 듣자 황급히 자기도 따라서 시자를 부르며 소리소리 지르는 것이었다

"얘, 불도 같이 가져오너라."

그 따위 스님의 유물이 무슨 소용이 있으랴. 그까짓 것 불이나 놓아서 없애 버리겠다는 소리였다. 석가나 달마가 나타난다 하여도 한 방망이로 때려 죽여 없앨 것인데, 하물며 스님의 선판이나 불자 따위가 무엇이랴.

그러나 제자는 스승의 덕에 절반도 미치지 못한다고 이르는 것처럼 황벽 스님은 수행에 중요한 물건인 이것들을 가지고 떠나도록 간절하게 타일렀다.

"네 견식見識은 네 견식이다. 너로서는 이것이 증표야. 암, 그래야지. 이것이 꼭 필요한 때가 있을 것이다. 이것이 있는 한 천하의 모든 선지식의 혀끝이 너를 어쩌지 못할 것이다. 자 어서 가지고 떠나거라."

이와 같이 스님은 굳이 선판과 불자를 임제에게 물려주었다.

이리하여 남악, 백장, 황벽으로 계승되어 내려온 적적불법的的佛法은 임제 스님에게 이르러서 더욱 널리 사해에 전파되었다.

홍인과 방앗간 행자 혜능

위대한 인간과 강은 꾸불렁하게 전진한다.
꾸불렁하지만 폭포에 다가간다. 이것이 그들의 용기인 것이다. / 니이체

도신道信 스님이 황매산 노상에서 우연히 골격이 뛰어난 한 소년을 발견하고 속으로 이렇게 생각했다. '야, 이놈은 큰 법기法器가 되겠는 걸.' 마음속으로 흡족함을 느끼며 말을 걸어 보았다.

"얘, 네 이름이 무엇이냐?"

"제 이름 말입니까? 그 보다도 제게는 본성本性이 있는데요. 그 본성으로 말씀 드리면 정한 성이 없습니다."

"본성이라, 그러면 그것은 어떤 성이냐?"

"그것은 억지로 이름을 붙이자면 불성佛性이라고도 말할 수 있습지요."

"그러면 네 이름은 무엇이라고 하느냐?"

"본성이 본래 공空이니 이름은 무無입니다."

과연 천재다운 답변이었다.

이 소년이 바로 후에 대만大滿 홍인弘忍 스님이다.

홍인 스님의 문하에는 항상 천여 명의 수행승이 일대 성황을 이

루었다. 어느 날 홍인 스님이 멀지 않은 장래에 자신이 입적할 것을 예측하고 문하의 대중을 모두 집합시키고 중대한 일을 선언하였다.

"무상無常은 빠르고 생사의 일은 크고도 크도다. 너희들은 속히 각자의 본성을 깨쳐 반야般若(지혜)의 진성眞性을 체득함이 긴요하니 모두들 수행하여 대도를 깨달은 바가 있거든 나에게 제시하라. 나의 뜻을 얻은 자는 달마 이래 의법을 전수하여 조사가 될 것이다."

그러나 천여 명의 대중 가운데 어느 한 사람도 당당하게 이 문제의 해답에 응하고자 하는 사람이 없었다.

그중 제일좌를 보고 있는 신수神秀는 학덕이 겸비된 인물로 이미 교수사敎授師의 직을 맡고 있었으며, 수행승들의 신망을 높이 얻고 있었다. 모두들 그를 유일한 후보자로 추천하였다.

그러나 신수 스님 자신도 실은 확고한 신념을 갖지 못하고 있었기에 그날 밤 사람이 없는 틈을 타 무기명으로 낭하의 벽에다 한 수의 게송을 써 붙였다.

몸은 보리 실오지實悟智의 나무요
마음은 명경대明鏡臺와 같노매라
티끌이 나지 않게 할지어다

이와 같은 게송이 방장실 입구에 붙어 있는 것을 본 홍인 스님은 이미 신수의 행위임을 짐작하였다.

"참으로 훌륭한 게송이다. 이 게송에 의지하여 수행하는 자는 악도惡道에는 떨어지지 않을 것이며, 또한 외우며 수행을 쌓으면 장차 자기 본연의 천성을 깨달아 도를 깨우칠 것이다."

사미승으로부터 이 이야기를 전해 들은 방앗간의 행자 혜능慧能이 짧게 탄식을 하더니 사미승에게 자신이 지은 게송을 주며 신수의 게송 옆에다 붙여 달라고 부탁했다.

보리는 본래 나무가 없으며
명경도 또한 대臺가 없노매라
본래 무일물無一物 이어늘
티끌을 어느 곳에 묻을 것인가.

이튿날 이 두 수의 게송을 본 대중들은 평론이 물끓듯 하였다. 홍인 스님은 이 광경을 보고 인상을 찌푸렸다.

"어, 괴이한지고. 이게 무슨 소리냐."

혀를 차면서 자기의 신짝을 들어 북북 지우고 방장실로 들어가는 것이었다. 이윽고 수행승들이 각기 처소로 흩어져 돌아간 후 홍인 스님은 조용한 저녁의 틈을 타서 방앗간으로 행자 혜능을 찾아갔다. 혜능은 남해 신흥 땅에 빈한한 초부로 태어나 낫 놓고 'ㄱ'자도 모르는 일자무식이었다. 어려서 아버지를 여의고 철들기 전부터 땔감을 해다 팔아서 근근히 홀어머니를 봉양하던 어느 날 혜능이 나무를 짊어지고 장에 갔는데 어떤 스님이 《금강경金剛經》을 읽는 것을 보고 발을 멈추고 귀를 기울였다.

"응무소주應無所住하여 이생기심而生其心하라. 마땅히 머무르는 바가 없이 그 마음을 내라."

경구를 듣는 순간 어린 혜능은 감전이나 된 듯 깜짝 놀라며 마음이 열리고 온몸이 허공으로 날아갈 듯한 상쾌함을 얻었다.

그는 억제할 수 없이 타오르는 구도심求道心을 어찌할 수가 없어 그 길로 황매산으로 홍인 스님을 찾아가게 되었다. 공손히 절하자 스님이 그를 뚫어지게 쳐다보더니 느닷없이 큰소리로 말했다.

"너는 어디서 온 놈이냐?"

"네, 남해 신흥에서 왔습니다."

"남해에서 예까지 그 멀고 먼길을 도대체 무엇하러 왔느냐?"

"예, 스님을 뵈러 온 것은 오직 불법을 구하기 위해서입니다."

"쓸데없는 소리, 남해 사람은 남쪽 사람이라 불성佛性이 없다. 불성이 없는 나무나 돌 같은 놈이 무슨 불법을 알겠느냐!"

"스님, 사람은 남북이 있습니다만은 불성이야 어찌 남북이 있겠습니까?"

"이 건방진 놈, 무엇이라고. 저 방앗간에 가서 일이나 하거라."

홍인 스님은 혜능을 이와 같이 꾸짖어서 내쫓았으나 혜능이 장차 크게 쓰일 법기임을 알아보고 참으로 더할 나위 없이 기뻤다.

이로부터 혜능은 행자로 방앗간에서 8개월 동안 방아만을 찧고 있었다. 이 혜능을 홍인 스님이 다시 찾은 것이다. 스님은 짐짓 아무렇지도 않게 혜능에게 물었다.

"쌀은 다 찧었느냐?"

"쌀은 다 찧었으나 아직 백미를 내지 못하였습니다."

이와 같은 혜능의 답변을 들은 홍인 스님은 주장자로 방아머리를 세 번 치고 뒷짐을 지어 보이면서 묵묵히 돌아갔다. 이것을 본 혜능이 그날 밤 삼경을 기다려 방장실 뒷문으로 은밀히 홍인 스님을 찾아갔다.

홍인 스님은 극비리에 대법전부식大法傳付式을 거행했다. 그리하여 달마 이래 상승相承의 의법을 혜능에게 전수하였다. 홍인 스님은 방앗간 행자였던 혜능이 대법을 전수받은 것을 알게 되면 다른 수행승들의 박해를 입을까 걱정하여 그날 밤 즉시 혜능에게 황매산을 떠나 남방으로 갈 것을 명하고, 후사에 대하여 간절히 훈계하며 정법正法의 흥융興隆을 위촉하였다.

홍인 스님이 처음에 혜능을 방앗간으로 내쫓아서 고된 노동을 시킨 것은 그로 하여금 대법을 상속할 자격을 충분히 갖추도록 수행의 시간을 주었던 것이다. '성인이라야 능히 성인을 안다'고 했다. 마치 거울과 거울을 마주 비치는 것 같아, 홍인 스님은 혜능을 보자 한눈에 상통한 마음이 있었던 것이다.

지금까지 선가에서 마치 자가自家의 전매특허와 같이 쓰고 있는 본래무일물本來無一物이라는 이 말은 바로 육조 혜능 스님으로부터 나온 것이다.

후대에 이르러 양자강을 사이에 두고 강북은 신수 스님의 수행과 깨달음의 단계를 인정하였으며, 점차로 수행하여 공덕을 쌓아서 마침내 깨닫는다고 하는 교학적인 점수문漸修門이 왕성하여 북점北漸이라고 하고, 강남은 혜능 스님의 수修와 증證, 미迷와 오悟를 둘

이 아닌 것으로 보는 본래무일물本來無一物의 돈오문頓悟門이 크게 떨쳐 남돈南頓이라고 불렸다

무명의 일개 행자로서 달마 이래로 전수되어 온 가르침이 담긴 교법을 전해 받아 제육조가 된 혜능은 그날 밤으로 황매산을 떠나 남으로 남으로 향하여 나아갔다. 이튿날 이것을 비로소 알게 된 오조 문하의 대중은 경악하고 분기하였다.

"노행자를 잡아라."

소리소리 지르며 앞을 다투어 남으로 육조의 뒤를 좇았다. 그 중 제일 앞장을 서서 가장 용감하고 재빠르게 달려간 사람은 원래 무장 출신인 혜명慧明이라는 이였다. 그는 대유령 고개에 이르러서 드디어 육조의 뒷모습을 먼발치로 보게 되었다.

"야, 오조 스님의 의발을 거기 놓아라."

혜명은 비호같이 육박하면서 벽력같이 소리를 질렀다. 육조 혜능 스님은 잠시 발을 멈추고 조용히 의발을 길가에 있는 큰 반석 위

에다 내려놓았다.

"이 의발은 신信을 표함이니 어찌 힘으로써 다툴 것인가. 네가 힘으로써 가져갈 수 있거든 마음대로 가져가거라."

이렇게 말하고 육조 스님은 숲 속으로 몸을 숨겼다.

쏜살같이 달려온 혜명은 반석 위에 놓인 의발을 보고 기쁜 나머지 덥석 달려들어서 두 손으로 의발을 잡아 들었다. 그러나 웬일인지 의발은 반석에서 떨어지지를 않았다.

다시 또 힘껏 잡아당겨 보았다. 순간 자신도 모르게 두려움이 일어나며 온몸에 차가운 전율이 흘렀다. 무엇인지 무거운 것이 그의 머리를 누르는 것 같았다. 마침내 그는 무릎을 꿇고 두 손을 모아 간절히 자비를 비는 것이었다.

"오, 행자님. 소승은 결코 이 의발을 탐내어 좇아온 것은 아닙니다. 오직 불법을 구하러 왔으니 이 몸을 불쌍히 여기셔서 법을 가르쳐 주옵소서."

육조 스님은 이와 같이 애원하는 것을 듣고 숲 속에서 몸을 나타내어 반석 위에 근엄하게 앉았다. 마치 석가모니의 재림과 같은 그 숭고한 모습은 혜명의 칠통 같은 마음속을 환하게 비쳐 주는 것이었다. 혜명은 지극한 존경과 믿음에 젖어서 엄숙하게 절을 하며 간절하게 법을 청하였다.

"오, 착한지고. 네가 진정으로 법을 구한다면 내 즐겨 설법하여 주리라."

혜명은 감사하고 기쁜 마음을 억제하고 합장하여 숙연히 법문을 기다렸다.

"선善도 생각하지 말고 악惡도 생각하지 말라. 바로 이러한 때에 그 무엇이 그대의 본래면목인고?"

혜능 스님은 엄숙하게 물었다. 이 말을 들은 혜명은 마치 맑은 물에 그림자가 뚜렷이 비치는 것과 같이 쓸데없는 수많은 생각을 모두 물리쳐 탁 트인 통일된 절대의 경지, 즉 자기의 본래면목이 환하게 비추어 오는 듯했다. 혜명은 환희에 묻혀 감격하며 거듭 감사했다. 그리고 또 물었다.

"상래의 밀어밀의密語密意 외에 무슨 다른 의지가 또 있습니까?"

"내가 지금 설한 것은 결코 밀의가 아니다. 밀의는 실로 네 스스로의 면목을 돌이켜 비쳐보는 바로 그곳에 있느니라."

혜명은 스님의 설법에 깊이 감동하여 육조 혜능 스님에게 공손히 절하고 물러나왔다.

죽을 때 깨닫는다는 지극한 비결

아아, 인생이란 숨을 거두기 전의
길고 긴 한숨이다. / 장 파울

구도승인 팽기자彭器資가 조심祖心 스님에게 물었다.

"달인달사達人達士는 임종시에 얻는다고 하는데, 그것은 어떤 특별한 비결이라도 있습니까?"

조심 스님이 아무 말도 없자 그곳에 있던 스님들이 각자 자기가 생각한 바에 대한 이야기를 했다.

"특별한 비결이란 있을 수 없지. 깨닫게 되면 절로 통달하기 마련이니까."

이와 같이 답하기도 하고, 또 어떤 이는 이렇게 말했다.

"암, 특별한 비결이 있고 말고. 그러나 이것은 비밀리에 전해지는 것이니까, 아무에게나 가볍게 가르쳐 줄 수가 없지 않겠는가."

팽기자는 이러한 말들을 모두 일소에 부쳤다.

다시 한 번 조심 스님을 친견하게 되었을 때 그는 스님에게 다시 같은 질문을 하였다.

"스님, 달인달사는 임종시에 얻는다고 하는데, 그것에 어떤 특별한 비결이라도 있는지요?"

"암, 임종지결臨終旨訣이 있고말고."

조심 스님은 진중하게 답했다.

무게 있게 긍정하는 스님의 어조에 팽기자는 부쩍 호기심이 생겼다.

"특별한 비결이 있다니, 정말 있습니까? 정말로 있다면 가르쳐 주시기를 진심으로 원하옵니다."

"음, 그래 네 목숨이 끊어지는 그때에 가르쳐 주마."

팽기자는 별안간 일어나서 감격에 넘쳐 세 번 절하고는 다음과 같이 말하는 것이었다.

"스님, 참으로 감사합니다. 오늘에야 비로소 밀지를 얻었습니다."

그는 목숨이 넘어가는 그때에 가르쳐 주겠다는 스님의 말에 대진리를 크게 깨쳤다.

생生을 밝히고 사死를 밝힘으로써 생사를 초탈하게 되는 것이며, 임종지결이란 생사가 있는 세상에서만이 필요한 것이다.

따라서 생生은 생이요, 사死는 사이거늘, 생과 사가 참나眞我와 무슨 관계가 있단 말인가!

가져오지 않은 그것을 내려놓게나

하루라도 선을 생각하지 않으면
모든 악이 절로 일어난다. / 명심보감

조주趙州의 문하에 처음 입문하는 제자가 조주 스님에게 인사를 드리며 쑥스러운 듯이 말했다.

"스승님, 아무 것도 가져오지 않았습니다."

스님이 감았던 눈을 뜨며 말했다.

"거기 내려놓게."

"스승님, 분명히 아무것도 가져오지 않았는데 뭘 내려놓으라는 말씀입니까?"

스님이 다시 눈을 지그시 감으며 말했다.

"그럼, 들고 가게."

조주 스님은 쑥스러워하는 그의 마음과 자의식을 내려놓으라고 말한 것이다.

선의 경지에 들어가려면 걸릴 것이 없이 텅 빈 마음이어야 한다. 허공에 또는 백짓장 위에 무슨 그림을 그리든 그것은 그 사람 마음이다. 아무 것도 가져오지 않았다고 말하며 쑥스럽게 여긴다는 것은 벌써 마음이 자의식으로 가득 차 있음을 말해 주는 대목이다.

엄양장嚴陽章에는 엄양嚴陽과 조주趙州의 이야기가 소개되고 있는데 하루는 엄양이 조주 스님을 찾아와 말한다.

"아무것도 가져오지 않았네."

암묵적인 시사로 '일체의 분별심을 벗은 내 경지가 어떤가' 하고 묻는 이 질문에 조주 스님이 말했다.

"거기 내려놓게."

분별심을 벗었다고 하는 바로 그 분별하는 마음을 벗으라는 것이었다.

그래도 엄양이 알아듣지 못하고 조주 스님에게 다시 물었다.

"아무것도 가져온 게 없는데 뭘 내려놓으라는 것인가?"

"그럼, 들고 가게나."

그 말 속에는 '아직도 멀었어. 그 분별심을 들고 가게나' 하는 뜻이 숨어 있다.

조주 스님의 이 한마디에 엄양은 한 방망이 얻어맞은 듯한 강한 깨달음을 얻게 되었다고 한다.

깃발이냐 바람이냐 마음이냐

사색하는 인간의 가장 아름다운 행복은 추구할 것을 추구하고,
추구할 수 없는 것은 조용히 우러를 수 있다는 것이다.

중국 혜능慧能 스님의 일화는 다 들을 수 없을 정도로 많다. 혜능 스님이 홍인弘忍 스님의 법을 계승한 후 오랫동안 종적을 감추고 깊은 산 속에 은거하다가 포교할 시기가 이르렀음을 알고 주장자拄杖子를 떨치고 일어났다.

어느 날 광주에 있는 법성사라는 절에 도착하여 사문寺門 밖에서 쉬고 있는데 마침 바람이 불어와 사문 위에 높이 달아맨 깃발이 소리를 내며 펄럭이고 있었다. 이것을 보고 그 절의 스님 둘이 말했다.

"깃발이 움직이느냐, 바람이 움직이느냐?"

토론은 끝이 없었다.

"깃발이 움직이는 것이지, 바람이 움직이는 것이 아니다."

"아니다. 움직이는 것은 바람이다. 만일 바람이 없으면 어떻게 저 깃발이 움직이겠는가?"

이와 같이 두 사람은 깃발이냐, 바람이냐, 하고 서로 논쟁을 그

칠 줄을 모르고 있었다. 이 광경을 곁에서 보고 있던 혜능 스님은 두 사람의 논쟁을 잠깐 멈추도록 이르고 다음과 같이 말했다.

"바람이 움직이는 것도 아니요, 깃발이 움직이는 것도 아닙니다. 다만 당신들의 마음이 움직이는 것입니다."

이 말에 두 사람의 토론은 쓸데없는 것이 되었으며, 또한 즉석에서 양두론兩頭論이 절단되어 결말을 짓게 되었다.

이 가르침에 깊이 감동이 된 두 스님은 공손히 예를 갖추어 절을 했다. 이때 절 본당에서는 인종법사라는 당대의 유명한 교학자가 육조 혜능 스님에게 열반경涅槃經을 강설하여 주기를 간청하였다. 그리하여 그곳에서 석가모니의 빛나는 설법이 육조 혜능 스님을 통해 발현됐던 것이다.

소리나는 것이 풍경이냐. 움직이는 게 깃발이냐, 바람이냐, 등으로 한갓 분별심을 내어서 이리저리 이끌리니 참으로 마음의 망동妄動이라고 하지 않을 수 없다.

마음이 움직이면 대상對相을 이루고 대상을 이루면 분별하는 생각이 생기는 것이며, 마음이 움직이지 않으면 그야말로 일념불생一念不生이니 상대가 없을 것이며, 상대가 없으면 그냥 그대로 산·강·땅·하늘의 삼라만상이 나와 무엇이 다름이 있겠는가!

다리를 뻗은 마조와 수레를 끈 은봉의 다툼

중요한 것은, 오직 지금 자기에게 주어진 길을 한결같이 쭉 곧게 나아가는 것이며,
그것을 다른 사람들의 길과 비교하지 않는 것이다. / 헤세

은봉隱峰이 손수레에다 흙과 모래를 잔뜩 싣고 밀면서 터를 닦고 있었다. 이때 마조馬祖 스님은 일을 좀 쉬었다 하려고 작업장 길가에 앉아서 다리를 쭉 뻗고 길을 막고 앉아 있었다. 땀을 뻘뻘 흘리며 토사를 가득 실은 손수레를 밀고 오던 은봉은 길을 가로막은 마조 스님의 다리를 보고 주춤하여 수레를 멈추고 공손하게 말했다.

"스님, 다리 좀 굽혀 주십시오."

그러나 스님은 뜻밖에도 완강하게 거부하는 것이었다.

"안돼, 이미 뻗은 것을 굽힐 수는 없다."

"네, 그렇습니까? 그러면 소승도 이미 앞으로 나갈 작정이었으니 뒤로 물러갈 수는 없습니다."

그도 강경하게 맞서면서 힘껏 손수레를 떠밀었다. 이 순간 마조 스님은 얼른 다리를 오므렸으나 미처 수레바퀴를 피하지 못하여 다리에 상처를 입고 말았다.

작업이 다 끝난 후 대중이 전부 법당에 모이게 되었다. 질서정연하게 앉아서 숙연히 마조 스님을 기다리고 있는데 돌연히 스님이 커다란 도끼를 어깨에 둘러메고 오는 것이 아닌가. 대중은 모두 눈이 휘둥그래지며 의아해 하였다.

스님은 노기가 등등하여 법당에 들어서자마자 벽력같은 소리로 법당이 떠나가게 호령을 하였다.

"조금 전에 작업장에서 내 다리를 다쳐 놓은 놈이 누구냐? 썩 나오너라."

대중은 무슨 영문인지 몰라 어리둥절하며 곧 어떤 끔찍한 일이 벌어질 것을 예감하고 공포에 떨고 있을 뿐이었다.

이때 은봉 스님이 서슴지 않고 뚜벅뚜벅 걸어 나왔다. 그는 안색도 변하지 않고 태연하게 스님 앞으로 나아가서 목을 길게 내밀며 늠름하게 말하는 것이었다.

"자, 쳐 주십시오. 영광이로소이다."

이것을 본 스님은 그만 도끼를 내던지고 묵묵히 방장실로 돌아갔다.

나중에 거꾸로 서서 최후를 보여준 스님답게 도도한 활문답 속에 기개가 엿보이는 대목이다.

제3부

•

감동을 주는 흥미진진한 이야기

거죽과 살과 뼈와 골수

천재에는 두 가지 형이 있다. 하나는 무엇보다 앞서 낳고 낳기를 바라는 형,
다른 하나는 즐겨 남으로부터 수태(受胎)되고 낳는 형이 그것이다. / 괴테

달마達磨가 서역 인도에서 중국으로 온 지 어언 9년이 되던 해였다. 그는 이제 이 땅에서의 인연이 끝나감을 느끼고 수행하고 있던 네 명의 제자를 불렀다.

"너희가 그동안 공부하여 깨달은 바를 내게 보이거라."

달마의 말에 도부란 제자가 선뜻 나서서 말했다.

"제가 깨달은 바로는 도란 언어나 문자에 집착해서도 안 되고 그렇다고 그것들을 버리지도 말아야 합니다. 다만 '도'를 담는 도구로만 문자를 이용해야 할 줄 압니다."

이 말을 들은 달마는 이렇게 탄식하였다.

"너는 나의 거죽을 얻었구나."

다음 이총지라는 제자가 앞으로 나와 말했다.

"스승의 가르침은 마음을 바라보는 것이며 또 절대의 침묵입니다. 그럼 모든 것이 저절로 흘러갈 것입니다."

이에 달마가 말했다.

"너는 나의 살을 얻었도다."

다음 제자는 도육 스님이었다. 그는 이렇게 말했다.

"물·불·공기·흙 사대 원소가 본래 텅 비어 있고, 느끼고 생각하고 행하고 아는 것 모두가 애초부터 실재하지 않는 것이므로 제가 선 자리에서 보면 영원한 것은 아무 것도 없습니다. 얻을 수 있는 진리도 결국 없습니다."

이에 달마가 말했다.

"너는 나의 뼈를 얻었도다."

이제 마지막 네 번째 제자가 자신의 깨달은 바를 보일 차례였다.

그런데 그는 입을 열지 않고 스승에게 공손히 허리를 굽혀 절을 하더니 그 자리에 가만히 서 있었다. 그가 바로 혜가慧可였다. 얼마간 시간이 흐른 뒤 달마가 이렇게 말했다.

"너야말로 나의 살 중의 살과 뼈 중의 뼈와 골수 중의 골수를 얻었도다."

달마는 모처럼 큰소리로 웃으며 가사를 벗어 혜가에게 주었다.

바람이 나를 태워 흐른다

자기 자신에 대해서 전력을 다하고 충실하라. 자기를 내버려두고
남의 일에 정신이 팔려 있는 사람은 자기의 갈 길을 잃어버린 사람이다. / 공자

열자列子가 노상老商 스님을 스승으로 모시고 도에 대해서 배웠다. 마침내 어느 경지에 오른 그는 허공을 의지하고 바람을 타는 법을 익혀서 하늘을 날아 집에 돌아왔다.

하루는 윤생이란 젊은이가 찾아와 열자에게 가르침을 간곡하게 청했다.

"스승님, 바람 타는 법을 좀 가르쳐 주십시오."

윤생은 열자의 집에 머물며 가르침을 청했으나 열자는 그를 제대로 바라보지도 않았다. 윤생은 마침내 열자를 원망하는 마음이 생겨 그의 곁을 떠났다. 몇 개월 뒤 무슨 맘이 들었는지 홀연 다시 찾아온 윤생을 보고 열자가 물었다.

"왜 다시 돌아왔느냐?"

"제가 너무 성급하고 어리석었음을 알았습니다."

열자가 윤생에게 말했다.

"내가 스승을 모시고 수련할 때는 삼 년이 지나도록 스승의 눈길

한 번 받질 못했다. 삼 년이 지나자 시시비비를 염두에 두지 않았고 이렇게 이해득실을 떠나게 되자, 스승이 나를 쳐다보셨다.

오 년이 지나 내가 다시 시시비비를 염두에 두고 이해득실을 말하자, 그 때야 스승이 처음으로 웃어 주었다. 칠 년이 지난 뒤에는 다시 생각과 말이 시시비비를 떠나게 되었고 이해득실을 벗어나자, 스승이 나와 함께 앉으시기도 하고 선담도 논했다. 구 년이 지난 뒤에는 마음이 저 생각나는 대로 흐르게 두고, 말도 저 가는 곳을 따라가게 하여도 시시비비와 이해득실이 내 것인가 아니면 남의 것인가 잊어버린 지 오래였다. 그때부터 노상老商이 내 스승인지 어쩐지도 알 수 없게 되었다.

나의 안과 밖, 내 마음과 세계가 뒤집혀 이 모든 것을 끌어안을 수 있는 큰마음이 열리고 우주가 비로소 내 속에 들어왔다. 이젠 눈이 귀 같고, 귀가 코 같다가 코는 입으로 변해서 그것들을 구별할 수 없게 되었다. 모든 차별이 없어졌다. 형체는 풀어지고 육신마저도 잊어버리니 정신은 더욱더 깨어 있는 상태로 나아갔다. 몸이 어디로 기대고 있는지 느끼지 못하게 되었고, 발이 어디를 밟는지 모르게 되었다. 바람 부는 대로 이리저리 흩날리는 솜처럼, 낙엽처럼 가볍게 흔들릴 뿐이다.

그럼 묻노니, 바람이 나를 타고 흐르는가, 내가 바람을 타고 흐르는가?"

윤생이 대답을 못하고 쩔쩔매자, 열자가 정색을 하고 말했다.

"그런데 너는 내게 왔다가 불만과 원망을 품고 떠났으니 오히려 전보다 더 무거워진 너를 천지가 어찌 받아주며, 바람이 어찌 너를 실어다 주겠느냐?"

오세암五歲庵의 유래

기도를 잊지 말라. 만일 너의 기도가 성실하다면 네가 기도할 때마다,
그 속에는 새로운 느낌과 의미가 있을 것이다. / 도스토예프스키

오세암五歲庵은 설악산 깊은 산 속에 있다. 워낙 깊은 산중에 있어 길이 험한데다가 겨울에는 눈이 많이 내려 예전에는 이 암자에 들어가서 눈을 한번 만나게 되면 봄이 되어 그 눈이 녹기 전에는 좀처럼 다시 나올 수가 없었다. 그래서 이 암자에서 겨울을 나려면 누구나 가을부터 미리 먹을 것을 준비하여 두지 않으면 안 되었다.

설정雪淨 스님이 이곳에서 동안거冬安居를 하려고 다섯 살 먹은 조카를 데리고 눈이 아직 내리기 전에 이 암자로 들어갔다. 겨우살이를 할 준비를 착착 진행하는데, 그 중에 두서너 가지는 아무리 하여도 다시 한 번 산 아래에 내려가서 구하여 가지고 오지 않으면 안 될 형편이었다. 그러나 잠깐이면 갔다올 수 있는 일인데, 그 험한 길에 다시 어린애를 데리고 내려가기도 어렵거니와 그러자면 길만 더욱 터덕거릴 듯해서 설정 스님은 마침내 어린 조카를 그대로 두고 가기로 마음먹었다. 그리고 하루 이틀쯤 먹을 만한

음식을 만들어 놓고 조카를 달랬다.

"아가, 나 곧 다녀올께 넌 여기서 집 보면서 잠깐만 기다리고 있거라. 밥도 여기 있고, 맛있는 반찬도 여기 있고, 또 네가 좋아하는 누룽지도 여기 있다. 먹고 싶으면 먹어 가면서 그저 잠깐만 기다리고 있거라. 내 곧 다녀올 거다. 그리고 심심하거든 '관세음보살, 관세음보살' 하면서 자꾸 입으로 부르거라. 그러면 내가 오기 전이라도 너의 어머니께서 오셔서 네게 밥도 주시고 옷도 주시고 그러실 거다. 내 말대로만 하거라 응? 우리 귀여운 조카야."

설정 스님은 이렇게 어린 조카를 얼렀다. 어린 조카는 처음에는 겁이 나서 따라 나서려고 했으나 여러 가지 달콤한 말에 넘어가 관세음보살만 부르면 어머니까지 온다는 바람에 마음이 풀려서 그만 고개를 끄덕였다.

설정 스님은 이렇게 잘 얼러서 조카를 두고 가기는 하지만, 그래도 마음이 놓이지 않아 몇 번이나 뒤를 돌아보면서 산을 내려왔다. 내려와서도 마음이 바빠서 어서어서 서둘러 일을 보았다. 그러나 아무리 그래도 하룻밤은 마을에서 자지 않을 수 없게 되었다. 그런데 자고 아침에 일어나니 이런 큰일이 있는가. 하룻밤 사이에 함박눈이 펑펑 쏟아져 산이고 들이고 온 땅이 하얗게 덮였다. 설정 스님은 너무나 어이가 없어 오직 입맛만 쩍쩍 다실 뿐이었다. 아무 방법도 생각할 수가 없었다. 뿐만 아니라 그 뒤에도 큰 눈이 연거푸 내려 산에 올라갈 생각을 아예 할 수 없게 되었다. 올라갔다가는 조카를 구하기 전에 중도에 자기 자신부터 눈 속에서 목숨이 위태로울 판이었다. 하는 수 없이 설정 스님은 일체를 단념하고 어린 조카를 위하여 불보살님이 어떻게든 가호 하시어 무사히 잘 있도록 빌 뿐이었다.

시간은 흘러 어느덧 이듬해 봄이 왔다. 그렇게 엄청나던 눈도 이제는 조금씩 녹아서 위험한 길도 간간이 통행할 수 있게 되었다. 설정 스님은 노심초사하여 혹시나 하는 마음으로 길을 재촉하여 암자로 향하였다. 천신만고 끝에 간신히 올라와 보니 이렇게도 놀랍고 반가운 일이 있을까. 설정 스님의 기침 소리를 듣고 어린 조카가 방문을 '쿵' 하고 차고 나오면서 반갑게 말했다.

"아저씨, 참 오랜만에 오십니다. 왜 곧 오신다더니 이제야 오십니까?"

조카는 뛰어나오자마자 설정 스님에게 매달렸다. 그를 보자 스님의 눈에서는 알 수 없는 눈물이 뚝뚝 떨어질 뿐이었다. 설정 스님은 한동안 아무 말도 못하고 조카를 껴안은 채로 가만히 서 있다가 겨우 마음을 진정하고 물었다.

"대관절 너 혼자 어떻게 살았니?"

"날마다 어머니가 와서 밥도 해 주고 옷도 해 주고 재미난 이야기도 해 주면서 나를 예뻐해 주셨는데요. 아저씨, 저더러 관세음보살 부르라고 하셨잖아요. 관세음보살만 부르면 언제든지 어머니가 오는데요 뭘."

조카는 너무나 천진스럽게 그동안의 일을 대답했다. 설정 스님은 그 관음보살 앞에 엎드려 지극한 정성으로 예배하고 무한히 감사하였다. 그로부터 이 암자의 이름을 '오세암'이라 부르게 되었다.

혹자는 오세암의 유래에 대하여 조선 시대에 매월당 김시습이 오세신동五歲神童의 천재로서 이 절에 오래 머물러 있었기 때문에 그렇게 이름하였다 하기도 한다. 그러나 그가 《법화경염송》을 지은 그 자서에 '오거오세五去五歲 취오세지의趣五歲之意'라 한 것으로 봐 '오세'라 이름하기는 그가 이미 이 암자에 오기 전부터였음을 알 수가 있다.

굳은 것을 깨뜨려야 선禪

웃음은 전 인류의 수수께끼를 푸는
공통의 열쇠이다. / 칼라일

수단이 양기楊岐 스님 밑에서 수행하고 있었을 때의 일이다. 수단은 성실하고 빈틈이 없었으며 스스로 자신에게 엄격했으나 수행에 큰 진전이 없었다. 이를 묵묵히 지켜보던 양기 스님이 하루는 수단을 불렀다.

"수단아, 내게 오기 전에 어느 스승 밑에서 공부했더냐?"

"욱郁 스님에게서 배웠습니다."

"욱 스님이라, 내가 듣기로는 그 스님은 다리를 건너다 헛디뎌 넘어질 때 깨달음을 얻었다던데?"

"예, 저도 그렇게 들었습니다."

"그때 지은 시가 놀랍다고들 하는데, 혹시 그 시를 아느냐?"

수단은 그 시를 단번에 줄줄 외웠다.

나에게 밝은 구슬 하나 있었으나
오랫동안 먼지에 싸여 있었네.
오늘에야 먼지 닦아 빛을 발하니

넓은 산하를 두루 비치네

수단이 시를 암송하자 양기 스님은 껄껄 웃으며 나가 버렸다. 수단은 스승의 웃음이 마음에 걸려 그날 밤 내내 잠을 이루지 못했다. 날이 밝자 그는 스승에게 찾아가 어제 웃으셨던 일에 대해서 '무엇이 그리 우스웠느냐' 고 물었다.

"며칠 전 아랫마을에서 무당이 푸닥거리를 했는데 너도 그걸 보지 않았느냐?"

"예, 저도 눈여겨 보았습니다."

"오래 수행한 네가 그 무당들만도 못한 점이 있구나."

"그게 무슨 말씀이신지요?"

"무당들은 사람들이 웃는 걸 보고 더 흥을 내고, 신명나게 굿을 하는데 너는 근심하고 두려워하지 않느냐."

스승의 말에 수단은 뜨끔하게 느껴지는 것이 있었다.

수단은 근심하고 두려워한다는 말을 가슴에 새기고 어떻게 하면 딱딱한 껍질을 벗어 던지고 고개를 내밀 것인가를 생각하게 되었다. 양기 스님은 수단의 엄격하고 진지하기만 한 자세를 무당굿을 예로 들어 허물어뜨린 것이다.

엄격함은 굳은 것이고 진지함은 닫혀 있기 쉽다. 흐르지 못하고 열리지 않았는데 그 가운데 무슨 변화가 있겠는가. 변화가 없는데 진전인들 있겠는가. 양기 스님은 한 번의 웃음으로 수단의 견고한 엄숙주의를 깨뜨려 버린 것이다.

그제야 깨달음을 얻은 수단은 부드러움이 어떤 것인지를 알게 되었다.

평상심이 바로 도다

현자는 새로운 사상을 생각해 내고,
반면 어리석은 자는 그것을 편다. / 하이네

조주趙州 스님이 어느 날 남전南泉 보원普願 스님에게 물었다.

"어떤 것이 도道 입니까?"

"평상심이 도니라."

스님은 간명簡明하게 답하였다. 그러나 조주 스님은 평상심이라는 뜻을 쉽게 알 수 없었다. 그래서 다시 물었다.

"그러면 그 도란 나아가 향하는 바가 있습니까, 없습니까?"

"도란 그대로 도다. 향할 바가 있어서 생각을 낸다면 곧 그르치는 것이다."

남전 스님은 친절하게 가르쳐 주었다. 그러나 조주는 도저히 이해가 안 되었다.

"생각을 내지 않으면 어떻게 도를 압니까?"

"도란 지知에도 속하지 않고 또한 부지不知에도 속하지 않는 것, 지라는 것은 망각妄覺이요, 부지는 무기無記이다. 만일 의심이 없는 도에 참으로 당도할 것 같으면 허공과 같이 활달하여 넓고 넓어서 어찌 옳다 그르다 시비是非 하겠는가?"

그렇다. 도 속에는 지, 부지, 부처, 중생, 선과 악, 시와 비 등의 일체 상대적인 명상名相은 존재 할 수 없다.

남전 스님이 하루는 산에서 일을 하고 있었다. 그런데 지나가던 어떤 스님이 남전 스님에게 물었다.

"남전 스님에게 가는 길인데 어디로 가면 됩니까?"

남전 스님이 꼴을 베다가 낫을 쳐들고 말했다.

"이 낫을 삼십 푼 주고 샀소이다."

"낫을 물은 게 아니고 남전 스님이 계시는 곳을 물었습니다."

그러자 남전이 말했다.

"내가 쓰기에는 매우 잘 들거든."

'내가' 라는 말 속에 이미 내가 남전인데 또 무엇을 묻느냐는 말이 들어 있다. 이와 같은 평범함 속에 비범함을 감춘 이야기는 남전에서 조주로 이어져 도도하게 흐르고 있다.

어느 날 아침, 조주 스님이 두 손님을 맞이하였다. 그 중 한 사람에게 스님이 물었다

"예전에 여기 와 본 적이 있는가?"

"예, 있습니다."

"그럼 차나 한 잔 들고 가게."

스님은 다음 사람에게도 물었다.

"자네도 예전에 여기 와 본 일이 있는가?"

"아닙니다. 저는 이번이 처음입니다."

그러자 스님은 그에게도 말했다.

"그럼 차나 한 잔 들고 가게."

옆에서 이를 지켜보던 주지 스님이 의아해서 물었다.

"스님, 스님께서는 예전에 와 본 적이 있다는 사람에게도 차 한 잔을 권하시고, 처음 왔다는 사람에게도 역시 차 한 잔을 권하시니 무슨 뜻이십니까?"

그러자 스님이 말했다.

"여보게, 주지."

"예."

주지가 대답하자 스님이 말했다.

"자네도 차나 한 잔 들고 가게."

평상시의 마음이 도道라면, 일상적인 행위 전부가 도의 표현이다. 글자 그대로 도성인신 그대로다. 그러나 그 세 사람이 차를 마신다 한들, 참으로 남전이나 조주가 권한 '평온한 평상심의' 차 한 잔을 마셨겠는가.

사람이 도를 알려면 마땅히 그 뜻을 허공과 같이 하여야 한다. 망상과 모든 취향趣向함을 멀리하면 마음이 향하는 바가 다 걸림이 없게 된다. 도란 자기 스스로 자기의 마음을 허공과 같이 하는데 있다.

사명 대사 유정

정신이 질서를 예견하는 일, 이것이 이상이다. 정신은 정신이기에, 다시 말해서
영원을 엿볼 수 있기 때문에 이상을 지닐 수 있다. / 아미엘

사명四溟 유정惟政은 조선 시대 스님이다. 자는 이환이고 호는 송운 또는 사명이다. 밀양에서 출생하여 열세 살에 《맹자》를 읽다가 뜻을 품고 황악산 직지사 신묵信默에게 입문하여 스님이 되었다.

열여덟 살에 선과에 급제, 서른두 살에 선종의 주지가 되었으나 굳이 사양하고, 묘향산에서 청허의 정법을 받았다.

금강산 보덕사에서 3년을 지내고 또 청량산, 팔공산, 태백산으로 수행을 다녔다.

마흔세 살에 옥천산 상동암에서 하룻밤 소낙비에 뜰에 만발했던 꽃이 떨어지는 것을 보고 무상을 절실히 깨달아 제자들을 모두 보내고 오랫동안 참선하였다.

금강산에서 3년을 지내고 1592년 왜구가 침입하자 의병을 모집하여 순안에 가서 청허淸虛 서산西山의 휘하에서 활약하였다. 청허가 나이 들어 물러난 뒤 승군을 통솔하였으며, 명나라 장수와 협력하

여 평양을 회복하고, 권율을 따라 영남 의령에 주둔하여 전공을 크게 올렸다. 1594년에는 명나라 총병 유징과 의논하여 왜장 가등청정을 울산 진중으로 세 번 방문하였다.

가등청정이 말했다.

"조선에 보배가 있는가?"

그러자 스님이 대답했다.

"없다. 보배는 일본에 있다."

가등청정이 물었다.

"그것이 웬말인가?"

이에 유정 스님이 준엄하게 말했다.

"지금 우리 나라에서는 당신의 머리를 보배로 생각하고 현상금까지 걸었으니 보배가 일본에 있는 것 아닌가?"

가등청정은 매우 놀라며 스님의 기개를 찬탄했다.

하루는 선조 대왕이 스님을 대궐로 불러 스님의 의향을 물었다.

"지금 국세가 이러하니 스님이 만일 퇴속한다면 백리百里의 책임을 맡기고 3군을 통솔하게 할 것이오."

그러나 스님은 이를 단연코 사양하였다. 그리고 영남으로 돌아가 용기산성과 팔공산성, 금오산성 등을 쌓고, 양곡과 무기를 비축한 후 산으로 물러가 조용히 있기를 청하였으나 조정에서 이를 허락하지 않았다.

1597년 명장 마귀를 따라 울산의 도산에 이르고, 이듬해 또 유징을 따라 순천의 예교에 이르러 큰 공을 세웠다.

1604년 국서國書를 받들고 일본에 가서 덕천가강을 보고 말했다.

“두 나라 백성들이 오랫동안의 전란에 시달렸으니 내가 그 고난을 구제하러 왔다.”

가강도 신심을 내어 스님을 마치 석가모니같이 예우하여 강화를 맺었다. 포로로 갔던 사람 3,500명을 다시 찾아 데리고 이듬해 스님은 고국으로 돌아왔다.

선조 대왕은 이를 가상히 여겨 포상하였다.

청허가 입적한 이듬해, 스님이 묘향산에 가서 상례를 치르고 1607년 치악산으로 갔다가 선조의 부고를 듣고 다시 서울에 와서 엎드려 슬피 울고 독경을 하였다.

후에 병이 나서 해인사로 갔다가 67세를 일기로 입적하였다.

거꾸로 서서 열반에 든 은봉 스님

인생은 모두 다음 두 가지로써 성립된다. 하고 싶지만 할 수 없다.
할 수 있지만 하고 싶지가 않다. / 괴테

당나라 은봉隱峰 스님은 기행 스님으로 널리 알려졌다. 어느 날 은봉 스님은 제자들이 모인 자리에서 다음과 같은 말을 했다.

"장노長老 스님들이 돌아가실 때 흔히 앉아서 혹은 누어서 가는 사람이 많은데 이는 그리 신통할 것이 없는 것이고, 서서 그대로 왕생往生 한다면 좀 신기하다고 할까?"

"그렇습니다. 서서 간다면야 참으로 신기하지요. 그러나 전일에 아주 없었던 일은 아닙니다. 삼조三祖 승찬 스님께서 큰 나무 밑에서 선 채로 대적정大寂靜에 드셨다는 기록이 있지 않습니까?"

"으응, 그렇지. 그러면 거꾸로 서서 갔다는 사람은 없는가?"

"네, 그런 말은 아직 들어보지 못하였습니다."

"그래, 그러면 나는 거꾸로 서서 가야겠다."

미쳐 말끝을 맺기도 전에 두 손으로 땅을 짚자마자 다리를 공중으로 번쩍 들고 거꾸로 서는 것이었다.

대중은 깜짝 놀라 여기저기서 모여들었다.

그러나 스님은 거꾸로 선 그대로 이미 숨을 거두고 말았다. 신기한 것은 이때 스님이 입고 있던 장삼이 조금도 흘러내리거나 벗겨지지 않고 입은 그대로 몸에 붙어 있어서 거꾸로 빳빳이 서 있는 모양이 마치 한 그루의 나무가 땅 위에 솟아 있는 것 같았다는 것이다. 대중은 물론 신도와 일반인이 구름같이 모여들어서 찬탄하는 목소리가 끊이지 않았다.

드디어 장례를 올리기 위하여 시신을 수습하게 되었다. 그러나 시신은 거꾸로 선 그 자세 그대로 꼿꼿이 서서 아무리 밀고 잡아당겨도 꼼짝도 안 했다. 대중은 우왕좌왕하며 야단법석을 하였다. 이때 한 여승이 홀연 대중을 헤치고 앞으로 나오더니 거꾸로 선 스님을 보고 냉엄하게 힐책을 하였다.

"오라버니, 이 무슨 짓입니까? 평생을 기행만 하더니 열반에 들 때도 이러시니, 첫째는 불조佛祖에게 실례가 되겠고, 둘째는 모든 중생을 놀라게 하며 어리둥절하게 하니 이게 무슨 짓입니까?"

그리고는 손끝으로 슬쩍 밀으니 스님의 시신은 그냥 그대로 힘없이 넘어지는 것이었다.

이 여승은 스님의 누이동생인데, 이미 오래 전에 도를 깨우친 훌륭한 선승이었다.

꼬마 스님 소지가 대지가 된 이유

불평은 인간에게 있어서나 국가에 있어서나
진보의 첫째 단계이다. / 오스카 와일드

대지大智 스님이 일곱 살 되던 해에 그의 집에서 얼마 떨어지지 않은 곳에 선정사라는 큰절로 불공을 올리러 갔다. 어린 마음에도 승려 생활이 무척 고상하고 숭배하는 마음이 생겨서 자신도 그런 생활을 하였으면 하는 생각이 일어났다.

집에 돌아와 부모를 졸라서 승낙을 받고 출가하게 되어 한암寒巖 의윤義尹 스님의 시동이 되었다.

하루는 이 아이가 방장실에 들어와서 깨끗이 청소를 하는 것을 보고 스님이 기특하여 벽장에서 만두를 두 개 꺼내어 주었다. 한 점의 그늘이 없고 쾌활 명랑한 이 아이는 서슴지 않고 받아서 한 입에 쏙 넣고는 우물우물 먹으면서 말했다.

"감사합니다."

그리고는 넙죽이 절을 하였다.

스님은 그 천진난만한 모습이 하도 귀여워서 물었다.

"그렇게도 맛이 있니? 네 이름이 무엇이라고 했지?"

"네, 만두萬斗라고 합니다."

"뭐, 만두萬斗가 만두饅頭를 먹는단 말이냐?"

스님은 한번 시험을 해보려고 일부러 이렇게 물어보았다.

"큰 고기가 작은 고기를 먹는 것이지요."

만두는 거침없이 그 말을 받아 넘겼다.

"그래, 그럼 한 개의 만두 맛과 두 개의 만두 맛이 같으냐? 아니면 다르더냐?"

"큰스님."

만두는 초롱초롱한 눈으로 스님을 쳐다보며 그 앙증스런 손을 들어 '탁' 손뼉을 치며 말했다.

"지금 이 소리가 왼손에서 났습니까? 오른손에서 났습니까?"

도리어 묻는 것이었다. 스님은 그 총명함이 너무도 기특하여 기쁜 빛을 감추지 못하였다.

"이놈이 제법이구나. 너는 지혜가 있으니 당장 속명을 버리고 불명을 지어 주어야겠다.

스님은 잠깐 생각을 한 다음 말했다.

"너는 아이들 중에 제일 지혜가 뛰어났으니 소지小智라고 하여라."

만두는 불명을 지어 준다고 하여 좋아서 어쩔 줄 모르다가 이 말을 듣자 그만 시무룩하여 말했다.

"소지는 싫습니다. 기왕이면 대지大智라고 이름을 지어 주십시오."

스님은 그 깜찍스런 소견에 그만 탄복하지 않을 수 없었다.

"오냐, 좋다. 그러면 대지라고 하여라."

스님은 곧 대중을 불러 만두의 불명이 대지라는 것을 알렸다.

그리하여 꼬마승小僧 대지의 이름은 삽시간에 사방에 유명하게 되었다. 그 후 대지는 만년에 이르러 봉의산에 들어가 성호사를 창건하고 많은 제자를 양성하여 그 이름 그대로 대지의 빛을 만천하에 널리 빛내었다.

말 한마디가 오백생을 좌우

무릇 사람에게 사사로운 뜻이 생기는 것은 사려가 없기 때문이다.
일상 생활에서의 언동에 보면 타당성이 있으면 잘못이 없다. / 퇴계 이황

백장百丈회해懷海 스님은 그 기거하던 산 이름이 백장산百丈山이었으므로 백장이라는 호를 갖게 되었다.

그는 근면, 절검하기로 세상 사람들에게 모범을 보였으며, 저 유명한 '일일부작一日不作이면 일일불식一日不食'이라는 표어를 내걸고 시종일관 구도승을 제도했다. 그는 백발이 성성하여서도 종일 한시도 쉬지 않고 일을 하였다.

문하생들이 보기에 너무 민망하고 죄송스러워 일하는 연장을 감추어 버리자 스님이 그날부터 단식을 해 하는 수 없이 연장을 도로 내주었다.

백장 스님에 관한 이러한 여러 가지 일화 중 망승의 장례에 얽힌 일화를 소개한다.

백장 스님이 구도승을 거느리고 설법을 하는데 설법을 할 때마다 번번히 한 노인이 말석에 앉아서 대중과 같이 듣고 같이 물러가고 하였다. 그런데 하루는 설법이 끝나 대중이 모두 물러갔는데

그 노인만은 가지 않고 가부좌를 한 채 묵묵히 앉아 있는 것이었다. 이를 의아하게 생각한 스님이 그 노인에게 말을 걸었다.

"노인은 뉘시오?"

"네. 저는 사람이 아니 올시다. 실은 저도 스님과 같이 과거 가섭불迦葉佛 시대에 바로 이 도량의 주인이었습니다. 그런데 어느 날 학인이 묻기를 '대수행大修行을 하는 사람도 인과에 떨어집니까?' 하기에 불락인과不落因果라고 대답하였더니 그 후 오백생五百生 동안을 여우의 몸을 받았습니다. 바라건대 화상께옵서 옳은 법문을 설해 주시어 이 여우의 탈을 벗게 하여 주십시오."

노인의 간절한 청에 스님이 승낙하니 노인은 옷깃을 바로 하고 정중하게 물었다.

"대수행을 하는 사람도 인과에 떨어집니까?"

"불매인과不昧因果니라!"

이 말을 들은 노인은 희색이 만면하여 공손히 예배 한 후 스님에게 말했다.

"저는 이제 여우의 탈을 벗었습니다. 이 은혜는 갚을 길이 없습니다. 그런데 또 한가지 청이 있습니다. 저의 시체가 뒷산에 있는데 돌아가신 스님네의 전례대로 장사를 지내주었으면 합니다."

그리고는 문득 사라지고 말았다.

백장 스님은 유나를 불러 말하기를 식후에 망승亡僧의 장례식이 있으니 대기하라고 전하였다. 학승들이 모두 이상하게 생각하며, 그동은 죽은 승려가 한 사람도 없었는데 무슨 장례인가 하고 수군거렸다.

식후에 스님은 구도승들을 인솔하여 뒷산으로 올라가 바위 밑 굴속에서 죽은 여우 한 마리를 지팡이로 끄집어 내었다. 그리하여 망승의 예로써 장사를 지내고 그날 밤 이 여우에 대한 인연설법을 하였다.

이때 법문을 듣고 있던 황벽 스님이 문득 일어나서 물었다.

"스님께선 그 망승이 말 한마디를 잘못하여 오백생 동안이나 여우의 몸을 받았다고 하였는데 만약 그때 일언일구에 틀림이 없이 대답을 하였다고 하면 그 후 무슨 몸을 받았겠습니까?"

백장 스님이 이 질문을 듣고 너그럽게 말했다.

"오 잘 물었다. 가르쳐 줄테니 이리 가까이 오너라."

그러자 황벽은 서슴없이 앞으로 나아갔다. 그리고 스승인 백장 스님의 뺨을 보기 좋게 후려치는 것이었다. 그야말로 찰나의 일이었다. 이를 지켜본 구도승들은 아연실색하고 말았다. 그러나 정작 제자에게 얻어 맞은 백장 스님은 화를 내지 않고 도리어 손뼉을 치면서 호탕하게 웃더니 이렇게 말했다.

"오랑캐의 수염이 붉다고 하더니 참으로 붉은 수염의 오랑캐가 있도다!"

이 백장야호화百丈野狐話는 예로부터 선을 공부하는 많은 사람들로부터 어려운 문제로 취급되어 오고 있다.

무문 혜개無門 스님은 이것을 평해 이렇게 말했다.

"불락인과不落因果라고 답하여 무엇 때문에 여우의 탈을 썼으며, 불매인과不昧因果라고 듣고 무슨 까닭으로 여우의 탈을 벗었는고?"

그리고 고개를 갸우뚱하였다.

말 한 마디에 천 냥 빚을 갚는다는 세간의 얘기도 있지만 말 한 마디가 오백생을 좌우하는데 어찌 함부로 이야기 할 수 있겠는가. 그래서 침묵은 차라리 금이라 하지 않았는가.

진묵 스님의 기행과 봉곡 선생의 우의

지(知)는 행위다. 지(知)는 경험이다. 지(知)는 영속하지 않는다.
지(知)는 순간적인 것이다. / 헤세

진묵震默 스님은 만년에 전주 봉서사에 있었는데 절 아래 마을에 봉곡 선생이라는 이가 있었다. 그도 또한 이름있는 선비로서 길은 비록 다르지만 스님과 늘 학문을 논하며 지냈다.

그런데 하루는 스님이 봉곡 선생을 찾아와서 이야기를 하고 놀다가 봉곡에게 주자강목朱子綱目을 빌려서 바랑에 넣어 가지고 갔다. 봉곡은 짐작되는 바가 있어서 시종으로 하여금 스님의 뒤를 따르면서 엿보게 하였다.

시종이 뒤따르며 훔쳐보니 진묵 스님이 길을 걸으면서 바랑에서 주자강목을 한 권씩 빼내서 책장을 훌훌 넘겨 읽고는 그 책을 길바닥에 내버리는 것이었다. 그리고 다시 한 권을 빼내서 읽고 또 버리곤 하는 것이었다. 스님은 절 밑에 이르기 전에 빌려 온 주자강목을 다 읽고는 길에 모두 내버린 채 절로 들어갔다.

그런 일이 있은 한참 뒤에 봉곡은 스님을 만나서 짐짓 이 일을 이야기했다.

"남의 책을 빌려다가 길바닥에 한 권씩 질질 흘리고 다니시니, 그게 대체 웬일이오."

책망하듯이 묻는 물음에 스님은 별일 아니라는 듯 대답했다.

"책을 간수해서 무얼 하겠소. 그 속에 있는 글만 마음에 담으면 그만인 게지요."

봉곡은 스님의 말이 미덥지 않아서 다시 강목을 들추면서 여기서 한 구절 저기서 한 구절씩 들어서 물었다. 스님은 조금도 서슴치 않고 묻는 대로 그 구절을 줄줄 외면서 종횡으로 논파하여 봉곡의 가슴을 뜨끔하게 했다.

이에 봉곡은 스님의 신기한 재주를 시기하여 스님을 교묘히 꾀어 육체를 벗게 하여 정령만으로 서역에 가서 경문을 가져오게 했다고 한다. 그리고 그동안에 스님의 육체를 불살라서 스님이 돌아왔을 때는 정령이 의지하여 머무를 곳이 없게 하였다고 한다.

이 밖에 둘에 얽힌 여러 가지 가설과 이야기가 있지만 실상 둘은 서로 간에 지극한 사이로 뒤의 이야기는 후세 입담가들에 의해 지어진 것이라 봄이 옳다. 스님이 입적한 뒤에 봉곡 선생은 스님의 부음를 듣고 그 기일에 깊이 슬퍼하는 뜻을 담은 글월을 받쳤다고 한다.

황벽 스승을 메어꽂은 제자 임제 스님

격렬하게 느껴야 할 것을
완만하게 느껴서는 안된다. / 괴테

임제臨濟 스님이 밭에서 일을 하고 있을 때였다. 그는 괭이를 땅에 세우고 허리를 좀 쉬고 있는데 마침 스승인 황벽黃壁 스님이 가까이 오는 것이었다.

스님은 무엇이 못마땅한 듯이 그의 아래위를 죽 훑어보며 퉁명스럽게 말하였다.

"이놈아, 힘이 드느냐?"

"괭이도 들어올리지 않았는데 무엇이 힘 들겠습니까?"

임제 스님은 도리어 반문하여 대답했다. 그때 돌연 황벽 스님의 몽둥이가 '휙' 하니 임제 스님의 어깨로 날아왔다. 임제 스님은 재빨리 몽둥이를 받아 움켜잡으며 동시에 황벽 스님을 번쩍 들어서 '쾅' 하고 메어쳤다.

이때 멀지 않은 곳에서 유납維納을 보는 스님이 일을 하고 있었다. 이를 본 황벽 스님은 땅에 메어꽂힌 채 비명을 지르며 그를 불렀다.

"유납아, 유납아. 빨리 와서 나 좀 일으켜다오."

유납은 스님이 부르는 소리에 깜짝 놀라 돌아다보니 방장 스님이 땅에 메어꽂혀 있는 게 아닌가.

그는 쏜살같이 달려가 스님을 안아 일으키며 물었다.

"스님, 이게 웬일입니까? 아, 저런 미친놈을 그냥 두시렵니까?"

큰변이나 난 듯이 그는 격분하였다. 부축을 받아 간신히 일어난 스님은 아무런 말도 없더니 느닷없이 유납을 방망이로 내리치는 것이었다.

유납은 얼결에 한 대 맞고 영문을 몰라 어리둥절하며 멍하니 서 있었다. 그러나 임제 스님은 두 사람을 본체만체하면서 부지런히 괭이질만 하는 것이었다. 그는 한 고랑을 다 파고 허리를 펴면서 혼잣말로 중얼거렸다.

"제방諸方에서는 모두 화장火葬을 하지만 나는 본보기가 싫어서 생매장生埋葬 하는 게 좋단 말야."

그리고는 껄껄 웃었다. 참으로 늠름하고 씩씩한 기백이 넘쳐흐르는 활문답活問答이 아닐 수 없다.

그러던 어느 날 하루는 임제 스님이 그날도 역시 밭에서 일을 하고 있는데 황벽 스님이 이쪽을 향해 휘적휘적 오는 것이 먼 발치로 보였다. 그는 무슨 생각을 하였는지 얼른 괭이를 감추고는 시치미를 떼고 맨손으로 마치 장승처럼 서 있었다. 황벽 스님이 가까이 오더니 대뜸 힐문하는 것이었다.

"이놈, 괭이는 어떻게 하고 장승처럼 서 있느냐?"

"누가 가져갔습니다."

"뭐, 누구한테 빼앗겼단 말이냐?"

스님은 큰소리로 꾸짖더니 자기가 가지고 온 삽을 땅에 '콱' 꽂으며 말했다.

"이 세상에 사람의 힘으로써는 도저히 이 삽을 움직이지 못하리라."

그러나 이 말이 떨어지기가 무섭게 임제 스님의 손아귀에 삽이 들려 있는 게 아닌가.

"어째서 이 삽이 제 손에 이렇게 있습니까?"

임제 스님이 삽을 내보이며 말하자 황벽 스님은 그 말에는 한마디 대꾸도 않고 통쾌하게 웃었다.

"오늘은 내가 사람 같은 사람을 하나 보았구나. 참으로 일은 잘 마쳤다."

스님은 대단히 만족하여 방장실로 돌아갔다.

자기가 묻고 자기가 답한 서암 스님

오늘을 붙들어라. 되도록 내일에 의지하지 말라.
그날 그날이 일 년 중에 최선의 날이다. / 에머슨

서암瑞岩 스님은 날마다 큰방 앞마루에 나와서는 먼 산을 바라보며 자기 혼자서 큰소리로 외쳤다.

"주인공主人公아."

"네."

"정신 차려라."

"네."

"후일에 남에게 속지 말아라."

"네."

이와 같이 하루도 빠짐이 없이 엄숙하게 자문자답自問自答하는 것이었다. 참으로 이 자문자답이야말로 활문답活問答이라고 아니할 수 없다.

그러나 여기에서 한 가지 생각할 점은 서암 스님이 '주인공아' 하고 부르는 그놈은 무엇이며 또 '네' 하고 대답하는 그놈은 무엇인가. 더욱 설상가상으로 '정신 차려라 네 후일에 남에게 속지 말아라' '네' 하고 말하였으니 도대체 정신차리라는 그놈, 속지 말라는 그놈이 모두 무엇이냐 말이다.

문제는 '주인공' 하고 부르는 그놈 한 놈이 '네' 대답도 하고, 정신도 차리며 속지도 않는 그놈인 것이다. 둘, 셋 같으나 모두 다른 놈이 아닌 바로 그 한 놈이다.

그 경계 속에서 자문자답의 유희삼매극游戱三昧劇이 벌어진 것이다.

마치 장사꾼이 물건을 잔뜩 짊어지고 장으로 팔러가서 전을 벌여 놓고 한참 선전을 하다가 팔리지 않으면 도로 싸가지고 오는 격이라고 하겠다. 여기에서는 팔고 사는 게 문제가 아니라 그 물건이 문제인 것이다.

정성엔 하늘도 감동한다

무엇을 배울 때는 천리의 모래알을 헤아리는 듯 하여라. 사람들은 산을 보고
높고 큰 것은 잘 알아도, 한 알의 흙이 모여서 이룩되었다는 것은 잘 알지 못한다. / 매원총서

마을의 부자가 귀하고 값진 병풍을 만들었다. 그리고 그 병풍의 테는 구하기 어려운 천년 묵은 향나무로 만든 것이었고, 면은 당시에 가장 좋다는 비단으로 만들었다. 그런데 그 귀한 비단 병풍은 빈 병풍으로 글이 담겨져 있지 않았다.

부자는 이 병풍에 걸맞는 명필을 써넣는 것이 소원이었다. 그러던 어느 날 명필가 임을 자처하는 사람이 집에 찾아왔다. 꾀죄죄하고 허름한 옷차림의 그는 자신이 유랑길에 마을을 지나다가 소문을 듣고 '병풍 구경이나 하고 싶어 왔노라' 고 겸손하게 말했다.

부자는 그의 점잖은 태도를 보고 잘 대접하고 병풍을 내보이며 손님에게 글씨를 부탁했다. 그는 몇 차례 완곡하게 사양하였지만 부자는 그럴수록 흔치 않은 기회를 놓치려 하지 않았다. 게다가 그가 사양하는 걸 보곤 겸손한 그의 자세에 깊은 신뢰를 느껴 더욱 간곡하게 매달렸다.

"이렇게 외딴 마을에 선생 같은 명필가를 다시 모시기도 어려운

일이니 부디 사양치 마시고 청을 들어주시기 바랍니다."

"허허, 낭패로고. 글씨란 기가 충만하지 않으면 아니 나오는 법인데, 제가 지금 오랜 유랑길에 기가 피폐해 있어서 붓을 들 처지가 못 됩니다."

"그러시다면 불편하시더라도 저의 집에서 며칠 쉬시면서 기력을 회복하시지요."

이렇게까지 나오는 데야 어쩔 수 없다는 듯 그는 부자의 집에서 며칠 묵게 되었다. 그런데 사실 그는 명필은커녕, 평생 붓 한번 잡아본 적이 없는 거렁뱅이나 다름없는 나그네였다. 하도 배가 고파 일거리가 없나 하고 기웃거렸으나 마땅한 일거리도 없는데, 마침 마을 사람들의 얘기를 듣고 이 집에 찾아온 것이었다. 밥 한 끼 얻어먹고 꽁무니를 빼려던 것이 그만 일이 복잡하게 된 것이다.

일이 이렇게 됐으니, 일단 며칠 동안 얻어먹으면서 도망칠 기회를 보기로 했다. 그러나 그게 여의치 않았다. 좋은 글씨를 받기 위해선 명필가의 심기를 편안하게 하는 것이 무엇보다 중요한 일이라고 판단한 부자가 언제나 그의 주변을 살피고 있었기 때문이었다. 그렇게 며칠이 흘러갔다. 나그네는 그동안 상다리가 부러질 만큼 대접을 잘 받았다. 그러다 보니 더 이상 거절할 수도 없게 되었다. 하는 수 없이 병풍을 받아든 그는 부자에게 몇 가지 조건을 말했다.

"좋은 글씨란 마음이 편해야 하는 것이니, 제 주변에 사람이 얼씬거리지 못하게 해주십시오."

사실 이런 부탁을 한 것은 도망칠 기회를 엿보고자 한 것이었는데, 부자는 그가 기거하는 방 주변에만 사람들이 얼씬거리지 못하게 했을 뿐, 그가 불편하게 생각지 않을 만한 곳에 하인배들을 배치해 그의 심기를 살폈다.

이젠 꼼짝없이 맞아 죽게 됐다고 생각한 그는 벽장에서 병풍을 꺼내 놓고 마주 앉았다. 그러기를 며칠, 밥은 먹는둥 마는둥 병풍만을 마주한 채 그는 길게 탄식하였다.

"내가 평생에 밥 한번 원없이 먹어보는 게 소원이었는데, 내가 그 소원은 풀었지만 이제 내 목숨을 빼앗기게 되었구나. 이제 와서 사실을 말해도 맞아 죽을 것이요, 붓을 들어도 맞아 죽을 일만 남았구나."

그는 갈 때까지 가보자고 마음먹고는 예전에 어깨너머로 본 솜씨로 먹을 갈기 시작했다. 그러기를 또 며칠, 정성을 다해 차린 진수성찬도 이젠 그의 눈에 들어오지 않았다. 부자는 일에 임하는 그의 자세에 존경을 금할 수 없었다.

부자가 여기저기서 구해 온 붓을 앞에 두고 고르는 데도 며칠이 걸렸다. 이제 더 이상 시간을 끌기도 어렵다고 판단한 그는 죽기 전에 몸이나 깨끗이 해 두고 싶어 목욕물을 청했다. 부자는 감격하였다.

"역시 명필가란 재주만으로 되는 건 아니로구나. 목욕재계까지 하다니, 참으로 대단한 분이시로구나."

그가 그날 내내 갈아 놓은 먹물을 붓에 듬뿍 찍은 건 삼경도 지난 야심한 시각이었다. 그의 이마에선 땀이 흐르고 머리 끝에선 뜨거운 김이 올랐다. 그는 하늘을 향해 길게 탄식하곤 비단 병풍에 붓을 올렸다. 그러고는 필생의 염念을 다해 붓을 길게 내려그었다. 그때 갑자기 마른하늘에 천둥이 치고 소나기가 내렸다. 붓에 필생의 염과 맺힌 한을 다 쏟아 넣은 탓인지, 그는 그 자리에서 쓰러져 죽고 말았다.

다음날 부자는 어처구니가 없어 말도 나오지 않았다. 그렇게 아끼던 병풍을 버려 놓은 것도 기가 막힐 일인데, 애매한 송장까지 치게 되었던 것이다. 부자는 화가 나서 병풍을 갖다가 헛간에 처박아 버렸다. 병풍 때문에 사람까지 상하게 되었다면서 그냥 헛간에 방치했던 것이다.

그리고 몇 년의 세월이 흘렀다. 한양에서 큰 손님들이 마을에 내려왔다. 고을 현감은 마을에서 가장 큰 부자인 그의 집으로 손님들을 모시고 들어왔다. 손님들 중엔 당대 최고의 명필가도 있었고, 덕이 높은 학자도 있었다. 그런데 현감의 안내를 받고 부자의 집에 들어서던 학자가 마당 한켠에 있는 헛간을 가리키며 물었다.

"저곳이 뭐하는 곳인데, 이상한 기운이 서려 있지요?"

그 말에 여러 사람이 발을 멈추고 헛간을 바라보았다.

"대단한 보물이 있나 보구려."

그러나 부자는 당치도 않다는 듯이 손을 내저으며 말했다.

"그저 헛간에 불과한 곳인데, 무슨 보물이 있겠소이까."

"아니오. 저렇게 강한 기가 피어오르고 있는데, 아무것도 없을 리가 없소."

"집안의 허드레 잡동사니나 들어 있는 곳인데."

"크게 실례가 되지 않는다면, 저곳을 구경하고 싶소이다."

학자의 청에 부자가 이해할 수 없다는 듯이 고개를 갸웃거리며 헛간을 열었다. 그런데 헛간에 들어간 학자는 다른 물건들은 거들떠보지도 않고, 병풍을 들더니 조심스레 살펴보았다.

"허어."

학자는 다시 한 번 크게 눈을 뜨고 병풍을 찬찬히 뜯어보았다. 명필가도 다가가서 그 병풍을 보더니 감탄하였다.

"오, 이렇게 힘찬 필체는 처음 보오."

"마치 용이 여의주를 물고 하늘로 승천하는 것 같소이다."

학자와 명필가의 대화를 듣고, 부자는 이해할 수 없다는 표정으로 그 거짓 명필가에게 속은 일을 소상하게 들려주었다. 얘기를 다 듣고 난 학자가 고개를 끄덕거리며 말했다.

"그랬었군. 한 사람의 일생이 이 한 획에 담겨 있으니, 이렇게 빛이 날 수밖에."

지성이면 감천이라는 말처럼, 그는 이 한 획에 평생을 걸었던 것이다.

생명을 붙잡아라

태어난 것은 모두 죽는다.
석가도, 달마도, 고양이도. / 일휴 스님

고대 인도의 법문에는 자녀가 부모와 다투면 무조건 자녀를 구속하고, 혹 다투다가 자녀가 부모를 때리면 조건 없이 자녀를 사형시킨다는 내용의 법이 있었다.

인도에 불교가 가장 성행했던 시대는 기원 전 3세기 아쇼카왕 시절과 기원 후 2세기 가니시까왕 시절이었다. 이 이야기는 아쇼카왕 때에 있었던 일이다.

하루는 아버지와 싸운 아들을 잡아 온 일이 있었다. 아버지는 불교를 믿고 아들은 힌두교를 믿는데, 힌두교에서는 동물을 제물로 바쳐 신에게 제사하는데 불교에서는 살생을 절대로 엄금하였다. 그래서 이 두 종교 신자 사이에 서로의 주장을 내세워 싸우게 되는 경우가 종종 있었는데, 한 가족 중에서도 이따금 이런 일이 있었다. 힌두교에서는 소와 양과 말과 사람을 사생四生이라 칭하여 신에게 제물로 바쳤다.

아쇼카 왕은 아버지와 다투었다는 이 힌두교인 청년에게 부모에게 순종할 것과 살생을 해서는 안 된다는 설법을 하고 감옥에 가두었다. 그로부터 3개월이 지난 어느 날 왕은 그 청년을 불러 설법을 한 후에 물어 보았다.

"내가 석 달 전에 너를 볼 때에는 얼굴 혈색이 좋고 두 뺨에 살이 쪘더니만 몇 달 동안에 얼굴이 못쓰게 되고 살이 쭉 빠졌으니 웬일인가 말해 보아라."

"감옥 생활이 고생스러운 것도 물론이거니와 한 날을 지나고 손가락을 꼽아 보면 죽을 날은 다가오고 살 날은 한 날 더 없어지는 것이 아닙니까? 차라리 이렇게 죽을 날을 기다리지 아니하게 오늘이라도 곧 죽여 주셨으면 좋겠습니다."

"내가 네게 살 길을 하나 가르쳐 줄 것이니 내 말대로 해 보겠느냐?"

"살 길이라니 무슨 말씀이십니까? 저는 성질이 사나와 부지불식간에 중죄를 범했는데 어찌 다시 살 길을 바라겠습니까?"

왕은 시종에게 빈 그릇을 한 개 가져오라고 명했다. 그리고는 빈 그릇에 기름을 가득 부으라고 했다. 그릇에는 기름이 남실남실 했다. 왕은 기름이 가득 차 넘으려고 하는 그릇을 청년에게 주면서 말했다.

"너는 이 기름 그릇을 손에 들고 오늘 시장의 거리를 두루 다녀오되 기름 한 방울도 흘리지 않고 돌아오면 내 특권으로 네 죄를 용서해 주리라."

청년이 기름 그릇을 받아 들고 보니 기름이 가득해서 시장 바닥을 다 돌아다니면서 조금도 흘리지 않을 자신이 없었다. 그러나 흘려도 죽고 흘리지 않아도 죽게 될 운명이니 좌우간 한번 해보자고 생각했다. 청년은 기름 그릇을 들고 시종의 안내를 받으며, 이 골목 저 골목 다 다녀 마침내 왕궁까지 돌아왔다. 그리고 저울에 달아보니 기름이 조금도 축나지 않았다. 운이 좋아서 그랬던가. 청년이 죽기를 각오하고 조심 또 조심했기 때문인가. 기름이 한 방울도 쏟아지지 않았던 것이다.

"네가 오늘 이 도성 중요한 거리는 다 돌았느냐?"

"저는 모르겠습니다마는 시종을 따라 여기까지 왔습니다."

"어느 거리에 큰 상점들이 제일 많더냐?"

"저는 모르겠습니다."

"오늘 장에 무슨 물건이 많이 나왔더냐?"

"모르겠습니다."

"오늘 장에 무슨 물건이 가장 값이 싸고 무엇이 제일 비싸더냐?"

"저는 도무지 모릅니다."

"이놈, 온 시장을 다 갔다왔다는 놈이 이것도 모르고 저것도 모르고 온통 캄캄하니 모두 거짓말이 아닌가?"

"저는 제 목숨이 이 기름 그릇에 달렸으니 그것을 붙들기에 전력을 다하느라 거리고, 집이고, 싼 것이고, 비싼 것이고, 그런 것은 도통 모릅니다."

청년의 대답을 들은 왕은 두 무릎을 탁 치면서 말했다.

"네 말이 옳다. 네 말이 옳아! 네 생명이 이 기름 그릇에 달린 이상에 네 손이고 네 눈이고 네 마음이고 다 거기만 있었을 것이 아니냐? 네 말이 옳다. 네 말이 옳아!"

청년은 깊은 꿈에서 깨어난 듯했다. 왕이 이런 것 저런 것 물어볼 때에는 무슨 트집을 잡아 죽이려고 하는 것으로 알았다가 비로소 왕이 생명의 존엄에 대한 깊은 설법을 한 것임을 알 수 있었다.

왕은 청년에게 힘주어 말했다.

"오, 문제는 여기 있다. 생명이다. 생명이 가장 중하다. 생명을 붙잡아야 한다. 자비로 네 마음을 삼아야 하느니라."

"예, 잘 알겠습니다. 저를 용서해 주시면 이제부터 아버지의 말씀을 따라 살생하지 말라는 불계를 지키겠습니다."

그렇게 하여 청년은 방면되었고, 그 후로는 부모를 성심껏 모시어 모범이 되었다.

아버지보다 먼저 열반에 든 딸

인(仁)을 당해서는
스승에게도 양보하지 않는다. / 논어

방거사龐居士가 말년에 이르러 호북 야주라는 땅에서 암굴岩窟에 들어가 수행할 때 일이다. 어느 날 늘 따라다니며 시봉을 하는 그의 딸 영조靈照에게 다음과 같이 당부를 하였다.

"저 창밖에 서서 해를 잘 지켜보았다가 해가 꼭 정오가 되거든 아비한테 알려라."

말을 마치고는 암굴 속으로 들어가 단정히 앉아서 돌부처같이 묵묵히 좌선삼매坐禪三昧에 들어갔다.

태양은 한 뼘 한 뼘 중천에 높이 떠올라 드디어 정오가 되었다. 영조는 굴을 향하여 큰소리로 외쳤다.

"아버지, 정오가 되었습니다. 그런데 오늘은 일식을 하는군요."

좌선삼매에 들어 있던 거사는 딸의 음성을 듣고 벌떡 일어나 나오며 하늘을 살펴보았다.

이때 방거사의 딸 영조가 재빨리 굴 속으로 들어가 자기 아버지가 방금까지 앉아서 참선하던 자리에 얼른 가부좌跏趺坐를 틀고 앉았다. 그리고는 합장을 하며 두 눈을 고요히 내려감고 묵정默定에 들었다.

"이놈 보아라."

거사가 굴 안으로 들어왔을 때는 이미 때가 늦었다. 영조는 벌써 묵정에 들은 그대로 열반에 들고 말았던 것이다.

영조는 일찍부터 묘한 선기禪機를 타고나서 때때로 그 아버지를 골탕 먹이는 문답을 하는 천재 아이였다. 이번에도 아버지가 먼저 열반에 들려는 것이 그만 딸에게 기선을 빼앗긴 것이다.

"할 수 없군. 나보다 솜씨가 빠르니 나는 칠일을 늦출 수밖에."

거사는 열반에 드는 것을 이레 더 연기하고는 딸의 시신을 거두어 다비를 해 주었다.

방거사가 그의 딸 영조의 다비를 마치고 일주일 되던 날, 그 골의 태수 우적이 암굴을 찾아왔다. 태수 또한 득도한 거사로 방거사와는 절친한 사이였다.

둘은 오랫동안 쌓였던 회포를 풀고 여러 가지 현담玄談을 논하며 정아한 즐거움을 서로 나누었다. 현묘한 도담道談이 한참 무르익어 갈 때 방거사가 태수의 무릎을 슬그머니 베고 누어서는 물끄러미 그의 얼굴을 응시하더니 무슨 생각이 났는지 벌떡 일어나며 말했다.

"공화空華의 그림자는 떨어지고 아지랑이의 파도는 물결 치도다."

마치 자기가 자신을 인도하듯 또한 상대방에게 마지막 인사를 고하는 듯한 말 한마디를 남기고 그대로 침묵하더니 영구히 입적하여 버렸다.

태수는 시신을 거두어 장례를 치르고 그 유골을 별거하는 방거사의 부인에게로 보냈다.

그 부인 역시 남편과 딸 못지 않은 선자의 풍격風格을 갖춘 인물로 마을 사람들이 방노파라고 부르며 공경하고 따랐다. 그녀는 남편과 애지중지하는 딸의 유골을 받고도 조금도 놀라거나 슬퍼하는 기색이 없이 담담하게 말하는 것이었다.

"정신 나간 할아범. 어리석은 계집애. 한마디 말도 없이 가버렸구나. 할 수 없지. 용서할 수밖에."

유골을 전한 태수의 하인은 너무도 기가 막혀서 두말도 않고 되돌아서 이번에는 방거사의 아들이 있는 곳으로 가서 또 부음을 전했다.

이때 그 아들은 마침 황무지를 개간하느라 흙투성이가 되어 일을 하고 있었다. 그도 역시 하인으로부터 망극하고 애통한 소식을 듣고도 얼굴빛 하나 변치 않고 이렇게 말했다.

"아, 그렇습니까? 먼저 가셨군요."

담담하게 남의 일처럼 말하더니 그 자리에서 괭이를 짚고 서서 그대로 입적해 버렸다.

얼마를 있어도 마치 고목나무처럼 꼿꼿이 서서 움직이지 않자 하인이 이상하게 여겨 건드려 보니 이미 뻣뻣하게 굳어 있었다.

놀라고 당황한 그는 쏜살같이 방노파한테 달려가 이 사실을 전했다.

노파는 조용히 잠자코 듣고만 있더니 웅얼웅얼 말했다.

"못난 자식 같으니, 못나도 분수가 있어야지."

비통해 하기는 고사하고 오히려 못났다고 나무라는 것이었다.

그녀는 곧 아들이 입적한 곳으로 가서 그 시신을 거두어 화장을 한 후 유골을 처리하고는 홀로 고향으로 돌아가 두루 아는 사람을 찾아다니며 고별을 하였다.

그 후 방노파의 소식은 알 수 없고 그녀의 생사 또한 아는 사람이 없었다.

백장이 코 비틀음으로 깨달은 일

세상에는 어느 하나 하는 일이 없기 때문에
과오도 범하는 일이 없는 사람이 있다. / 괴테

백장百丈 스님은 어렸을 때 희해라고 불렸는데 마조馬祖 스님의 시자侍者로 있었다. 어느 날 마조 스님이 외출을 하는데 백장이 수행하게 되었다. 강변을 지나고 있을 때 갑자기 숲 속에서 기러기 수십 마리가 '후다닥' 소리를 내며 요란스럽게 날아갔다. 이것을 본 마조가 백장에게 물었다.

"저게 무엇이냐?"

"기러기입니다."

"어디로 가는고?"

"남쪽으로 날아갑니다."

참으로 밋밋하고 쑥스러운 문답이었다. 마조는 백장의 '남쪽으로 날아갑니다' 라는 말이 떨어지자마자 순간 번개와 같이 달려들어 백장의 코를 힘껏 잡아 비틀었다. 갑자기 코를 비틀린 백장은 엉겁결에 고통을 참을 수 없어 '아얏' 하고 비명을 질렀다.

"남쪽으로 날아간다고 한 번만 더 말해 보아라."

벽력같이 소리를 질러 호통을 치는 것이었다. 이 찰나 백장은 방망이로 한 대 얻어맞은 듯하였다. 순간 한 생각이 돌아 통쾌하게도 마음이 환하게 트이면서 도를 깨닫게 되었다.

지금까지 꽉 막혔던 마음자리가 활짝 열렸다. 그 길로 백장은 절로 돌아와 도반道伴이 있는 방문을 열자마자 대성통곡을 하는 것이었다. 도반들은 깜짝 놀라 달려와서 근심스럽게 물었다.

"갑자기 웬일인가? 어디가 아픈가?

"아닐세. 아이고, 아이고."

"그럼 무슨 일이 있었나?"

"아닐세. 아이고, 아이고."

그는 무엇을 묻더라도 고개를 내저으며 그저 목을 놓아 울 뿐이었다.

"아, 이 사람아, 무엇 때문에 우는가? 속 시원히 말이나 좀 하게. 답답하이."

"보게, 코가 아파 죽겠네. 스님께서 어떻게 코를 잡아 비틀었는지 아파서……, 아이고, 아이고."

"응, 그래. 또 한 방망이 맞았군. 어떻게 했기에 그렇게 맞았나?"

"낸들 어찌 알겠나. 자네들이 직접 스님께 가서 여쭈어 보게나. 아이고 코야."

도반들이 일제히 앞을 다투어 방장실로 몰려갔다.

"스님, 희해 시자가 절에 돌아오자마자 무엇 때문에 저리 통곡을 합니까? 무슨 일이라도 있었습니까? 그저 코가 아프다고 소리를 지르면서 우는 이유를 스님께서 아시니 직접 가서 여쭈어 보라고

하기에 이렇게 달려왔습니다."

"내가 알기는 무엇을 알겠느냐? 그것은 시자 자신이 더 잘 알 일이다. 본인에게 직접 물어보려무나."

마조 스님은 이 같이 담담하게 말하는 것이었다. 도반들은 하는 수 없이 되돌아와 백장을 보고 물었다.

"여보게, 이 사람아. 스님께서는 자네가 더 잘 알 것이라고 자네에게 물으라 하시네. 도대체 무슨 일인가?"

"앗하하 앗하하……."

갑자기 백장은 미친 듯이 박장대소를 하였다. 이를 본 도반들은 어이가 없었다.

"여보게, 자네 미쳤나? 금방 대성통곡을 하더니 왜 갑자기 미친 사람처럼 웃나?"

"아, 참으로 옳은 말일세. 이것 보게, 이 통곡의 맛과 이 폭소의 맛을 자네들에게 꼭 보여 주었으면 얼마나 좋겠나. 그러나 어떻게 할 수 없네 그려. 내가 운 것은 실로 서러워서 울었고 내가 웃는 것은 정말로 기뻐서 웃었네."

서러워서 울었고 기뻐서 웃었다는 데는 도반들도 무어라고 대꾸할 말이 없었다. 어안이 벙벙하여 그저 백장의 얼굴만 멍하니 쳐다볼 뿐 그 뜻을 알 수가 없었다.

대오의 경지를 어찌 깨닫지 못한 사람들이 맛볼 수 있겠는가. 공부란 어렵다고 생각을 하면 하늘의 별 따기 보다 어렵고 쉽다고 생각하면 세수할 때 코를 만지는 것 보다 더 쉬운 것이라 했다.

조선의 큰스님 휴정

마음을 놓아 버리면 모든 착한 일을 잊어버리게 되지만
그것을 한 곳에 모아두면 이루지 못할 일이 없을 것이다. / 여래유교경

서산 스님 휴정休靜(1520~1604)은 조선의 큰스님이다. 호는 청허이며 자는 현응이다. 속성은 최이며 안주 사람으로 묘향산에서 오래 공부를 했다. 9세에 어머니를 여의고 10세에 아버지를 여의면서 안주 목사를 따라 서울로 가서 성균관에서 공부하다가, 같이 배우던 벗 몇 사람과 함께 지리산으로 들어가 경전을 뒤적거리다가 선가禪家의 돈오법을 얻었다. 그리고 숭인崇仁의 밑에서 스님이 되었다.

21세에 운관芸觀 스님에게 인가를 받고, 마을을 지나다가 낮에 닭 우는 소리를 듣고 크게 깨달음을 얻었다.

털은 희었으나 마음은 안 세는 것,
옛날 사람들이 이미 말하였네.
오늘날 닭 우는 저 소리를 들으니
장부의 할 일이 끝났는가 싶네.

30세에 선과에 급제하여 대선大選으로부터 양종판사兩宗判事가 되었다. 승직을 버리고 금강산에 들어가 다음과 같이 삼몽사三夢詞를 지었다.

주인의 꿈 이야기를 손자에게 말하고,

손자의 꿈 이야기를 할아버지께 말하네.

지금 꿈 이야기하는 그 두 사람도

역시 꿈속에 사람인 줄 누가 아느냐?

또 향로봉시香爐峰詩에 '만국의 도성들은 개미집이요, 고금의 호걸들은 바구미 벌레 같네. 창에 비친 밝은 달빛 아래 손베개 하고 누우니 끝없는 솔바람이 그대로 풍류니라'라는 시를 짓기도 했다.

선조 22년 정여립의 옥사에 무업無業이란 스님이 이 시를 가지고 무고하여 옥에 갇혔으나, 선조가 그 억울함을 알고 석방시켰다. 임진왜란이 일어나 선조 대왕이 의주로 옮겼을 때에 나아가니 선조 대왕이 말했다.

"나라의 난리가 이러하니 그대가 능히 구제할 수 있겠는가?"

"나라 안 승려로서 늙고 약한 이는 절을 지키며 아침저녁으로 부처님께 기원하게 하고, 젊은 장정들은 신이 통솔하고 적을 물리치겠습니다."

휴정은 곧 팔도 십륙종 도총섭으로 임명되어 제자들에게 각지에서 의승병義僧兵 5천 명을 모집케 하였다. 휴정의 승병들은 관병을 도와 국난 수습에 큰 공을 세웠다. 서울에 돌아와서는 자신의 늙음을 핑계로 제자 유정과 처영에게 군중 일을 맡기고 휴정 자신은 산으로 돌아갔다.

조선 선조 37년 1월 묘향산 원적암에서 마지막으로 설법하고, 자기의 영影에 '팔십년전거시아 팔십년후아시거八十年前渠是我 八十年後我是渠'라 쓰고 85세로 입적하였다.

오랜만에 큰 물고기를 건져

산다는 것은 죽는 것과 같다. 잘 산다는 것은 잘 죽는 것과 같다.
그러므로 잘 죽도록 노력하여야 한다. / 톨스토이

"나는 원래 성질이 거칠고 천박해서 산이나 물을 찾아 정회나 푸는 일에 능한 위인이 아닐세. 순례하다 혹 쓸만한 인물이 있거든 한 사람만 나에게 보내 주게. 내가 얻은 법을 전하여 스승의 법은法恩에 보답하려 하네."

덕성德誠 스님은 운암雲岩 스님에게 이렇게 부탁하고는 석중 화정현에 가서 승려의 행색을 버리고 종적을 숨겨 뱃사공 노릇을 하였다. 그러나 보석은 어디서나 그 빛을 발하듯이 비록 사공으로 행색을 바꾸었으나 오래지 않아 그 소문이 널리 퍼져서 스님들도 도법道法을 들으려고 사공 스님을 찾아오는 사람이 적지 않았다.

그 당시 호남 예주 땅에 선회善會라고 하는 한 절의 주지가 있었다. 그는 아홉 살에 출가하여 경론에도 통달하고 선의 이치도 스스로 깨달았다고 이르는 사람이었다.

어느 날 대중을 모아 놓고 설법을 하는데 돌연 한 스님이 앞으로 나와서 물었다.

"어떠한 것이 법신法身입니까?"

"법신은 무상無常이니라."

"어떠한 것이 법안法眼입니까?"

"법안은 흠이 없도다."

이와 같이 문답이 오고 가는데 갑자기 뒷자리에서 '하하하' 웃는 소리가 났다. 선뜻 웃음소리 나는 곳을 보니 그는 나이가 지긋한 낯설은 객승이었다.

선회는 법좌에서 재빨리 뛰어내려 그 객승 앞으로 나아갔다.

"소승의 답이 아마도 불충분한 곳이 있는 것 같은데 소승을 위하여 자비를 베풀어 주십시오."

공손하게 합장하고 물었다. 보통 사람으로서는 도저히 있을 수 없는 겸허한 태도였다. 한 점 거리낌이 없이 오직 법을 구하는 마음으로 사무친 그의 이러한 태도에 객승은 자못 감탄하여 은연중에 앉음새를 바로잡으며 말하였다.

"스님은 훌륭하게 출세는 하였으나 아직까지 정통한 스승의 법을 받지 못하여 애석하오."

그는 이렇게 한마디 던지고는 찰흙으로 만든 형상같이 묵묵히 앉아 있을 뿐이었다.

"스님, 소승의 어디가 그렇게 불철저한 곳입니까? 명백하게 밝혀 주십시오."

선회는 더욱 간절하게 물었다.

"그것은 지금 내가 여기서 설할 수가 없소. 정 뜻이 있다면 화정현의 사공 스님을 찾아가서 도를 물어보오."

"사공 스님이라니, 도대체 어떤 분입니까?"

"그 분은 위로는 기와 한 조각 놓을 곳이 없고, 아래로는 송곳 하나 세울 곳이 없는, 보통 사람으로서는 상상도 할 수 없는 생활을 하는 사람이요. 만일 찾아가려거든 변복을 하고 가는 것이 좋을 것이오."

이와 같이 친절하게 지시를 하여 주는 그 객승은 바로 운암 스님이었다. 그는 덕성 스님과 약속한 것을 이행하려고 오랫동안 각처로 큰 그릇을 물색하며 다니던 중 마침내 선회와 같은 인물을 찾아내게 되었다.

뜻밖에 객승의 인도를 받은 선회는 즉시 그 자리에서 대중을 해산시키고 수수한 운수납자雲水衲子의 차림을 하고 곧장 화정현으로 발걸음을 재촉했다.

화정의 고주孤舟에 홀로 살고 있는 덕성 스님은 아무리 보아도 평범한 뱃사공 할아범에 틀림없었다. 그는 배에 턱 올라서는 선회를 힐긋 쳐다보았다.

선회가 정중하게 물었다.

"스님은 무슨 절에 사십니까?"

"아무 절에도 살지 않소이다. 산다면 벌써 맞지 않는 소리외다."

이것이 사공과 선회가 처음 만나 나눈 첫마디였다.

"맞지 않는 소리라니, 무엇에 맞지 않는다는 말씀입니까?"

"그것이 목전目前의 법이 아니라는 말씀이외다."

"그러면 어느 곳으로부터 얻습니까?"

"이목耳目이 미치는 곳에서는 얻지 못하리다."

덕성 스님의 툭툭 던지는 대답에 선회는 좀처럼 굴하지 않고 의기양양하였다. 그러나 이미 사공은 그의 마음속을 환히 들여다보고 있었다.

사공은 선회가 숨도 못쉬게 더욱 다그쳐서 몰아세웠다.

"낚시줄을 천 척千尺이나 내리우고 뜻은 깊은 못에 두었도다. 낚시 세 치三寸를 떠나서 말해 봤자 뭘 하자는 건가?"

진퇴양난이 된 선회가 당황하여 우물쭈물하니 사공이 번개같이 손에 든 노로 선회의 잔등을 '탁' 치면서 사정없이 그를 물속으로 집어넣어 버렸다. 선회는 물속으로 떨어져 물을 연거푸 들이키면서 허우적거렸다. 선회가 간신히 뱃전을 더듬어 잡고 몸을 솟구쳐서 올라오려고 할 때였다.

"빨리 말해, 빨리 말해."

미쳐 숨돌려서 대답할 겨를도 없이 사공은 또 노를 들어서 선회를 '철썩' 내리쳤다. 이 찰나 선회는 통쾌하게도 마음이 크게 열렸다. '아푸푸……' 물을 키면서도 그는 희희만만하여 머리를 세 번 끄덕거려 보였다. 사공은 그제서야 선회를 배에 올라오게 하고 기쁨을 감추지 못하였다.

"대끝竹頭에 줄은 네 마음에 맡기노라. 맑은 물결을 건드리지 않고 뜻은 절로 수묘殊妙 하였도다."

덕성 스님은 기나긴 뱃사공 생활에서 갈고 또 갈은 금강보도金剛寶刀를 선회에게 전하며 더 없이 기쁘고 만족하여 크게 칭찬하였다.

"강물에 낚시줄을 던지니 오랜만에 아름다운 물고기를 만났도다."

이때 선회는 급히 두 손으로 귀를 틀어막았다.

부처라는 말도 마음밭을 더럽히는 것이며, 깨쳤다고 하는 것은 도리어 어지러운 것이다. 선회는 처음으로 크게 깨달은 바를 나타내는 참모습을 보였다.

"그러하다, 그러하다."

덕성 스님은 더욱 기뻐하며 크게 만족하였다.

선회는 한사코 떠나서 법을 전하라는 덕성 스님을 두고 차마 발길이 떨어지지 않아서 자주 뒤를 돌아다보며 스승과의 이별을 안타까워하였다. 차츰차츰 멀리 사라져 가는 선회의 뒷모습을 스님은 그윽이 지켜보더니 돌연 큰소리로 외쳤다.

"나 있는 곳을 부디 생각지 말아라."

말을 마치자 배를 훌떡 뒤집어엎고는 그냥 그대로 물속으로 깊이 잠겨서 영원히 그 모습을 나타내지 않았다.

생각을 쉬고 헤아림

명리에 끌려 다니느라 조용할 틈도 없이
일생을 괴롭히는 어리석음을 저지르지 말라. / 노자

어느 날 소동파蘇東坡가 변복을 하고 미행으로 승호承皓 스님을 찾아갔다. 그러나 그의 교만무례한 행동으로 대번에 신분이 드러날 수밖에 없었다.

"대관大官의 존함은 누구십니까?"

스님은 정중하게 말을 걸었다.

"나의 성姓은 칭秤(저울)가요."

"칭가라니요?"

"천하 선지식을 달아보는 칭가란 말이오."

소동파의 말이 떨어지자마자 스님은 큰소리로 고함을 질렀다.

"악."

외마디를 지르고 소동파에게 말했다.

"그러면 이것이 몇 근이나 됩니까?"

동파는 스님의 큰소리에 여태까지의 자신만만함이 사라지고 침묵할 뿐이었다. 그는 비참한 심정으로 말머리를 돌려 집으로 돌아왔다.

이 일이 있은 후 소동파는 선지식이라면 무조건 찾아가서 겸허한 태도로 법문을 청하였다.

동파가 황주에 있을 때였다. 노산 귀종사에 불인요원佛印了元 이라는 명승과 친교를 맺어 형제처럼 친밀하게 지냈다. 그는 늘 스님을 찾아가서 한가롭게 법담도 하고 논쟁도 하였는데 하루는 동파가 오자 스님이 반갑게 맞았다.

"잘 오셨소이다. 그런데 우리 절에는 의자가 없어서 거기 아무데나 좀 앉아 주십시오."

빙그레 웃으며 농담 비슷하게 말하였던 것이다.

"아, 괜찮소이다. 스님의 몸을 좀 빌려서 의자 대용으로 쓰면 되지요."

동파는 재빨리 말을 받아넘겼다. '사족이나 의자나 근본적인 구성요소는 마찬가지니 당신의 몸을 의자로 좀 쓴들 어떻겠소' 하는 이 말을 듣자 스님은 마치 기다리고 있었다는 듯이 말했다.

"그것 참 재미있는 말씀입니다. 그러면 노승이 문제 하나를 내겠으니 만일 이 물음에 답을 하면 노승이 의자가 될 것이고 답을 못하면 대관의 옥대玉帶를 노승에게 주는 것이 어떻겠소이까?"

동파는 흔쾌히 응락을 하며 자신만만한 기세를 보였다.

"대관이 조금 전에 노승의 몸을 빌려서 의자의 대용으로 쓰자고 하였는데 몸이 본래 공空이거늘 대관은 어디다 그 몸을 걸치겠소이까?"

동파는 이 말에 대꾸를 할 수가 없었다. 그러나 약속은 약속인지라 옥대를 끌러서 스님에게 주지 않을 수 없었다. 동파는 옥대를 끌러서 올리며 정중히 가르침을 구했다.

"스님께서 자비를 베푸셔서 이 어리석은 마음을 깨우쳐 주십시오."

이에 스님은 고요히 그를 바라보며 담담하게 말했다.

"일체 생각하고 헤아림을 쉬고 또 쉬어 갈지어다."

그 후부터 동파는 모든 생각을 쉬고 모든 헤아림을 거두는 공부를 시작했다.

노힐부득과 달달박박

과거를 좇지 말고, 미래를 원하지 말고,
오직 오늘 할 일을 잘 하라. / 중부경전

신라 스님 달달박박怛怛朴朴은 창원군 백월산에서 수도하였다.

스님은 성덕왕 때에 도반 노힐부득努肹夫得과 함께 백월산 깊은 골짜기에 들어가 사자암에 판자로 움막을 짓고 날마다 지성으로 아미타불을 염불하였다.

그러던 성덕왕 8년 4월 8일 해질녘에 용모가 매우 아름다운 젊은 여인이 찾아와서 달달박박의 암자에서 하룻밤 자고 가기를 간청하였다. 그러나 달달박박 스님은 정진을 하는 때라 도저히 그 청을 들어 줄 수가 없었다. 그래서 단호히 거절하였다.

그러자 여인은 노힐부득이 있는 남안南岸으로 갔다. 이튿날 아침 달달박박이 남암에 갔을 때 웬일인지 노힐부득은 연화대에 앉은 채 금빛 찬란한 미륵존불彌勒尊佛이 되어 광명을 얻고 있었다. 달달박박은 절을 하고 그 까닭을 물었다.

부득은 어제 저녁 아름다운 여인이 자고 가기를 청하길래 출가자의 도리로 들어 주었는데 아침에 그 여인이 목욕한 후 물이 금빛으로 변해 노힐부득이 그 물에 목욕을 하고 나니 이렇게 되었다고 했다. 그러니까 달달박박은 출가자의 도리로 지난밤 그 여인을 돌려보냈고, 노힐부득 또한 자신이 생각한 출가자의 도리로 그 여인에게 거처를 마련해 주었던 것이다. 관세음보살이 화현한 여인에 대한 둘의 입장은 같았으나 그 대응 태도는 달랐던 것이다.

이에 달달박박이 깜짝 놀라면서 노힐부득에게 그 남은 목욕물로 나도 좀 목욕을 할 수 없겠느냐고 물었다. 그러자 노힐부득이 남은 목욕물을 권하였다. 달달박박이 이 물에 목욕을 하니 노힐부득처럼 금빛으로 몸이 변하여 마침내 무량수불이 되었다.

그러나 금빛 물이 조금 부족해서 그의 발은 금빛으로 빛나지 못했다고 전한다.

못된 성질을 내놓거라

자기의 감정을 믿지 말라. 감정은 자기 자신을 속이는 수가 있다.
그대 자신에게 있어서 내면적인 영원한 인간성을 탐구하라. / 석가모니

한 청년이 반규盤珪 스님을 찾아와 말했다.

"저는 여기서 멀지 않은 곳에 살고 있는 사람입니다. 그런데 나면서부터 성질이 어찌나 급한지 성만 나면 물인지 불인지 분간을 못하고 닥치는 대로 일을 저질러서 참으로 곤란합니다. 스님께서 자비를 베푸셔서 이 못된 성질을 좀 고쳐주십시오."

청년은 스님께 정성을 다하여 절하고 가르침을 내리기를 기다리는 것이었다. 이 말을 들은 스님이 대뜸 말했다.

"그것 참, 자네는 묘한 것을 가지고 있군 그래. 그것을 지금도 마음속에 꾸려 가지고 다니는가? 그렇다면 당장 여기 좀 내보이게나."

뜻밖의 요구를 받은 청년은 당황하지 않을 수 없었다.

"그것을 여기서 지금 어떻게 내보입니까?"

"그럼 그것이 지금도 있기는 있는가? 있다면 마음 어느 쪽에 있으며, 어느 때나 그 성질이 나타나는가?"

틈도 주지 않고 스님은 청년을 다급하게 몰아세웠다. 청년은 입장이 난처하여 머리를 긁으면서 계면쩍게 말했다.

"글쎄올시다. 마음속 어느 구석에 있을까요? 그 보다도 마음 그 자체부터도 모르겠으니 언제 일어날지는 더욱 알 수 없습니다."

"그대 마음이 있는 곳도 모른다는 사람이 마음속에 불칼 같은 성질이 있다는 것을 어찌 알겠는가? 만일 안다면 그것을 꺼내서 나에게 보여 주게. 내가 자네를 위해 편안하게 해 주겠네."

청년은 이 말에 그만 말문이 콱 막혀서 한동안 침울한 표정이었다. 그리고 더듬더듬 말했다.

"내 마음이란 볼 수도 만질 수도 없으니 그 성질이 있는지 없는지조차도 모르겠습니다."

청년의 말을 들은 스님은 단호하게 말했다.

"그럴 것이다. 그러나 이 순간부터 불같은 너의 성질은 모두 소멸되고 말았다."

이 말이 떨어지자 청년은 깨달은 바가 있어 기쁜 낯으로 절을 했다.

"스님, 감사합니다. 스님의 큰 은혜는 갚을 길이 없습니다."

스님은 이를 보고 끝으로 조용히 일렀다.

"망상을 내지 말고, 또 그 망상을 끌어내지 말아라."

천출 소생으로 스님이 된 혜공

하늘은 사람 위에 사람을 만들지 않고,
사람 밑에 사람을 만들지 않는다. / 석가모니

혜공惠空은 신라 선덕왕 때의 스님이다. 천진공天眞公 집에서 심부름하는 이의 아들로 태어나 이름을 우조憂助라 하였다.

우조가 7세 때에 천진공이 창병이 나서 죽게 되었다. 이에 어린 우조가 자신이 천진공의 창병을 고칠 수 있다며 공의 방으로 들어갔다. 우조가 병상 아래에 이르러 말도 하기 전에 벌써 창이 터져 병이 나아 버렸다. 공은 이 일을 그저 우연한 일이거니 생각하였다.

한번은 공의 동생이 지방으로 벼슬살이를 가면서 공이 기르던 매를 빌려간 일이 있었다. 어느 날 저녁 공이 매 생각이 나서 내일은 우조를 보내어 찾아오려고 생각을 하였다. 우조는 이것을 미리 알고 밤새에 매를 찾아다가 이튿날 아침에 공에게 바쳤다. 공이 크게 놀라 먼저 그의 창병을 낫게 한 일도 우연한 일이 아닌 것을 비로소 깨닫고 다음과 같이 말했다.

"성인이 내 집에 태어난 것을 알지 못하고 그동안 버릇없는 일이 많았으니 그 죄가 한량이 없네. 지금부터 나의 스승이 되어 지도하여 주도록 하게."

우조는 후에 승려가 되어 혜공惠空이라 이름했다.

혜공 스님은 만년에 원사사에 있었으며 원효 스님이 경소經疏를 지을 때 의심나는 것은 이 스님에게 와서 묻고 적었으며 서로 스스럼없이 농을 주고 받았다고 한다.

하루는 두 스님이 냇가에서 고기를 잡아먹고 돌 위에 똥을 누고는 혜공 스님이 희롱하며 말하였다.

"네 똥, 내 고기."

그리하여 그 절 이름을 오어사吾魚寺라 하였다.

평소 기이한 행동을 많이 하였던 혜공 스님은 전기적인 일화도 많이 남겼다.

한번은 새끼줄을 가지고 영묘사에 가서 금당과 좌우의 경루와 남문, 행랑 등에 둘러치고, '이 줄은 3일 뒤에 풀라'고 하였다. 영묘사 스님들은 그 까닭을 몰라 의아하게 여겼는데 마침 3일 만에 선덕왕이 절에 거동하게 되었다. 스님들은 새끼줄을 풀며 비로소 그 뜻을 알게 되었다.

또 한번은 신인종神印宗의 명랑 스님이 금강사를 새로 짓고 낙성식을 하려고 하는데 오기로 했던 혜공 스님이 오지 않아서 명랑 스님이 향을 꽂고 스님이 어서 오기를 빌었다. 잠시 후에 혜공 스님이 들어오는데, 마침 그때 비가 내리고 있었다. 그러나 혜공 스님은 옷도 젖지 않고 발에는 흙도 묻지 아니한 채로 왔다고 한다.

혜공 스님은 '내가 죽을 때에는 공중에 떠서 죽을 것'이라고 미리 말한 것으로도 유명한데 말한 그대로 되어 세상이 떠들썩했다 한다.

홍륜사 금당에 신라 10성의 탑상이 있는데, 혜공도 그 가운데 있다.

백장회 스님의 화롯불 이야기

성년(盛年)은 거듭 오지 않고, 하루에 새벽은 두 번 오지 않는다.
배울 때 열심히 배워야 한다. 세월은 사람을 기다려 주지 않는다. / 도연명

"게 누구 있느냐?"

"네, 시자侍者 영우靈祐입니다."

"영우야, 너 이 화로 좀 허적거려 보렴. 불이 아직 남아 있는가."

"네."

대답을 한 영우는 한참 동안 화로의 재를 헤쳐 보았으나 불은 이미 다 사위어 버려서 불씨조차 찾을 수가 없었다.

"스님 불은 벌써 꺼져버리고 재뿐입니다."

"무어? 어디 보자."

노스님은 화로를 앞으로 끌어 당겨 놓고 화젓가락으로 이리저리 헤치더니 마침내 화로 밑바닥에서 반딧불 만한 불씨를 하나 찾아 내었다. 그리고는 그것을 집어들더니 느닷없이 영우의 눈앞에다 바짝 가져다 대며 말했다.

"이것은 무엇이냐? 불이 다 꺼졌다더니 이걸 보아라."

영우는 무어라고 대꾸할 말을 잊었다. 그러나 이 순간 불가사의

한 영감을 느끼게 되었다. 사위다 남은 희미한 불씨로부터 마치 눈앞에 가로 막혔던 태산준령이 툭 터져서 광활한 평원이 훤히 내다보이는 것 같은 탕탕무애한 경지에 들어가 형용할 수 없는 희열을 맛보았던 것이다.

그는 공손히 일어나 스님에게 세 번 절을 했다. 노스님은 이미 그 심지心地를 꿰뚫어 보고 희색이 만면하였다.

"조사祖師님께서 설하시기를 범인이나 성인이나 마음은 모두 똑같아서 본래의 심법心法은 본시부터 절로 갖추고 있다 하셨으니 너는 지금의 그 마음 그대로를 잘 간직하여 나아가야 할 것이다."

이와 같이 간곡히 이르며 영우가 깨달음 얻은 것을 인가하였다. 유有, 무無, 양단간에 화로 속의 희미한 불씨가 하늘과 땅을 온통 환하게 밝히고도 오히려 남은 무한무량의 대광명大光明을 나누게 된 인연이 된 것이다.

떠나는 제자 문익을 깨우친 지장 스님

천금의 구슬은 반드시
깊은 여울 속에 있다. / 장자

문익文益이 어느 날 뜻한 바가 있어 두루 행각行脚을 떠나고자 절의 어른인 지장知藏 스님에게 하직의 인사를 했다. 스님은 그의 뜻을 칭찬하면서 말했다.

"그런데 행각의 준비는 다 되었는가?"

봄바람이 일 듯 정다운 물음이나 한줄기의 서릿발같이 차가운 그 무엇이 불현듯 문익을 숙연케 하였다.

"네."

그는 얼결에 이렇게 답하였다.

"준비가 다 되었다니 어디 내가 점검해 볼까?"

스님은 문익의 앞으로 다가앉으며 뜰에 있는 돌 하나를 가리키면서 물었다.

"자네는 늘 삼계三界가 오직 마음이라고 하니 저 돌이 마음 안에 있는가? 마음 밖에 있는가?"

"심외무일물心外無一物이라, 그야 마음 안에 있지요."

문익은 서슴없이 답하였다. 이 말을 들은 스님은 참으로 어이없다는 듯이 웃었다.

"호오, 그래? 제방諸方을 행각하자면 빈 몸으로도 힘이 들텐데 어떻게 저 돌멩이까지 마음속에 넣어 가지고 다닌단 말인가? 쯧쯧."

문익은 말문이 꽉 막혀서 가만히 서 있을 뿐이었다.

"진불법眞佛法은 꿈에도 모르는 사람이로구나. 진불법이란 그런 미숙한 문구에 있는 것이 아니야."

문익은 스님의 준엄한 훈계에 그제서야 비로서 자기의 허물을 깨닫고 스님에게 참회하며 자비의 선도를 빌었다.

"정 그러면 내 너를 위하여 설해 주마. 진불법이란 네가 지금 당장 논증하지 못한 바로 그곳에서 일체가 현성現成하여 마친 것이야."

문익은 이 법문을 듣자 크게 깨닫고 스님에게 합장하여 절하였다.

"스님, 이 밖에 또 무슨 준비가 있습니까?"

스님은 벌써 그의 마음속을 환히 꿰뚫어 보고 벽력같이 소리쳐 불렀다.

“문익아.”

“…….”

“준비는 그것 뿐이지 무엇이 또 있겠느냐? 이제 떠나거라.”

인도 밀교승에게 배운 혜초

사람은 자기의 일생은 자기 스스로가 이끌어 나가는 것이라고 생각하고 있다.
그러나 그 마음속 깊이에는 운명이 가는 대로 그에 거역할 수 없는 무엇을 가지고 있다. / 괴테

혜초惠超는 신라의 스님으로 일찍이 당나라에 건너가서 남인도의 밀교승 금강지金剛智에게 불도를 배웠다. 723년경 바닷길로 인도에 이르러 석가모니의 유적을 찾아 순례하고 오천축국의 각지를 두루 돌아다녔다.

'천축天竺'이란 인도를 가리키는 말인데 '오천축'이란 '오인도' 즉 동 · 서 · 남 · 북 · 중의 다섯으로 나누어 말하는 것으로 북서로는 가습미라 · 대발률 · 소발률 · 건타라 · 오장 · 구위 · 람파 · 계빈 · 시율 · 범인 · 토화라 등 각 지방을 다니고, 서쪽으로 파사국 · 대식국 · 불림국 등으로 갔다가, 다시 동쪽으로 와서 안국 · 조국 · 사국 · 서라국 · 미국 · 강국 · 발하나국 · 골돌국 · 호밀국 · 시닉국 등을 지나고, 총령을 넘어서 소륵국 · 구자국 · 우뎐국을 돌아서 10년 만인 727년(당 개원 15년) 11월에 안서安西로 돌아왔다. 다시 언기로부터 동쪽의 여러 나라를 두루 거쳐서 당나라 장안에 돌아왔다.

이 10년 동안의 여행에서 보고 들은 것을 기록하여 《왕오천축국

전》 3권의 기행문을 지었으나 전하지 않고, 다만 《일체경음의》 제100권에 그 음과 뜻이 실려 있어 책 이름만 알려져 있었는데 1910년 프랑스의 동양학자인 펠리오가 중국 감숙성 돈황의 천불동 석굴에서 앞뒤가 떨어진 책 한 권을 발견하여 그 대강을 알게 되었다.

이 책은 원본의 3권을 1권으로 내용을 줄인 책이다. 법현의 《불국기》는 육지로 갔다가 바다로 돌아온 것이며, 현장의 《서역기》는 육지로 갔다가 육지로 돌아온 것인데 혜초의 《남해기귀전》 바다로 갔다가 육지로 돌아온 것이 특색이다. 이 책은 사학 연구에 좋은 자료가 되고 있다.

혜초는 당나라에 돌아와서 54년 동안 오대산에 있었고, 금강지 삼장과 불공삼장不空三藏의 역장譯場에서 많은 불경을 번역하였다.

그럼 왜 혜초가 인도로 들어갈 생각을 가지게 되었을까.

그것은 당나라에서의 수행에 만족하지 않고 불교의 본고장인 인도로 들어가 석가모니의 유적을 보면서 깨달음을 얻고자 함이었을 것이다. 혜초는 끝내 고국에 돌아오지 못했다. 혜초는 금강지 스승과 함께 천비천발대교왕경千臂千鉢大敎王經을 연구하였으며, 8년 후 경문을 한문으로 번역하여 필기하였다. 중국에 밀교가 뿌리를 내리게 된 것은 신라의 고승 혜초의 은덕임에 틀림없다.

혜초는 당시 선진국인 당나라에 들어가 공부하고 다시 인도로 여행하며 왕오천축국전을 쓴 국제적인 사람이며 한국 수필문학의 대부가 된 셈이다.

제4부

지혜를 일깨우는 소중한 이야기

경허 스님의 개고기 시비

나는 인간이었다. 그것은
싸우는 사람이라는 것을 뜻한다. / 괴테

경허鏡虛 스님이 출가 직후에 선지식을 찾아다니다가 한암漢巖 스님이 대법회를 한다는 장소로 갔다. 법회에 사람이 너무 많이 모여 유리창이 깨어지는 등 앉을 곳이 없고 매우 소란스러웠다. 스님은 근기가 낮은 사람들은 가게 할 생각으로 한마디 했다.

"오늘이 복날이라 오늘 뉘 집에서 개장국을 잘 끓이는가 복다림을 해야겠는데."

이 말을 들은 다수 대중은 거의 나가 버렸다.

경허 하나만 남으니까 한암 스님이 의아해 물었다.

"왜 너는 안가니?"

"나는 개고기 시비를 하려고 온 것이 아니고 스님의 설법을 들으려고 왔습니다."

경허의 거침없는 말에 한암 스님은 대수롭지 않은 듯 대꾸했다.

"어디 사람이 적어서 설교를 하겠느냐?"

이 말을 들은 경허 스님은 밖으로 나가더니 무밭에 가서 이백

개 무를 뽑아다가 방석 위에 올려놓았다. 그리고 태연하게 말했다.

"스님 대중들을 많이 데려왔습니다."

경허의 행동에 한암 스님은 기가 차다는 듯 말했다.

"어디 그것이 무지 대중들이냐?"

그러나 경허 스님은 더욱 의기양양하게 말했다.

"아까 개고기 시비를 하고 간 사람들이야말로 무나 다름없으니 어서 설법하여 주십시오."

이 말을 들은 한암 스님은 경허가 후에 크게 될 인물임을 짐작하고 전력을 기울여 다음과 같이 설법을 하였다.

"불즉시심佛卽是心이요 심즉시불心卽是佛이란 말이 있다. 마음이 맑으면 불심이 나타나고, 강물이 맑으면 달이 비치듯이 거울이 맑아야 자기 얼굴이 비친다. 얼굴은 사람의 마음이 나타나는 거울로 자기 마음이 성이 난 상태에서 타인을 보면 상대의 얼굴에 성이 난 사람으로 보여 언사가 거칠어지기 쉽다. 자기 얼굴에 숯검정이 묻은 사람이 자신의 환형을 보고 너는 왜 얼굴의 검정을 씻지 못하느냐 아무리 꾸짖어도 자기 얼굴을 씻지 않으면 안 되듯이 이 세상 모든 사람들이 미워지면 자기 마음을 자기가 미워하지 않나 살펴보아야 한다.

사死는 밤이요 생生은 낮이다. 그래서 생사가 둘이 아니다. 사는 열반이란 말로 무불생사를 나타냄이요, 빗방울 하나 하나가 바다로 가면 큰 바다를 이루기에 극락세계에 모인 성중을 대해중보살마하살大海衆菩薩摩河薩이라 한다. 이와 같이 인간 세계는 좁은 세계며 우물이나 같다."

경허 하나를 놓고 설법한 한암 스님은 성심을 다하여 경허의 마음을 곧추세워 붙들었다.

경허는 아홉 살 어린 나이에 부모를 잃고 절에 맡겨진 아이였다. 경허는 스물셋에 동학사 강사가 되고 밤낮으로 정진에 힘썼다.

그러던 어느 날 우연히 길가는 사람들의 떠드는 소리를 듣고 깨달음을 얻었다.

"여보게, 게으른 사람은 죽어서 소가 된다지?"

"이 사람아, 걱정 말게. 나는 소가 되더라도 콧구멍이 없는 소가 될 걸세."

경허는 이 한마디에 새 하늘과 새 땅을 열었다. '콧구멍이 없는 소'란 고삐에 매이지 않는 소, 즉 대 자유인인 것이다. 바로 경허가 그렇게 된 것이다.

얼마 후 경허 스님은 한겨울을 맞아 추위를 견디다 못해 경전을 찢어 문구멍을 바르고 벽틈새를 도배했다.

이 광경을 보고 제자들이 당황하여 물었다.

"스님, 어떻게 경전을 찢어 도배를 하십니까?"

제자들의 물음에 경허는 태연한 얼굴로 대답했다.

"부처가 얼어 죽으면 경전이 무슨 소용인감."

경전은 길을 가리키는 방편이다. 부처인 사람이 얼어 죽으면 경전도 필요 없다는 말이다.

어느 날 경허 스님과 만공이 단청 불사를 위해 시주를 나갔다가 주막집에 들르게 되었다.

만공은 곧 시주를 위해 마을로 들어갔고 그사이 경허 스님은 혼자서 술을 마시고 있었다.

만공이 돌아오자 경허 스님이 말했다.

"자네도 한 잔 들게나."

"단청 불사에 쓸 돈으로 술을 드시면 어떻게 합니까?"

만공이 기가 차다는 듯 따지는 투로 묻자 경허 스님이 키득거리며 만공에게 되물었다.

"지금 내 얼굴이 어떤가?"

"불그락푸르락 합니다."

경허 스님이 그 말을 듣고 장난스럽게 물었다.

"이 보다 잘 된 단청이 또 어디에 있단 말인고?"

경허 스님의 말에 만공이 맞장구를 쳤다.

"예, 단청 불사 치고는 최고 걸작입니다."

두 사람은 어깨동무를 하고 길을 걸어 갔다. 한 시대의 거승 경허는 이렇게 걸리는 데가 없었다.

초상화는 실재가 아니다

현자는 새로운 사상을 생각해 내고,
반면 어리석은 자는 그것을 편다. / 하이네

조주趙州 스님이 입적에 앞서 제자들에게 물었다.

"누가 나의 초상을 보일 수 있겠는가?"

제자들은 제각기 스승의 닮은 모습을 정성껏 그려 가지고 스님 앞에 내놓았다.

제자들이 그린 초상화를 보이자 스님은 주장자로 제자들을 한 대씩 때렸다. 그러면서 이렇게 말했다.

"이 그림이 나의 참모습이라면 나를 때려죽이게나. 그렇지 않다면 갖다 태워 버리게."

그런데 보화는 초상화를 보이기는커녕 맨손으로 스승 앞에 물구나무를 서서 나아가 난데없이 공중회전을 하는 것이었다. 이에 스님은 손뼉을 치고 기뻐하며 말했다.

"보화야말로 내 초상을 보였다. 보화는 앞으로 돌풍처럼 세간을 시끄럽게 하며 중생들을 교화하겠구나."

그렇다. 초상화는 아무리 잘 그렸다 해도 결코 실재가 될 수 없다. 단지 닮았을 뿐이다. 닮았다는 것은 실체와는 다르다는 뜻이다. 스님은 사실적인 초상을 원했다. 보화는 그 말에 자기의 모습을 보여 준 것이다. 물구나무를 서고 공중회전을 함으로써, 세상을 이렇게 한바탕 호호탕탕하게 자유로이 노닐다 가겠노라고 포부를 밝힌 것이다. 스님은 보화의 '말없는 말'을 정확히 알아들었다. 수년 동안 한솥밥을 먹고, 그 아래서 배운 제자들이니 척하면 삼척이라는 말처럼 금방 알아볼 수 있었던 것이다.

정말 스님의 말대로, 보화는 세간을 떠들썩하게 했다. 보화는 해가 지면 묘지로 돌아가 자고, 아침이면 시장거리로 나갔다. 날마다 묘지에서 나와서 다시 묘지로 돌아간 것이다. 그는 당대 선의 거봉인 임제를 놀린 유일한 인물이었다.

이 밖에도 스님에 얽힌 일화는 매우 많은데 하루는 한 구도승이 조주 스님을 찾아와 물었다.

"스님, 밝은 달이 중천에 떠 있을 때는 어떠합니까?"

이는 보름달이 중천에 떠 있는 밤하늘을 말하는 게 아니다. 곧 구도승 자신의 경지를 말한 것이다. 손가락이 아니라 그 가리키는 달을 본 내 경지가 어떠냐는 화두였다. 이때 스님은 지그시 눈을 감으며 이렇게 말했다.

"아직 마루 밑에 있구만 그래."

이미 달을 본 사람은 달을 잊는다. 달에 얽매여 있다면 아직 달을 보았다 할 수 없다. 마루 밑에 있으니 달을 볼 수 있겠느냐는 말이다. 참으로 달을 본 사람은 달을 떠나서도 달을 보고, 달을 보면서도 달을 잊는다. 달과 내가 이미 하나가 되어 노니므로 달을 보았다 말하지 않는 것이라는 말이다.

그러자 구도승이 허리를 굽혀 예를 표하고 이렇게 말했다.

"스님께서 손을 주시어 저를 마루 위에 오르게 하여 주십시오."

구도승은 곧 자신의 허장성세를 벗고 가르침을 청했다. 이에 스님은 저물어 가는 하늘을 바라보며 조용히 말했다.

"달이 지고 난 다음에 오게나."

달을 보았네 못 보았네 하는 분별을 털어 버리고 오라는 조주 스님의 가르침이었다.

네가 데리고 다니는 많은 사람이란

망심(妄心)이 일어나면 이를 따르지 말라. 망념(妄念)이 그칠 때
비로소 심원(心源)은 공적(空寂)하다. / 용수 스님

'도道가 뭘까?' 궁금하게 생각하던 구도자가 노자老子를 찾아갔다.

"선생님께 가르침을 받고자 왔습니다."

따뜻한 햇볕에 졸고 있던 노자가 실눈을 뜨고, 그를 바라보며 천천히 물었다.

"그런데 그대가 데리고 온 이 많은 사람들은 대체 누구인가?"

이 말에 구도자는 놀라서 뒤를 돌아보았다. 자기 뒤엔 아무도 없었다.

귀신이 곡할 노릇이었다. '분명 나 혼자 왔는데 무슨 말일까?' 그는 어리둥절한 표정으로 노자를 바라보았다.

"내가 묻는 말이 무슨 말인지 모르겠는가?"

노자가 다시 진지한 표정으로 묻자, 그는 당황하여 어쩔 줄을 몰랐다.

"그대의 가슴속에는 많은 것이 들어 있다. 자신을 비우지 않고, 무수한 자의식과 망상을 몰고 다녀서야 어디에 도를 담으며 참자

아를 찾겠는가."

노자가 말한 '그대가 데리고 온 이 많은 사람들'은 그 사람 내부의 무수한 자의식과 망상의 모습들을 말하는 것이었다.

금강경을 외고 다닌 덕산 스님

알고 있는 모두를 말하지 말라. 들은 것 모두를 믿지 말라.
할 수 있는 모두를 하지 말라. / 독일 속담

어느 스님이 금강경에 관한 한 천하제일이라고 거들먹거리고 다녀 그 스님을 일컬어 '주금강' 이란 별명이 붙었다. 그는 남쪽 지방에서 선이 크게 꽃핀다는 말을 듣고 분연히 일어서 이렇게 외쳤다.

"수많은 출가자들이 부처의 의식을 배우고 계율을 지키느라 몸부림을 쳐도 부처가 되지 못하거늘, 남방의 도깨비 같은 놈들이 감히 '마음을 그대로 밝혀 부처를 이루느니' 하는 허풍을 떨고 있으니 내 이 놈들의 소굴로 쳐들어가 그 종자들을 없애 부처의 자비로운 은혜에 보답하리라."

스님은 장대에 금강경 해설집을 두 보따리나 꿰어 짊어지고, 남쪽 지방으로 길을 떠났다. 며칠의 여행 끝에 어느 날 점심 무렵에 용담사 부근에 이르러 그는 떡 파는 노인의 집에 들어갔다. 먼 길에 피곤하고 배도 고파 점심으로 떡을 먹고 갈 생각이었다. 그는 보따리를 내려놓고 떡 파는 노파를 손짓해 불렀다.

"할멈, 점심 좀 부탁하오."

그런데 노파가 문득 보따리를 가리키며 무슨 책이냐고 물었다.

스님이 금강경 해설집이라고 말하자 노파가 말했다.

"그렇다면 내가 한 가지 물어보겠는데, 내 물음에 대답을 해 주시면 점심을 거저 드리겠지만, 만약 그렇지 않을 경우엔 떡을 팔지 않을 테니 다른 데 가서 드시오."

스님은 '오늘 점심거리는 해결되겠구나' 하는 마음으로 어서 말해보라고 했다. 금강경에 관한 것이라면 자신이 있었기 때문이다.

"금강경에 보면 '과거심도 얻을 수 없고 현재심도 얻을 수 없으며 미래심도 얻을 수 없다'고 했는데, 스님께선 방금 점심을 하신다고 하셨는데 과연 어느 마음에다 점을 찍고자 하시는지요?"

그는 그만 말이 꽉 막혔다. 낮에 먹는 음식은 그저 마음에 표시나 한다는 의미로, '점심點心'이라 쓴다. 특히 인도에서는 출가자들에게 낮 식사가 없었고, 혹 먹더라도 마음에 점을 찍듯이 시늉만 한다고 해서 점심이라고 했다. 그는 대답을 할 수가 없어 그냥 자리에서 일어섰다. 등에 식은땀이 흐른 그는 서둘러 용담원으로 향했다.

"이 순 사기꾼들이, 절 아래 떡 파는 노파에게까지 말장난이나 가르쳤구나. 내, 이자들에게 부처님의 참된 가르침을 전하기 전에는 결코 돌아가지 않겠다."

그는 법당 마당에 이르자, 큰소리로 떠들었다.

"내 오래 전부터 용담龍潭에 와 보고 싶었던 차에 이제 와 보니 용도 안 보이고 연못도 안 보이는구나."

이때 용담 스님이 나와 그 말을 받았다.

"참으로 그대는 제대로 용담에 왔네."

그는 다짜고짜 용담 스님의 방에 들어가 금강경을 꺼내 놓고 경을 강론하기 시작했다. 경에 대해 스스로 질문하고 스스로 답하며 그가 강론하는 내내 용담 스님은 빙그레 미소를 짓고 고개를 끄덕거릴 뿐이었다. 이윽고 밤이 깊어지자 용담 스님이 그에게 말했다.

"밤이 깊었는데, 그만 물러가 쉬시게."

용담 스님이 아무 말이 없이 있는 것은 자신의 무지를 위장하는 것이라 여긴 그는 의기양양하게 일어섰다.

"그럼, 오늘은 이만하고 내일 또 금강경의 깊은 뜻을 전하겠소이다."

그가 방 밖으로 나가는가 했더니 곧 다시 되돌아왔다. 이미 밖은 칠흑 같은 어둠에 휩싸여 있었기 때문이다.

"밖이 너무 캄캄하군요."

용담 스님은 용심지에 불을 당겨 그에게 건네주었다. 그가 막 이것을 받는 순간, 용담 스님은 갑자기 '훅' 불어서 불을 꺼버렸다. 순간 이것과 저것, 나와 너의 경계를 밝히던 불이 꺼지자 반야(지혜)의 어둠이 넉넉하게 주위를 휘감고, 그의 귀엔 우레와 같은 폭음이 들렸다. 오랜 세월 그가 쌓아 온 인식의 견고한 벽이, 지식과 아집과 자만으로 지은 집이 일순간 무너져 내리고 있었다.

그가 홀연 무릎을 꿇고 용담 스님에게 큰절을 하자, 스님이 빙그레 웃으며 물었다.

"이 어둠 속에서 무엇을 보았길래 이리 절을 하고 있느냐?"

스님에게 큰절을 한 그는 금강경 해설집을 죄다 법당 앞에 쌓아 놓고 불을 지르며 말했다.

"잡다한 이론을 써 놓았어도 허공에다 털오라기 하나를 던지는 것과 같고, 장식을 과시해 봤자 바닥 없는 항아리에 물 한 방울 떨구는 것과 같았습니다."

그가 나중에 용담의 법을 이어 당대를 풍미한 덕산 스님이었다.

미꾸라지를 사서 방생한 혜월

한 사람의 인간이 불필요한 것을 잔뜩 안고 있다면, 다른 많은
인간들이 필요한데도 부족한 생활을 하고 있는 것이다. / 톨스토이

혜월慧月 스님은 1862년 충남 예산에서 출생하였다.

그는 열세 살에 예산의 정혜사에 출가 입산하여 스물네 살 되던 해에 한국 선풍의 중흥조인 경허 스님을 만나게 되었다.

"이 몸도, 허공도 설법이나 청법을 하지 못하는 것, 다만 눈앞이 뚜렷이 밝고 형태가 없으면서도 분명한 이 물건, 이것이 비로소 설법하고 청법하는 것이다."

이러한 경허 스님의 법문을 듣고 크게 발심하여 더욱 맹렬히 정진해 7일째 되는 날 아침에 짚신을 삼는 도중에 크게 깨침을 얻었다고 한다.

스님은 한국 선승 중 제1의 무심도인無心道人으로 유명하며 많은 일화를 남겼다.

스님이 울산 미타암에 있었을 때의 일이다. 스님은 신도에게서 받은 젯돈 1백 원을 가지고 제 지낼 물건을 사러 시장에 가던 중이었다. 그때 마침 길가에서 울고 있는 여인을 만났다.

스님은 그 여인에게 다가가 우는 이유를 물었다. 그러자 여인이 울먹이며 대답했다.

"제가 남에게 80원을 빚졌는데 날마다 독촉이 어찌나 심한지 견딜 수가 없어 이렇게 길거리에 나와 울고 있는 것입니다."

이 말에 스님은 두말없이 80원을 그 여인에게 건네주었다.

"그래, 그 빚을 갚으면 당장 애들 밥지어 줄 쌀은 있는가?"

여인이 울며 고개를 떨구자 스님은 여인의 딱한 처지가 안타까워 나머지 돈 20원을 냉큼 내주고 말았다.

한편 절에서는 스님이 제 지낼 물건을 사 오기만을 눈이 빠지게 기다리고 있었다. 스님이 늦게서야 빈털터리로 돌아오자 절에서는 왜 장을 봐 오지 않았느냐며 그 까닭을 물었다. 스님은 태연히 이렇게 말했다.

"내가 지금 기막히게 제를 지내고 오는 길이다. 석가모니 부처께 지내는 것이나 불쌍한 사람에게 제를 지내는 것이나 마찬가지 아니겠는가."

뒤에 그 제주가 이 말을 듣고 빙긋이 웃으며 다시 젯돈 1백 원을 내놓았다고 한다.

또 한번은 스님에게 어느 신도가 여름철에 입으시라며 깨끗한 모시 두루마기 한 벌을 지어 준 일이 있었다.

스님이 그 모시 두루마기를 입고 시장에 가다가 아이들이 논에서 미꾸라지를 잡아 가지고 집으로 돌아가는 것을 보게 되었다. 스님은 아이들을 불러 세우고 다짜고짜 말했다.

"얘들아, 그 미꾸라지 나에게 팔아라."

"싫어요."

"녀석아, 스님이 팔라면 팔아야 하는 게야."

"싫다니까요. 안 팔아요."

이렇게 해서 스님과 아이들 사이에는 팔라느니 안 판다느니 하며 옥신각신 실랑이가 벌어졌고, 스님의 깨끗한 모시 두루마기는 흙투성이가 되었다.

스님은 아이들을 끌고 마침내 경찰서에까지 갔다. 경찰서에서는 이미 혜월 스님이 유명한 무심도사임을 진작부터 알고 있었기 때문에 가까스로 아이들을 달래어 그 물고기를 스님에게 팔도록 했다. 스님은 자신의 모시 두루마기 버린 것은 생각지도 않고, 그 미꾸라지를 놓아주며 혼자 싱긋싱긋 웃었다고 한다.

이렇듯 무심도인으로서의 풍모를 유감없이 보인 스님은 1936년 산에 올라 솔방울을 따서 가지고 내려오다가 그대로 서서 열반하였는데 그때 나이 일흔여섯이었다. 스님이 가르친 28인의 제자 모두가 구한말 한국 불교에 선풍을 널리 떨친 승려들이다.

혜능 스님이 사랑한 신회의 깨우침

자기를 지도하는 가장 위대한 스승은
자기의 마음이다. / 사명대사

혜능慧能 스님이 조계산에 있을 때 어느 날 아주 귀엽게 생긴 어린 사미승 하나가 찾아와서 가르침을 청하는 것이었다.

이 아이의 이름은 신회神會로 나이는 열세 살, 지금까지 형남 땅 옥천사에서 신수 스님 문하에서 공부하다가 왔다는 대단히 영리하고 준민한 천재아였다.

"기특한지고, 멀고 먼 형남에서 여기까지 와서 공부를 하겠다는 그 신심이 참으로 놀랍고 장한 일이로다. 그런데 그 공부의 근본을 가져왔느냐? 만약 근본이 있다고 하면 그 주인공을 잘 알 텐데 자, 어서 말해 보아라."

"일체에 판단함이 없는 것이 근본이요, 이것을 속속들이 꿰뚫어 보는 것이 곧 주인공입니다."

"음, 말로써는 다 되었다만은……."

"그러면 스님께 제가 여쭈어 보겠습니다. 스님께서는 좌선하고 계실 때 그 주인공을 보십니까? 못 보십니까?"

이 말이 떨어지자마자 육조 스님은 주장자로 신회를 사정없이 세 번 연거푸 후려쳤다.

"자, 어떤고? 아픈가? 아프지 않은가?"

"아프기도 하고 아프지 않기도 합니다."

"그래 나도 좌선할 때 보기도 하고 못 보기도 한다."

"무엇 때문에 보시기도 하고 못 보시기도 합니까?"

"응, 내가 본다는 것은 항상 나의 허물을 보는 것이며, 타인의 옳고 그름, 선함과 악함은 안 보는 것이다. 그러나 너는 아프기도 하고 안 아프기도 한다니 네가 만약 아프다면 이는 범부가 되어 때린 이를 원망하고 성낼 것이요, 만약 아프지 않다면 이는 목석과 다름이 없지 않느냐? 아프고 아프지 않다는 것은 사물의 생겨남과 없어짐이 둘이라는 그릇된 생각에 잡힌 것이다. 네가 네 자신의 심성을 보지 못한 이상 어찌 그와 같은 건방진 말을 하는고?"

신회는 주장자로 세 번을 얻어맞고 이와 같이 추상 같은 꾸중을 들었다.

혜능 스님은 이성과 지혜와 자만심을 여지없이 쳐부수는 선교방편으로 신회에게 특별히 그리 하였던 것이다. 참으로 뼈에 사무치는 대자대심大慈大心의 발로라고 아니할 수 없다.

자만심에 찬 재동 신회도 육조 스님의 대자대비의 방망이로 맞고서는 새로이 참회 예배하고 마음을 완전히 돌려서 법을 다시 간절하게 청했다.

해면海綿은 마르지 않으면 물을 빨아들일 수 없는 것이다. 마른 해면이 수분을 빨아들이는 것과 같이 진실로 도를 구하는 자는 제 아무리 학문과 지식이 많다고 하더라도 그 심지를 완전히 백지로 돌리지 않으면 도를 받아들일 수 없는 것이다.

이와 같이 신회는 마른 해면과 같은 심지가 되어 열세 살부터 육조 스님을 친수親隨하여 그 천부의 보옥과 같은 자질을 닦아 나아갔다.

어느 날 육조 스님이 조계산의 대중을 모두 집합시키고 다음과 같이 교시하였다.

"나에게 한 물건이 있으니 머리도 없고 꼬리도 없으며 이름도 없고 자字도 없다. 또한 등背도 없고 낯面도 없으니 너희들 대중은 이 물건을 알겠느냐?"

대중은 모두 막연할 뿐 일언반구도 입을 여는 사람이 없었다. 이 때 신회가 옷깃을 가다듬고 엄숙하게 앞으로 나아가 배례를 드린 후 공손히 말했다.

"이것이 바로 모든 부처님의 본원本源이며 신회 자신의 불성佛性입니다."

"이미 이름도 없고 자字도 없는 일물一物이거늘 너는 어찌 이것을 본원이라고 하며 불성이라고 부르는고?"

신회는 말문이 꽉 막혔다. 무어라고 입을 열 수가 없었다. 다만 침묵으로써 대답할 뿐이었다.

세조가 목욕한 오대산 문수도량

다른 사람이 나에게 베푼 은혜는 잊어서는 안되고,
원망은 잊어버리지 않으면 안된다. / 채근담

세조世祖가 온몸에 종기가 나서 명의와 좋은 약으로 아무리 다스려도 효력을 보지 못하였다. 할 수 없이 세조는 오대산 문수도량에 가서 지성으로 기도를 드린 뒤에, 상원사의 시냇물에 들어앉아 혼자서 더러운 종창을 씻었다. 그런데 혼자서 씻으려니까 손이 닿지 않는 곳도 있어서 조금 갑갑했다. 그때 마침 한 사미가 숲 사이로 지나가므로 '잘되었다' 하고 곧 그 사미를 불렀다.

"얘, 너 나의 등도 좀 문지르고, 어깨의 때도 좀 벗겨 주겠니?"

사미는 순순히 말했다.

"네, 그러합지요."

사미는 소매를 척척 걷어붙이고 달려들더니, 그 보들보들한 손으로 아픈 곳에 시원한 물을 끼얹고 이리저리 조심스럽게 살을 문지르니, 몸이 어떻게나 상쾌한지 세조는 정신이 번쩍 들고 새로운 기운을 느끼게 되었다. 세조가 이상하여 자신의 몸을 자세히 살펴보니 사미의 손이 닿는 곳마다, 진물과 딱지가 지고 질컥질컥하던 종창이 깨끗이 낫는 것이었다. 목욕을 마치자 세조는 사미에게 칭찬을 한 뒤에 부탁의 말을 하였다.

"얘, 너 행여나 다른 사람을 만나더라도, 상감님의 목욕을 해주었다고는 이야기하지 말아라."

세조의 부탁을 들은 사미는 천진스럽게 웃으면서 말했다.

"네, 그런 것은 염려마세요. 그보다도 상감께서 문수를 친견했다는 말씀이나 내시지 않으면 좋겠는데요."

이 말을 남기고 사미는 홀연히 사라져 버렸다. 세조는 그제야 깜짝 놀라 자신이 성덕을 입었음을 깨달았다. 그는 이를 깊이 감사하며 자기의 자만을 뉘우쳤다. 그리고 화공에게 자기가 본 대로 사미의 초상화를 그려서 모시니, 지금 상원사의 동자문수상이 곧 그것이다.

세조의 상원사 이야기는 이 밖에도 또 있다. 그가 상원사에서 승려들과 식사를 공양할 때 여러 승려들과 함께 앉았더니, 한 사미가 바릿대에 밥을 담아서 연방 돌리다가 세조의 앞에 이르러서 밥을 퍼 놓으며 말했다.

"거사님, 공양 받으시우."

이 거침없는 말을 들은 승려와 신하들이 사미의 불손한 언동에 크게 두려워하여 어찌할 줄을 몰랐다.

신하들은 마침내 그 불손한 사미를 처형하기로 하였다. 사미는 그가 왕인 것을 모르고 그렇게 부른 것이겠지만, 일국의 '지존'을 일컬어 이렇게 '거사'라고 함부로 부른 것은 큰 죄가 되었기 때문이다. 그러나 세조는 도리어 이 거사라는 말에 비상히 애착을 느껴 사미에게 형벌을 가하지 못하게 했을 뿐 아니라, 도리어 상으로 삼품의 벼슬을 내리고 홍대를 두르게 하였다.

한번은 세조가 상원사 불전에 예배를 드리려 하는데, 문득 고양이 한 마리가 나와서 그의 옷을 물고 절을 못하게 하였다. 세조는 이를 이상히 여겨 예배를 중지하고 신하들에게 그 전내를 수색하게 하여 불탁 아래 숨어있던 자객을 잡아내게 되었다. 세조는 곧 그 자객을 처형하고 상원사에 양묘전을 주어서 고양이를 기르게 했다. 광주 봉은사에 양묘전 오십 경이 있는데 그것은 궁내에 고양이가 너무 많아서 여간 말썽을 부리지 않으므로, 함정을 파서 그것을 잡아다가 봉은사 앞 무동도에 몰아넣고 그 밭에서 기르게 한 데서 만들어진 것이다.

왜 자신을 향해 쏘지 않는가

모든 일은 마음이 근본이 된다.
마음에서 나와 마음으로 이루어진다. / 법구경

석공石鞏은 짐승을 잡아 생계를 꾸리던 사냥꾼이었다. 어느 날 산 속에서 사슴을 좇다가 그는 우연히 마조 스님의 암자 앞을 지나게 되었다.

"스님, 혹시 이 길로 사슴이 지나가지 않았습니까?"

석공의 질문에 스님이 반문했다.

"그렇게 묻는 그대는 누구인가?"

"보면 모르겠소. 사냥꾼이오."

"사냥꾼이라. 그래 활은 쏠 줄 아는가?"

"물론 활을 쏠 줄 알지요."

"그럼 화살 하나로 몇 마리나 맞히는가?"

"그야 화살 하나에 한 마리씩 밖에 못 맞힙니다."

그러자 스님이 껄껄 웃으며 말했다.

"솜씨가 시원찮구먼."

스님 주제에 활 솜씨를 가지고 비웃으니, 화가 난 석공이 스님에게 대들었다.

"그렇게 말하는 스님은 활을 쏠 줄 아시오?"

"물론이지."

"그럼 스님은 화살 하나로 몇 마리나 맞히시오?"

"나야 화살 하나로 한 무더기를 잡지."

이 말을 듣고 석공이 코웃음을 치며 말했다.

"재주가 좋군요. 그러나 짐승들도 생명이 있기는 스님과 마찬가진데, 어찌 차마 그렇게 많이 무더기로 죽인단 말이오."

이 말에 스님이 그를 똑바로 쳐다보며 물었다.

"허, 그렇게 잘 알면서. 그런데 방금 내게 쏘아 보낸 그런 화살을 어째서 그대는 자기 자신을 향해 쏘진 않는가?"

석공은 순간 당황했다. 스님의 일갈은 자신을 새로운 눈으로 바라보도록 부추겼기 때문이다. 그는 곧 다소곳한 어조로 스님에게 말했다.

"나 자신을 쏘려 해도 그 방법을 모르겠습니다."

"이 사람, 억겁에 걸쳐 무지한 번뇌와 억장을 쌓아 오더니 오늘에야 비로소 빛을 찾는군."

자신을 바라보는 스님의 눈빛에 석공은 활을 버리고 땅에 엎드려 절을 했다. 그리고 그 길로 출가하여 마조를 스승으로 모셨다.

그가 바로 무주撫州 혜장慧藏 스님이다.

부처나 법이나 승에게 구하지 않는다 한 선종

마음을 한 곳에 모으면 마음은 곧
선정(禪定)에 있을 것이다. / 여래유교경

무제武帝는 역사상 그 유례가 드문 가혹한 불교 탄압을 감행하였으며, 또한 자기의 골육간에도 살육을 거리낌없이 자행하는 포악한 군주였다.

선종宣宗도 일찍이 그의 독재를 피하지 못하고 한때 유폐를 당하여 그 생명이 위태로웠으나 다행히 어떤 환관의 구원을 받아 아슬아슬한 찰나에 겨우 탈출에 성공했다. 그리고 머리를 깎고 승려가 되어 제방의 선원을 순방하고 다니다가 제안 스님의 법회에 참석하게 되었다.

어느 날 황벽 스님이 불전에서 예배를 하고 있는데 선종이 나타나서 불쑥 한마디를 던지는 것이었다.

"선가禪家에서는 부처에게서 구하지 않고, 법으로부터도 구하지 않고 승으로부터도 구하지 않는다고 하면서 어찌 제일좌는 그와 같이 삼보三寶 전에 예배를 하십니까. 도대체 그게 무엇을 하는 것입니까?"

참으로 뼈가 있는 듯한 질문이었다. 이러한 질문을 한 것으로 미루어 보아 선종도 당시 선에 대하여 상당히 조예가 있었으리라고 추측이 된다. 질문을 받은 스님은 휙 돌아서서 선종 곁으로 다가오면서 말했다.

"부처에게서도 구하지 않고, 법으로부터도 구하지 않고, 승으로부터도 구하지 않는 고로 예배하는 것은 이와 같은 것이다."

거침없이 내뱉으며 선종의 빰을 철썩 갈겼다.

"에이, 무례한 놈아. 난폭하구나."

선종은 전신의 피가 끓어오르는 듯 분에 복받쳐 달려들었다.

스님은 노발대발 달려드는 선종을 보고 껄껄 웃으며 말했다.

"부처에게서도 구하지 않고, 법으로부터도 구하지 않고, 승으로부터도 구하지 않는 그곳에 무슨 무례가 있으며 무슨 난폭이 있는고?"

또 한 대 '철썩'하고 갈겼다.

그 후 선종은 선禪의 법안法眼이 열려 황벽 스님을 평생 여래와 같이 존경하고 숭배하였다고 한다.

어설픈 깨달음이 파리 떼를 불러

나는 나를 두고 다른 어떤 것에도
의지할 때가 없다. / 법구경

한 스님이 이렇게 물었다.

"법융法融 스님이 도신道信 조사님을 만나기 전에는 새들이 꽃가지를 물고 그에게 날아들었다고 들었습니다. 호랑이와 이리도 그를 따랐다고 들었습니다. 그런데 어째서 그가 조사를 만나 완전히 깨달은 다음에는 오히려 그러한 이적들이 사라졌습니까?"

스님은 짤막하게 답했다.

"법융이 조금 깨달았을 때는, 절인 생선 단지를 처음 열면 파리 떼가 윙윙 달려드는 것과 같았지."

"그렇다면 조사를 만나 완전한 깨달음을 이루었을 때는 어떠했습니까?"

"냄새나는 단지를 몽땅 비워 내고 깨끗이 헹구어 내니, 파리 떼는 사라지고 썰렁하게 홀로 남아 있었지."

도란 결국 홀로 독야청청하는 어찌 보면 외로운 경지인 것이다.

경전은 달을 가리키는 손가락

눈을 감고서는 달빛을
보려고 해도 볼 수 없다. / 화엄경

한 스님이 법안法眼 스님에게 물었다.

"저는 달을 가리키는 손가락이 아니라, 달이 무엇인지를 알고 싶습니다."

스님은 조용히 달을 바라보며 되물었다.

"자네가 알고 싶어하는 그 가리키는 손가락은 무엇인가?"

스님의 말에 다른 학승이 또 물었다.

"저는 가리키는 그 손가락에 대해 알고 싶습니다."

법안 스님이 대뜸 말했다.

"그 손가락이 바로 달이지."

그러자 그 스님이 반문하였다.

"저는 가리키는 손가락에 대해 물었는데, 어째서 달이라고 대답하십니까?"

"자네가 가리키는 손가락에 대해 물으니까 그렇지."

경전은 길을 인도하는 지팡이고, 달을 가리키는 손가락이다. 손가락은 달 자체가 아니다. 달을 본 사람에게 손가락은 필요하지 않다. 그렇다. 그러나 달을 알지 못할 때는 달을 가리키는 손가락이 필요하다.

손가락에 사로잡혀 달을 놓친다면 손가락만 쳐다봐서 뭐할 것인가. 그래서 손가락만 보지 말라는 말은 손가락에 집착하는 마음을 버리라는 말이다. 경전 문귀에 매달리는 것 그것이 곧 손가락에 집착하는 것과 같기 때문이다. 또 달에 사로잡혀 있지도 말라는 말은 이미 달을 본 사람은 달을 잊으라는 말이다.

손가락을 잊으라는 말은 경전의 문귀에 매달리지 말라는 것이며, 달을 잊으라는 말은 마음이라는 그 자리에도 매달리지 말라는 것으로 달 그 자체도 잊으라는 말이다.

황벽 스님이 임제를 몽둥이로 때린 까닭

수행하는 데 마(魔) 없기를 바라지 말라. 수행하는 데 마가 없으면
서원(誓願)이 굳건해지지 못하니 모든 마군으로써 수행을 도와주는 벗을 삼아라. / 보왕삼매론

임제가 방장실로 가서 황벽黃壁 스님에게 문안을 드린 후 물었다.

"어떠한 것이 불법적적대의佛法的的大意입니까?"

이 물음이 떨어지자마자 황벽 스님은 손에 쥐고 있던 몽둥이로 임제의 어깨를 사정없이 내려쳤다. 임제는 엉겁결에 까닭 모를 매를 맞은 채 대꾸 한마디 못하고 쫓겨났다. 맥이 탁 풀려서 돌아온 임제를 보고 목주 스님은 황벽 스님에게서 어떠한 가르침을 얻었는가 물었다.

"가르침이 다 뭡니까. 가르침은 고사하고 말이 채 끝나기도 전에 매질만 죽도록 하고 내쫓으니 아무리 스승이기로 그런 법이 어디 있습니까?"

목주 스님은 응당 그러리라는 표정으로 임제의 항의를 다 듣고 난 뒤 이윽고 부드럽게 타이르기를 매를 맞고도 또 가서 묻는 것이 선의 수행이니 한번 더 가서 물어 보라고 권했다.

다음 날 흥분이 약간 가라앉은 임제는 어제 일을 곰곰이 생각하

다가 목주 스님의 말이 다소 수긍이 되어 애써 심기를 가다듬고 다시 방장실로 찾아갔다. 그러나 역시 전날과 같은 매질뿐 일언반구 말을 듣지 못했다. 목주 스님은 이를 듣고 임제를 타이르면서 무슨 일이든 세 번째는 꼭 성과가 있는 것이니 다시 한 번 더 가보면 필연코 선의 진면목을 볼 것이라고 간곡하게 일렀다. 임제는 목주 스님의 이와 같은 간곡한 권고에 마음이 움직이는 한편 설마 이번에야 하는 기대를 가지고 세 번째로 방장실을 찾아갔다.

그러나 이번에도 역시 모진 매만 맞고 쫓겨났다. 분노와 원망이 머리끝까지 치솟은 임제는 숙소로 돌아와 아무 말도 없이 짐을 챙겨 쌌다. 이 광경을 본 목주 스님은 즉시 방장실로 가서 황벽 스님에게 임제의 사람됨과 굳센 심신, 특출한 정진 등 후일에 반드시 총림叢林의 인재가 될 큰 그릇 임을 말하고 그가 지금 노여워서 이곳을 떠나고자 하니 하직을 고하러 오거든 특별히 응접하여 바른 길로 이끌어 주기를 간절히 부탁했다.

잠시 후 짐을 다 꾸린 임제가 과연 하직 인사를 하려고 들어갔다. 이에 황벽 스님은 자상하게 훈계하며 다른 곳으로 가지 말고 바로 대우大愚 스님을 찾아가서 참문하라고 지시하였다. 황벽 문하를 떠난 임제는 곧장 대우 스님을 찾아갔다.

대우 스님은 마조의 법사法嗣인 귀종사 법을 이어받은 분으로 황벽 스님과는 바로 종형제 사이였다. 임제를 접견한 대우 스님은 우선 찾아온 까닭을 물었다.

임제는 사실대로 말하고 자신이 무슨 허물이 있어서 황벽 스님이 그렇게 매질을 하는지 모르겠다고 하였다.

이 말을 들은 대우 스님은 갑자기 벽력같이 고함을 지르면서 임제를 꾸짖었다.

"야, 이 어리석은 놈아, 너의 스님이 그렇게도 너에게 자비를 베풀어서 불법적적대의를 철저하게 가르쳐 주었는데도 뭐 허물이 어떻다고?"

이 일갈을 듣는 순간에 임제는 크게 깨달은 바가 있었다.

"으하하……. 황벽의 불법도 몇 푼어치가 안 되는군."

그때 돌연 대우 스님이 임제의 멱살을 움켜잡고 눈을 부라리며 물었다.

"이 버릇없는 놈, 방금 무슨 허물로 그러는지 모르겠다더니 뭐, 황벽의 불법이 몇 푼 어치 안 된다고? 이놈, 네 무엇을 보고 입을 놀리느냐? 어서 말하여라."

노발대발하였다. 그러나 임제는 조금도 당황치 않고 형형한 눈빛을 발하더니 그 커다란 주먹으로 대우 스님의 옆구리를 쿡쿡 세 번 쥐어박았다. 그러자 대우 스님은 움켜쥐었던 멱살을 선뜻 놓으면서 말했다.

"음, 너는 나와는 관계가 없다. 어서 너의 스승에게로 돌아가거라."

임제는 그 자리에서 대우 스님에게 절하고 바로 황벽 스님 문하로 되돌아갔다. 산문에 들어서자 곧장 방장실로 쏜살같이 들어가니 그 모양이 마치 호랑이에게 날개가 돋친 것 같았다.

이것을 본 황벽 스님은 벌써 짐작하고 짐짓 왜 공연히 왔다갔다 하느냐고 꾸짖었다. 임제가 그간의 일을 모두 그대로 보고하니 스님은 기쁘고 고마운 마음을 참을 수 없었다. 그러나 이것을 감추고 그 대우 말쟁이 늙은이가 오면 내가 톡톡히 한번 맛을 보여 주어야겠다고 욕설을 퍼부으며 호통을 쳤다. 이 말을 들은 임제는 별안간 벌떡 일어서더니 손바닥으로 황벽 스님의 등을 보기 좋게 '탁' 치는 것이었다.

"뭐, 여기까지 오기를 기다릴 것 없습니다. 지금 당장 맛뵈는 것이 좋을 겁니다."

그 순간 스님은 범같이 두 눈을 부릅뜨고 벽력같은 소리로 호령호령을 하였다.

"고약한 놈 같으니, 여기가 어딘 줄 알고 감히 호랑이 수염을 잡아 당기는가?"

임제는 이 호령을 듣자마자 재빨리 손바닥을 방바닥에다 대고 허리를 웅크려서 사자의 형상을 지으며 스님을 향하여 '우황' 하고 혼신의 힘을 다하여 대할 일성一聲을 발하였다. 당신이 범이라면 나는 사자라는 기세였다.

"이봐라, 저놈을 큰방으로 끌고 가거라."

드디어 스님은 시자에게 명하였다. 그리하여 임제는 여기에서 황벽 스님에게 입실하여 법을 이어받았다.

선승을 몰라본 주지

어리석은 사람의 칭찬을 받는 것이
가장 큰 수치이다. / 개목초(開目抄)

백장百丈 스님은 수행의 길에 들어선 날부터 혹독하게 자신을 채찍질해 고행의 길을 걸었다.

젊은 시절 그는 발길 닿는 대로 떠돌며 수행했는데 그의 차림은 형편없는 걸승의 몰골이었다. 그런 그가 어느 해인가 선권사라는 절에 경전이 많이 있다는 소식을 듣고 그리로 찾아가 주지에게 경전을 보게 해 달라고 부탁했다.

백장 스님의 남루한 행색을 바라보던 주지가 걱정스러운 듯 말했다.

"귀한 경전을 더럽힐까 걱정이 되는군요."

그렇게 말하고는 주지는 경전을 보여 주지 않으려고 했다. 그러나 날마다 찾아와서 절을 청소해 주며 경전 보기를 간절히 바라는 백장을 끝까지 물리칠 수가 없었다. 결국 주지는 백장에게 경전 열람을 허락했다. 백장 스님은 정말 어렵게 구걸하다시피 해서 바라던 경전을 보게 되었다.

그리고 많은 세월이 흘렀다. 그사이 백장 스님은 노력 끝에 높은 도를 이루고 깨달음을 얻어 그의 명성은 모든 절과 선방에 자자했다.

어느 날 행각승이 선권사를 찾아와 하룻밤 묵으면서 그 주지를 만났다. 주지 스님이 행각승에게 물었다.

"어디서 공부하고 계시는가?"

"대웅산에서 왔습니다."

"그곳에는 백장 스님이 스승으로 계신다고 들었는데?"

"예, 백장 스님께서 가르침을 주고 계십니다. 우리 스승께서 젊

은 시절 이 절에서 경전을 보신 일이 있다고 했습니다. 그때 주지 스님의 은혜를 입었다고 저희들에게 말씀하신 적이 있습니다."

이 말을 들은 주지는 문득 옛날 그 남루한 걸승의 모습을 떠올렸다. 선권사의 경전은 함부로 객승들에게 열람을 허락하지 않아서 경전을 본 사람이 얼마 되지 않아 훤히 알 수 있는 일이었다.

"그렇다면 혹시 그 분이 젊은 시절 해海 스님이라 불리던 분이신가?"

해는 백장 스님의 젊은 시절 불명佛名이었다.

"그렇습니다."

이에 주지는 깜짝 놀라며 길게 한숨을 쉬며 탄식했다.

"아, 나는 참으로 한낱 속물이로다. 눈이 어두워 그가 진정한 선승인 것을 알아보지 못했구나."

개에게는 불성이 있다 없다 무다

도는 천성에서 나온 것이며,
도를 갖추지 않은 것은 아무 것도 없다. / 중용

한 객승이 조주趙州 스님에게 물었다.

"스님, 개도 불성이 있습니까?"

이에 조주 스님은 한마디로 답하였다.

"무無."

조주 스님은 오직 '무無' 라고만 한 것이 아니라 때로는 '유有' 라고도 하였다. 여기에 '유' 라는 것은 누구나 다 사량분별思量分別로써 능히 미칠 수 있는 것이나 이 '무' 라는 것은 도저히 사량분별을 붙일 수 없는 어려운 문제이다.

왜냐하면 석가모니가 유정물이나 무정물이나 모두 불성을 가지고 있다고 했으니 개야 더 말할 것도 없이 불성이 없을 리가 만무하지 않는가. 그런데 조주 스님은 이와 같은 석가모니의 말씀을 부인하고, '무' 라고 하였으니 도대체 여기 무슨 까닭이 있는 것일까?

만일 '무' 를 긍정한다면 불설에 위배될 것이요, 그렇다고 '무' 를 부정한다면 조주 스님은 아주 명맥을 잃고 말 것이다. 그러니 이 '무' 자를 긍정하겠는가? 부정하겠는가?

무문無門 스님이 다음과 같이 말했다.

"'무' 자 화두를 들 때 허무하다는 생각도 내지 말라. 마치 뜨겁게 단 쇳덩어리를 삼켜서 도로 토하려고 하나 토할 수 없는 것과 같이 전에 가졌던 모든 나쁜 지각을 몽땅 버리고 한결같이 익혀 나가면 저절로 안과 밖이 타성일편打成一片이 되어 벙어리가 꿈을 꾼 것 같이 오직 제 홀로만 알 것이다.

개에게도 불성이 있다는 걸 뻔히 알면서 그런 질문을 한다는 것 자체가 이미 사변적인 물음이요 질문을 위한 질문에 지나지 않은 것이다. 조주는 이를 간파하고 갖가지 사변으로 가득 차 있는 그 질문자의 의도를 '무' 자 하나로 꽉 막아버린 것이다.

여기에서 '무' 자는 벽이고 뚜껑이다. 그는 이 벽을 깨부수고 뚜

껑을 밀어젖혀 열기 전에는 그가 준비한 다음 질문을 할 수가 없다. 그러나 이 '무' 라는 벽을 극복하고 나면 그 다음 질문이란 이미 해소된 뒤일 것이다."

깨달음에 이른 이는 더 이상 질문을 위한 질문 따위에 얽매여서

는 안된다.

조주 스님은 사뭇 막대기를 분질러 버리듯 뚝 끊어서 분별심을 얻게 했다.

어느 날 한 제자가 조주 스님에게 물었다.

"스님, 달마達磨가 서쪽에서 온 까닭이 무엇입니까?"

조주 스님은 망설임 없이 직설적으로 대답했다.

"뜰 앞에 서 있는 잣나무와 같으니라."

"스님, 무슨 말씀인지 모르겠습니다. 쉽게 말씀해 주십시오."

"나는 어렵게 말하지 않았다."

제자는 스승이 하는 말의 참뜻을 알 수가 없어 다시 물었다.

"스님, 달마가 서쪽에서 온 까닭이 무엇입니까?"

"뜰 앞에 서 있는 저 잣나무와 같으니라."

똑같이 대답하자 제자는 머뭇거릴 수 밖에 없었다. 그는 백번 물어도 같은 대답이 나올 걸로 알고 물러 날 수 밖에 없었다.

뜰 앞에 잣나무가 서 있는 것이나 달마가 서쪽에서 동쪽으로 온 까닭이 다를 게 없다는 조주 스님의 말은 나무가 뜰에 서 있는 것이 이치이듯 달마가 불법을 전하러 온 것 아니겠느냐는 말이다. 따라서 이 말 속에는 쓸데없는 것에 신경쓰지 말고 자신의 수행에 일심으로 정진하라는 가르침이 들어 있다.

언어나 문자에 걸려 사량분별심을 일으킨다면 자기의 밝음을 잃고 만다. 어리석음으로 일어나는 일체 마음의 의심 덩어리를 벗어 버리고 참선의 관문을 통과하여야만 비로소 선지식으로서의 면목을 바로 세우게 되는 것이다.

벽계 정심 스님과 벽송

공부할 때 마음에 장애 없기를 바라지 말라. 마음에 장애가 없으면
배움이 넘치게 된다. 장애 속에서 해탈을 얻어라. / 보왕삼매론

벽송碧松 스님은 부안 출생으로 성이 송씨이고, 이름은 지엄이며 벽송은 스님의 당호이다.

그는 어려서부터 골상이 비범하고 용맹이 뛰어나서 장수의 소질을 갖추었다. 성종 22년 야인의 난리 때 도원수 허종의 막하에서 종군하여 크게 전공을 세웠다.

그때 그가 승전을 하고 돌아와서는 다음과 같이 탄식했다.

"대장부가 세상에 나서 마음을 한번 깨달아 밝혀 보지 못하고, 남의 막하 군사를 좇아다니는 것을 일삼았으니 비록 공은 있다 할지라도 그까짓 허명이 생사해탈에 무슨 소용이 있는 것이냐."

그는 그 길로 곧 계룡산으로 들어가 와초암 조증 스님에게 귀의하여 머리를 깎고 출가하였다. 그때 그의 나이 스물여덟 살이었다.

그런데 벽송 스님이 출가해 수행하던 조선 성종 때는 불교에 대한 탄압이 심했다. 절을 헐고, 불상을 없애고, 승려는 노소를 막론하고 강제로 절문 밖으로 쫓아내서 환속하게 하였다. 이로 인해

절은 텅텅 비고, 승려들은 좋으나 싫으나 환속을 하여 불교의 명맥이 끊어지게 되었다.

이때 김천 황학산 직지사에는 벽계碧溪정심正心이라는 크게 깨달은 도인 스님이 있었다. 이 스님도 관원의 탄압에 견디다 못하여 직지사를 버리고 황학산을 넘어 물한리라는 산골짜기 동네로 숨어들게 되었다. 오두막을 짓고 여신도로 시봉하던 여자를 부인이라 거짓 칭하고 날마다 산에 가서 나무를 베어 장작을 김천장에 팔아 좁쌀 등을 사서 근근히 연명을 하고 있었다. 그러나 스님의 공부에 대한 정진은 조금도 중단이 없었다.

이때 벽송 스님이 선법을 배우려고 아무리 선지식이 풍부한 스님을 찾아다녀도 절간마다 승려가 살지 못하게 되었으므로 만나 볼 길이 없었다.

그러던 중 한 떠돌이 스님을 만나 물었다.

"아무리 난세라도 공부가 높은 선지식 스님이 계실 터이니 유명한 선지식 스님이 숨어 계신 곳을 알 수가 없겠습니까?"

그러자 전국을 떠돌아 여러 가지 소식을 잘 알고 있던 이 스님은 선뜻 대답을 했다.

"훌륭한 도인 스님이 한 분 계십니다만, 그 스님은 직지사에 계시는 벽계 스님이라는 노스님인데 이 난리에 견딜 수가 없어 직지사 뒷산인 황학산 넘어 물한리에서 어떤 여보살 하나를 데리고 환속하여 살림을 하신다는 말을 들었으니 그리로 가 보시오."

이 말을 들은 벽송 스님은 불원천리하고 단숨에 그곳을 찾아가서 벽계 스님을 만나게 되었다.

“소승 문안드립니다.”
“어디서 온 수좌인가?”
“소승은 계룡산 와초암에서 왔습니다.”
“이름이 무엇인가?”
“지엄이올시다.”
“무슨 일로 나를 찾아왔는가?”
“도를 배우러 왔습니다. 선지의 묘도를 가르쳐 주신다면 몇 해라도 시봉하면서 배우려고 왔습니다.”
“말은 고마운 일이네만 같이 거처할 방이 없네.”
“그것은 문제없습니다. 소승이 스님의 토굴 옆에 나무라도 얼기설기 얽어서 방을 한 칸 만들어 놓고 지내겠습니다.”
“그것은 그렇다 하더라도 우리 두 내외가 살아가기도 어려운 형편이라 자네까지 조석지공을 할 수가 없네.”
“소승은 이래뵈도 힘이 장사니까 스님과 같이 나무장수를 시작하겠습니다.”
“그렇다면 있어 보게. 신심이 그만하면 장한 사람일세.”

벽송은 기뻐하며 당장 흙을 파서 터를 만들고, 나무를 베어다가 방 한 칸을 얽어서 구들을 놓고 거처를 만들었다. 그리고 벽계 스님과 함께 산으로 가서 나무를 베어 장작을 패서 김천장에 내다 팔고 쌀을 사 오는데 힘이 장사였다. 그래서 같은 장작 한 짐이라도 남의 두 짐보다 크게 만들어 가지고 가서 팔게 되니 벽계 스님보다 돈을 갑절이나 받고 쌀을 많이 사 가지고 왔다.

그는 벽계 스님을 따라 산에 들어갈 때마다 물었다.

"스님, 선이란 어떤 것입니까? 또한 도라는 것은 어떤 것입니까?"

"오늘은 좀 바빠서 일러 줄 수가 없네. 내일 일러 줌세."

벽계 스님은 정식으로 가르쳐 주지를 않았다.

"제 공부는 제가 하는 것이니 행주좌와行住坐臥 할 때에 내 마음이 무엇인가 그것만 의심하고 찾아보게."

이렇게 날마다 미루어 오는 것이 어느새 삼 년이 지났다.

벽송 스님은 화가 나서 이곳을 떠나려고 생각했다.

"사모님, 저는 오늘 떠나가겠습니다."

"별안간 그게 무슨 말인가?"

"제가 스님을 찾아올 때는 도를 배우러 온 것이지 고용살이를 하려고 온 것이 아닙니다."

"그야 그렇지."

"그런데 삼 년이 다 지나도 스님께서는 날마다 미루기만 하고 도를 가르쳐 주시지를 아니하시니 속이 상해서 더 있을 수가 없습니다."

"정히 그렇다면 할 수 없지. 섭섭하기는 하네만 잘 가게."

벽송은 뒤도 돌아보지 않고 떠나갔는데 때마침 벽계 스님이 나무를 한 짐 지고 들어왔다. 그래서 마나님이 한 걸음에 다가서며 말했다.

"여보, 벽송이 갔소."

"왜 떠났지?"

"당신이 도인지 무언지 밤낮 미루기만 하고 가르쳐 주지를 아니

해서 화가 나서 가는가 봅디다."

"내가 왜 안 가르쳐 주었나. 제가 몰랐지. 자고 나서 인사할 때에도 내가 기쁜 낯으로 받으니 가르쳐 준 것이요, 밥상을 갖다가 줄 때도 내가 반갑게 받았으니 가르쳐 준 것이요, 산에 가서도 대화문답을 하였으니 가르쳐 준 것인데 제가 몰랐지 내가 안 가르쳐 주었나."

"그런 것이 다 도예요?"

"그렇지. 이 밖에 따로 무슨 도가 있겠나."

"그러면 저도 가르쳐 주었게요?"

"암, 가르쳐 준 셈이지."

"그러고 보면 벽송이 바보구려."

"말하자면 그렇지. 그런데 지금 어디까지나 갔을까."

"얼마 못 갔을 것이에요. 지금 막 나갔으니까."

스님이 벽송이 간 쪽으로 좇아가 보니 멀찍이 가는 모습이 보였다. 벽계 스님은 높은 바위 위에 서서 큰소리로 불렀다.

"벽송아, 벽송아 나를 좀 보고 가거라."

그러자 벽송이 홱 돌아다보았다. 이때 벽계 스님은 주먹을 번쩍 들고 말했다.

"벽송아, 아나 내 법 받아라."

벽송 스님은 스승의 일갈에 홀연 크게 깨닫게 되었다. 그래서 되돌아와 스승인 벽계 스님에게 용서를 빌었다.

벽송 스님은 이렇게 하여 겨우 법맥이 끊어져 가는 한국 선을 이을 수 있었던 것이다. 참으로 아슬아슬한 순간이었다.

스님은 금강산과 능가산 등 여러 명산을 돌아다니며 공부하다 나중에는 지리산에 숨어서 춘하추동 오직 누더기 한 벌을 입고 하루에 한 끼씩 먹으며 문을 닫고 고심 수행하였다. 이후로 말년까지 지리산에 있었는데 하루는 《법화경》을 강설하다가 방편품에 이르러 문득 길게 한숨을 쉬고 탄식한 뒤에 여러 제자에게 말하였다.

"중생이 어리석어 스스로 자기에게 있는 광명을 가리고 오랜 윤회를 받아 옴으로써 석가모니께서 이것을 불쌍히 여기셔서 입이 아프도록 이렇게 열어 보이신 것이다. 정말 실법은 아닌 것이다. 실법이란 마음의 근본 바탕을 보일 수가 없는 것이니 이제 너희들도 정말 석가모니의 진실한 것을 믿으려거든 지금 바로 자기 마음 속을 깨쳐 들어가라. 그래야 여래 보장寶藏을 여는 것이며 석가모니의 은혜를 갚는 것이 될 것이다. 오늘 나도 너희들을 위하여 또한 적멸상을 보일 터이니 너희는 밖으로 구하지 말고 오직 일심으로 안을 더듬어 보아라."

그리고 시자를 불러 차를 가져오게 하며 마신 뒤 문을 닫고 정좌하여 오래도록 말이 없었다. 제자들이 이상하게 여기고 문을 열어 보니 앉은 채로 열반한 지가 오래였다고 한다.

그래서 다비화장하니 상서로운 빛이 하늘을 덮고 사리가 많이 나왔다 한다.

금산사를 지키려다 숨진 용명

일월이 밝으려 해도 구름이 이를 가리고, 강물이 맑으려 해도
진창이 이를 더럽히고, 사람이 선하려 해도 욕심이 이를 해친다. / 회남자

한국 불교는 이차돈의 순교 이후 1천 5백여 년 만에 순교의 역사를 기록하기에 이르렀다. 한국 역사상 불교의 세력이 가장 미미하던 조선조 말엽, 전북 김제군 금산사를 지키기 위해 목숨을 바친 스님이 바로 이 용명 스님이다.

1846년에 태어나 스무 살에 출가한 스님이 금산사의 총섭으로 있을 때의 일이다. 금산사가 있는 금구 지방은 예로부터 금의 주산지로 유명한 곳이다.

따라서 금산사 부근에는 사금을 캐기 위해 혈안이 된 사람들의 내왕이 하루도 끊일 날이 없었다.

이들은 광맥을 따라 굴을 파고 개울을 건너고 하다가 나중에는 경내 사리탑이 서 있는 언덕 밑에까지 와서 호미자루를 대기에 이르렀다. 사태가 이 지경에까지 이르렀으나 당시는 승려들의 사회적 지위가 워낙 낮았던 때라 어느 누구도 이를 막아낼 엄두를 내지 못했다. 이 소식을 전해 들은 용명龍溟 스님은 대중들을 모아

놓고 부르짖었다.

"우리가 저들이 무섭다고 가만히 앉아만 있어서야 되겠습니까. 이 사찰은 유명하신 진표율사께서 창건한 고찰입니다. 이 고찰을 지키기 위해 우리 모두 나섭시다."

용명 스님은 전주 감영으로 가서 이 문제를 호소하여 마침내 금산사 부근의 채광을 금지하도록 하는 일에 성공했다.

사태가 이렇게 되자 채광꾼들이 괭이와 삽을 들고 금산사로 몰려와서는 소리쳤다.

"용명, 이 중놈아, 네놈이 우리들 밥줄을 끊어 놓고 어디 살아남는가 보자."

스님들이 용명 스님에게 피할 것을 간곡히 종용했으나 스님은 피하지 않았다.

"내 한 목숨은 죽어도 좋소. 나는 삼보를 수호하는 일을 했을 뿐이오."

스님은 끝까지 버티다가 몰려든 이들에게 무수한 매를 맞고 순교하였다.

그때가 1902년 쉰일곱 때였다.

물 위를 걷고 공중을 난들 무슨 대순가

무엇이 좋고 무엇이 필요한가를 정하는 것은 다른 사람의 언동이 아니며,
또 진보도 아니고 자기와 자기의 마음인 것이다. / 톨스토이

인도의 바라문 교도가 여러 명상가들과 앉아 도道를 논하고 있는데, 한 구도자가 오더니 좌중에게 말했다.

"난 물 위를 자유로이 거닐 수 있소. 여러분들은 어떻소? 나처럼 물 위를 자유롭게 걸을 수 있겠소. 만약 그런 사람이 있다면 이리 오시오. 저 물 건너에 가서 도를 논해 봅시다."

이 말에 바라문 교도가 조용히 의미 있는 웃음을 짓더니 한 마디 했다.

"참 딱도 하시오. 물에 자유로운 거야 물고기들의 재주가 아니요. 그런데 그게 무슨 대단할 게 있겠소. 나는 하늘을 나는 재주가 조금 있는데 어떻소, 우리 저 절벽 위로 날아 올라가서 대화나 할까요?"

구도자가 조금은 머쓱해져서 말했다.

"나는 하늘을 나는 재주는 없다오."

이 말에 바라문 교도가 빙그레 웃으며 말했다.

"사실 물속에서 자유로운 것이야 물고기들의 재주를 훔친 것에 불과한 일이오. 거기다 새들의 재주까지 훔쳤다면 벌받을 일이지요. 이리 오시오. 물 위를 걷고 하늘을 나는 게 무어 대단한 일이겠소. 특별한 것이란 알고 보면 그렇게 내세울 게 못 된다오."

그들은 다시 깊고 그윽한 명상의 세계에 대해 이야기를 나누었다.

밥을 먹고 밥그릇을 씻는 일도 도

성공하는 사람은 송곳처럼,
어느 한 점을 향하여 일한다. / 보비

조주趙州 스님이 단상에 올라 대중을 향해 말하였다.

"금불은 용광로를 건너가지 못하고, 목불은 불을 건너가지 못하며 토불은 물을 건너가지 못한다."

나중에 이 말을 벽암壁岩이 알아듣기 쉽게 풀어서 말했다.

"토불이 물을 건너가면 풀어져 버리고, 목불이 불을 건너가면 타 버리고, 금불이 용광로를 건너가면 녹아 버린다."

저마다 불심을 가지고 있지만 진실로 마음속에 있는 불심만이 타 버리거나 풀어져 버리거나 녹아 버리지 않는다는 말이다.

평상시에 갖는 믿음이 참나眞我를 찾아가는 바른 길이라는 말이다.

젊은 행각 스님이 조주 스님에게 말했다.

"저는 도를 구해 이곳에 온 지 얼마 되지 않습니다. 부족한 저에게 가르침을 주십시오."

이에 조주 스님이 수행승에게 물었다.

"밥은 먹었는가?"

"예."

그의 대답이 떨어지기가 무섭게 조주 스님이 말했다.

"그럼 가서 밥그릇을 씻어야지."

도를 가르쳐 달라는 말에 '그럼 가서 밥그릇을 씻어야지' 라고 말함으로써 바로 도를 일러준 것이다.

그러니까 도란 따로 떨어져 있는 것이 아니라 일상생활 자체가 도라는 말이다.

장자는 도란 어디에도 없으면서 이르는 곳마다 있다고 했다. 사물이 그 자리에 있는 자체가 이미 그 이치를 수반하고 있듯이 도 역시 바로 그 자리에 있다.

조주는 귀하든 천하든 모든 일과 사물 속에 도가 내재하기 때문에 평상심을 떠나 따로 도가 없다고 했다. 밥을 성심으로 먹고, 그릇을 일심으로 씻는 일도 도의 길이라는 가르침이었다.

큰 도둑과 좀도둑의 차이

내생을 알고자 한다면 금생에 하고 있는 일이
바로 내생의 일이다. / 삼세이과경

중국 역사에서 이름난 도둑이 바로 도척盜跖이다. 그러나 그는 도둑질을 하면서도 나름대로의 원칙과 규율을 철저하게 지킨 인물로 알려져 있다. 하루는 그의 여러 가지 사리에 밝은 이론에 질린 부하들이 그에게 야릇한 질문을 던졌다.

"두목님께선 도둑질에도 도가 있다고 하셨는데 남의 물건을 훔치는 판에 무슨 도를 운운하십니까?"

그러자 도척은 정색을 하고 대답했다.

"이놈아, 어떤 사회에도 그에 걸맞는 도가 있게 마련이다. 우리 도둑 세계에도 꼭 지켜야 할 다섯 가지 원칙이 있다. 이것은 도와 마찬가지다.

첫째는 먼저 집안에 있는 재물의 대상을 선정하는 것인데 이는 성聖이다.

둘째는 훔칠 물건, 즉 목적지에 다른 경쟁자보다 먼저 뛰어들어 흔적 없이 가져오는 것인데 이는 용勇이다.

셋째는 도둑질을 끝내고 철수할 때 맨 뒤에 남아서 끝까지 무리의 안전을 꾀하는 것인데 이는 의義다.

넷째는 목적한 바가 잘 이루어질 것인지를 미리 판단하는 것인데 이는 지知다.

다섯째는 얻은 물건을 모두 공평하게 나누는 것인데 이는 인仁이다."

이 말을 들은 부하가 코웃음을 치며 말했다.

"무식한 도둑놈이 남의 물건이나 잘 훔치면 됐지, 어떻게 그런 도를 지키겠습니까?"

그러자 도척은 한심하다는 듯이 부하를 노려보며 말했다.

"이놈아, 그러니까 너 같은 놈은 좀도둑밖에 될 수 없는 것이야. 방금 내가 말한 다섯 가지 도를 실천하는 도둑이라면 어디에다 내놓아도 많은 부하들을 거느리는 큰 도둑이 될 것이야. 작은 이익에만 눈이 어두워서야 어디에다 쓰겠느냐? 평생 조무래기밖에 안 되지."

도척의 말에 그때까지도 말을 못 알아들은 부하는 고개를 갸우뚱하며 자리를 물러났다.

“나라를 훔친 놈은 왕이 되지만 물건을 훔친 놈은 결국 도둑이 되는 것을 조무래기들이 알 턱이 있겠는가?”

도척은 길게 한숨을 쉬면서 주위에 사람이 없음을 한탄했다.

죽음은 영원한 쉼터

태어난 것은 모두 죽는다.
석가도, 달마도, 고양이도. / 일휴 스님

공자의 제자 자공이 쉬지 않고 공부하다가 싫증이 나서 공자에게 말했다.

"스승님, 좀 쉬고 싶습니다."

자공의 말에 공자가 천천히 그를 달래는 듯이 말했다.

"자공이여, 살아 있는 동안에 휴식이란 없는 법이다."

"스승님, 그렇다면 우리에게 휴식이란 아예 없는 것입니까?"

공자가 멀리 보이는 공동묘지를 가리키며 말했다.

"있지. 저기 있는 무덤들을 보아라. 높고 가지런하며 둥그스름한 언덕 같고, 엎어 놓은 솥 같은 저 곳이 우리가 쉴 곳이란다."

자공이 공자의 말을 듣고 머리 숙여 말했다.

"죽음이란 위대하군요! 군자나 소인이나 모두가 쉬는 곳이니."

이에 공자가 자공에게 말했다.

"네 말대로다. 사람들은 모두가 삶이 즐거운 것인 줄만 알고, 사는 동안 고통스러운 것인 줄은 모른다. 또 늙으면 쇠약해지는 줄만 알고, 늙으면 편안해지는 것인 줄은 모른다. 더 나아가 죽음을 싫어할 줄만 알고, 죽으면 쉴 수 있다는 것을 사람들은 깨닫지 못한다."

공자는 자공에게 살아 있는 동안은 쉬지 않고 배우고 익히도록 이렇게 말했다.

관을 등에 지고 간 보화 스님

산다는 것은 무엇인가, 산다는 것은 죽어가고 있는 것 같은,
끊임없이 자기로부터 떼어 놓고 가는 것이다. / 니이체

보화普化 스님이 네거리 한복판에 서서 요령을 '딸랑딸랑' 흔들면서 행인들에게 말했다.

"나에게 옷 한 벌을 보시布施 하시오."

사람들은 평소에 스님과 친밀한 사이였으므로 각기 옷감을 떠다가 정성껏 옷을 지어서 공양하기 위하여 가져갔다. 그러나 스님은 손을 내저으며 말했다.

"아니오, 나에게는 이런 옷은 필요 없소이다."

그때 임제 스님이 이 말을 듣고 고개를 끄덕이더니 방장 스님을 불러서 빨리 새 관을 하나 짜 오라고 일렀다. 보화 스님이 외출하였다가 돌아오자 곧 그 관을 내놓으며 말했다.

"자, 귀공을 위해서 내 새로 의복을 하나 마련하였소이다."

이를 보고 보화 스님은 빙그레 웃더니 훌떡 그 관을 등에 짊어지고는 요령을 흔들면서 거리로 나가는 것이었다. 그는 가장 번화한 거리에서 관을 등에 지고 요령을 '딸랑딸랑' 흔들며 엄숙하게

선언을 하였다.

"임제 스님께서 나에게 이런 훌륭한 옷을 만들어 주셨소. 이제 동문으로 가서 이것을 입고 나는 열반에 들겠소이다."

그는 동문을 향하여 요령을 흔들면서 갔다. 사람들은 늘 기이한 행동을 하던 보화 스님이 관을 메고 열반에 들겠노라고 선언을 하니 무슨 기상천외한 일이 일어나지 않을까 하는 호기심이 나서 너도 나도 앞을 다투어 물밀듯이 그의 뒤를 따라 장사진을 쳤다. 거리가 온통 물끓듯 하며 동문으로 동문으로 인파가 몰려들었다. 드디어 동문에 이르자 스님은 요령을 흔들며 사방을 두루 돌아보더니 대중에게 말했다.

"오늘은 날씨가 좋지 못하여 내일 남문에 가서 입적하겠소이다."

조금 전에 동문으로 가 입적하겠다는 선언을 '내일 남문에서' 라고 정정訂正한 것이다. 군중은 하는 수 없이 내일을 기약하고 흩어졌다.

다음날 남문에는 어제보다 더 많은 사람들이 모여들어서 그야말로 인산인해를 이루고 무슨 기이한 일이 일어나기를 목에 침이 마르게 기다리고 있었다. 얼마 후 스님이 어제와 똑같은 행색으로 나타났다. 그러나 그는 오늘도 역시 일기가 나빠서 내일 서문에서 열반에 들겠다고 천연스럽게 또 어제의 선언을 정정했다.

군중은 자못 실망하여 이제는 그의 말을 믿지 않게 되어 버렸다. 몇 사람만이 혹시나 하고 반신반의하며 그 다음날 또 서문에 가서 기다리고 있었다. 그러나 그날도 역시 그는 전날과 같은 핑계를 대고 다음날 북문에서 입적하겠다고 유유히 말하는 것이었다. 사람들은 낙망한 나머지 화가 폭발하여 욕을 퍼붓고는 돌아갔다.

네 번째로 선언을 한 북문으로 그의 말을 믿고 나온 사람은 하나도 없었다.

그는 북문에 이르자 문밖으로 나가서 평평한 바위 위에 관을 내려놓고는 뚜껑을 열고 관 속으로 들어갔다. 그리고 마침 지나가는 행인을 불러서 관뚜껑을 닫고 못을 단단히 박아 달라고 부탁을 하였다.

이 말이 장안에 퍼지자 이제는 정말인가 보다 하고 삽시간에 사람들이 구름같이 모여들어 관을 중심으로 겹겹이 둘러섰다. 그러나 반석 위에 있는 관은 조금도 움직이지도 않으며, 아무런 소리도 나지 않고 처음 있던 그 모양대로 고요히 있을 뿐이었다. 군중은 기다리다 못해 그만 지쳐서 모두들 제멋대로 떠들기 시작했다.

"자, 그만 떠들고 관을 좌우간 좀 열어 보는 것이 어떻겠소?"

와글와글 떠드는 속에서 이런 제안이 나오자 몇 사람이 군중을 헤치고 나와서 못을 빼기 시작했다. 호기심으로 못을 하나하나 빼기는 하나 그들의 손은 두려움에 떨렸다. 이것을 숨을 죽이고 응시하는 군중도 불안감과 기대로 온몸이 긴장하였다. 드디어 관이 열렸다. 그러나 이게 웬일인가. 관 속에는 사람은 고사하고 머리털 한오라기 없이 텅 비어 있지 않는가.

"와, 아무것도 없다."

군중은 넋을 잃고 말았다.

그때였다. '딸랑딸랑' 너무도 귀에 익은 그 요령 소리가 바로 사람들 머리 위에서 울려왔다. 군중은 깜짝 놀라서 일제히 머리를 들어 소리나는 곳을 바라보았다. 그러나 그곳에는 아무것도 보이지 않고 한줄기의 서광이 하늘 높이 찬란하게 빛을 발하고 요령 소리만이 '딸랑딸랑' 울려왔다.

'딸랑딸랑' 요령 소리는 점점 구름 저 멀리 높은 하늘로 멀어져 갔다. 군중은 모두 그 자리에 무릎을 꿇고 합장하며, 요령 소리가 들려오는 허공을 향하여 무수히 절을 하였다.

필자의 말

이 책을 엮고 나서

꽃피는 사월이면 필자는 어머니를 따라 신광사에 가곤 했다.

산모퉁이를 돌아 하얀 벚꽃이 피어 있는 골짜기에서 조금 올라가면 우뚝 솟아 있는 암자였다. 그 암자에는 노스님이 염주알을 굴리며 경을 외고 계셨고, 이따금 목탁 치는 소리와 종소리를 들었다.

벽면은 이상한 그림이 울긋불긋 그려져 있었고 한 가운데 금불상이 손가락을 신기하게 하고 있었다. 그리고 세월이 흘러 불혹의 나이가 되어서 그 암자를 다시 찾았는데 단청은 색깔이 바래 나무 등걸이 들어나 있고 탱화는 시커멓게 그을려 음산하기까지 했으며 덩그런 암자는 초라하기 그지없었다.

어머니의 손을 잡고 갔을 때의 뿌듯함보다는 어딘가 텅 빈 것 같은 느낌이었다. 이런 인연이 있어 불교에 대한 책을 들여다보게 되었고 어딘가 자석에 끌리는 것 같은 가피를 입어 오늘에 이르렀다.

이번 《한 생각 열어 주는 108가지 지혜》를 묶으면서 어머니의 얼굴이 그 위에 겹쳐 만감이 교차하는 무량함을 느꼈다.

이 '108가지 지혜' 속에는 지천명의 나이에서 이순이 가까워 오는 동안 책을 읽으면서 틈틈이 메모해 두고, 더러는 가까이 하는 스님들을 통해 들은 이야기를 간추려 묶고 모자라는 부분은 중국에서 구해온 책으로 보충했다. 딴에는 소제목마다 감동에 젖어 적었지만 지금 와서 보니 좀 색이 바랜 신광사 서까래 같은 것도 있으나 어쩐지 시골 아저씨 같은 친근감이 있어 그대로 두었다.

허나 원래 법 그릇이 작은 탓에 이 정도의 것만을 싣게 되어 면구스러우며 따라서 마음의 허물을 탓하지 말아 주시길 바란다.

모처럼 이 책을 읽고 뜻을 같이 하는 사람이 있다면 본인이 몸담고 있는 '한국불교단체 총연합회'로 연락을 주시고, '실천하는 불교'의 실현을 위해 많은 조언과 아낌없는 성원도 부탁드린다.

필자는 언제부터인가 불자가 깨어 있어야 사회가 깨어 있게 되고 불자가 서로 화합하여야 남과 북이 하나 될 수 있다는 생각으로 앞장 서 이 길을 갈 뿐이다.

생각해 보면 벌써 반세기 동안 남북이 흩어져 있었는데 이 난제를 어떻게 풀어 갈 것인가. 이 또한 불자의 몫이 아닐 수 없다는 생각에 오늘을 직시하며 그 책임을 통감하는 바이다. 역사를 살펴보면 고구려, 신라, 백제, 고려 시대마다 불교가 융성했을 때 나라가 통합되고 부흥 발전한 것을 알 수 있다.

남북이 갈라져 서로 갈등하면서 사는 이때에 우리 불자는 무엇을 해야 할 것인가. 참으로 우리 시대의 대명제가 아닐 수 없다.

이제 팔만대장경의 정신을 되살려 잠자고 있는 민족의 정신을 일깨우고 한민족의 위상을 세계에 떨쳐야 할 때가 아니겠는가.

필자는 이런저런 생각을 가슴에 품고 모자라지만 편편이 읽던 내용을 용기를 가지고 애독자 앞에 내놓게 되었다.

읽는 이마다 가정에는 평화가, 그리고 사회에는 화합이, 나라에는 통일의 영광이 오리라 믿으며 만사형통 하시기를 충심으로 바라는 바이다.

2001년 10월

선종 계도

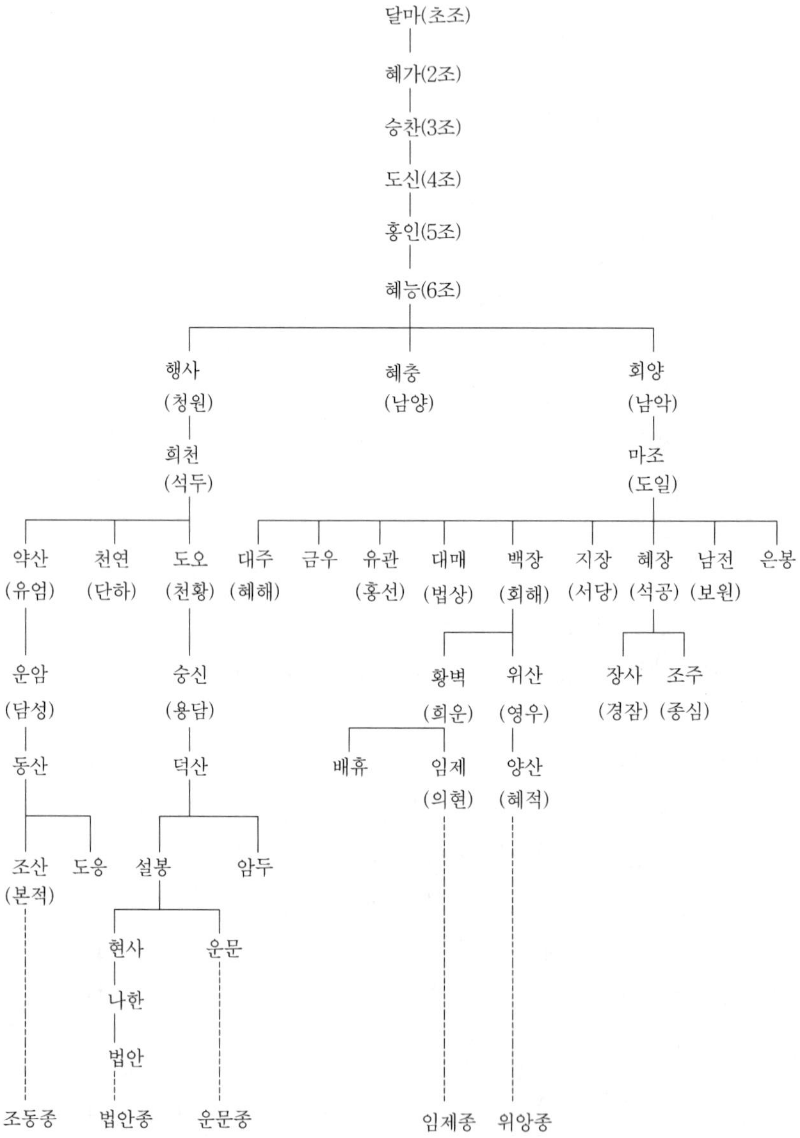
달마(초조)
혜가(2조)
승찬(3조)
도신(4조)
홍인(5조)
혜능(6조)
행사 (청원)
혜충 (남양)
회양 (남악)
희천 (석두)
마조 (도일)
약산 (유엄)
천연 (단하)
도오 (천황)
대주 (혜해)
금우
유관 (홍선)
대매 (법상)
백장 (회해)
지장 (서당)
혜장 (석공)
남전 (보원)
은봉
운암 (담성)
숭신 (용담)
황벽 (희운)
위산 (영우)
장사 (경잠)
조주 (종심)
동산
덕산
배휴
임제 (의현)
양산 (혜적)
조산 (본적)
도응
설봉
암두
현사
운문
나한
법안
조동종
법안종
운문종
임제종
위앙종

부 록

·역대 스님 및 주요 용어 해설

역대 스님 및 주요 용어 해설

가섭존자(迦葉尊者) 석가모니의 제1제자. 두타 제일 대가섭, 마하가섭(摩河迦葉)이라고도 함. 인도 가비라성의 성주. 곡반왕의 아들이라고도 함. 아우 아나률이 출가하여 불문에 들어간 뒤 불법을 존중했다. 쿠살라국의 유리왕이 가비라성을 쳐들어 왔을 때 정반왕 대신 성주가 되었으나 전쟁이 불리하여 강물에 몸을 던져 죽었다 함.

감사(監事) 사찰 일을 감독하고 관리하는 것을 소임으로 하는 사람. 우리 나라에서는 살림을 맡는 사람을 감원이라 부르고 있다.

곽시쌍부(槨示雙趺) 부처님이 입적하실 때 관에서 두 발을 내어 보임을 말함.

관계지한(灌溪志閑) 당나라 임제 스님의 제자. 걸어가다가 서서 입적하여 유명함.

관세음보살(觀世音菩薩) 대자대비를 근본 서원으로 하는 보살. 미타 삼존의 하나로 아미타불의 왼쪽 보처. 관세음이란 세간의 음성을 관한다는 뜻.

겁(劫) 헤아릴 수 없는 시간. 겁파(劫波·劫跛)라 음역한다. 또 분별시분(分別時分), 분별시절(分別時節), 장시(長詩), 대시(大時)라 번역한다. 인도에서는 인간세계의 4억 3천 2백만 년을 1겁이라 한다. 불교에서는 년·월·일로써는 헤아릴 수 없는 아득한 시간을 말한다. 대개 겁을 표현하는 데 개자(芥子)와 불석(拂石)의 두 가지 비유를 든다. 개자겁(芥子劫)이란 둘레 40리 되는 성안에 겨잣씨와 갓씨를 가득 채워 놓고, 장수천인(長壽天人)이 3년마다 한 알씩 가지고 가서 죄다 없어질 때까지를 1겁이라 한다. 또 불석겁(怫石劫) 또는 반석겁(磐石劫)이란 둘레 40리 되는 돌을 하늘 사람이 무게 3수(銖) 되는 천의(天衣)로써 3년마다 한 번씩 스쳐 그 돌이 닳아 없어질 때까지의 기간을 1겁이라 한다. 또 겁에는 대·중·소의 3종이 있다. 둘레 40리 되는 성 또는 돌을 위에서 말한 바와 같이 하는 것을 1소겁, 둘레 80리를 1중겁, 120리를 1대겁이라 한다. 혹은 사람의 나이 8만 4천 세 때로부터 백 년마다 한 살씩 줄어 10세 때까지 이르고, 다시 백 년마다 한 살씩 늘어 8만 4천 세에 이르되, 한 번 줄고 한 번 느는 동안을 1소겁이라

하고 20소겁을 1중겁, 4중겁을 1대겁이라고 한다. 또 한 번 늘거나 한 번 줆을 1, 소겁, 한 번 늘고 한 번 주는 동안을 1중겁이라 한다. 성겁(成劫)·주겁(住劫)·괴겁(壞劫)·공겁(空劫)을 각각 20중겁씩 합하여 80중겁을 1대겁이라 한다. 그러니까 인간의 머리로는 다 헤아릴 수 없는 길고 긴 시간을 결국 겁으로 표현한 것이다.

게송(偈頌) 게는 범어의 음역이다. 경론 가운데 글귀로써 세존의 공덕을 찬양하거나 교리를 기록한 것. 글자 수와 글귀의 수에는 규정이 있어 3자 내지 8자를 1구로 하고 4구를 게송이라 한다.

계(戒) 삼학의 하나. 불교 도덕의 총칭. 범어 〈시라(戒)〉 나 금제(禁制)의 뜻으로 소극적으로는 방비지악(防非止惡)의 힘, 적극적으로는 만선(萬善) 발생의 근본이라 하여 그 작용에 따라 해석한다. 계는 율장에서 말한 것인데 대승계, 소승계의 구별이 있다.

금강경(金剛經) 진나라 구마라즙 번역 등이 있다. 석가모니가 사위국에서 수보리 등을 위하여 처음에 경계가 공(空)하고 다음에 혜(慧)가 공함을 보이고 뒤에 보살공을 밝혔다. 예전부터 이 경을 강설하는 사람이 많았는데 선종에서 중요하게 여긴다.

기봉(機鋒) 기(機)는 수행함에 따라 얻는 심기(心機), 봉(鋒)은 심기의 활용이 날카로운 모양을 말함. 다른 사람을 대할 때 예민한 활용을 말한다.

나가알란수나(那伽閼剌樹那) 석가모니가 돌아가시고 6~7백 년경 남인도 출생으로 대승법문을 널리 전했다. 한역은 용수(龍樹)보살로 알려져 있다.

남악(南嶽) 중국 호남성에 있는 향산. 남쪽에 있기 때문에 남악이라고 함. 선종의 큰 스님. 남악회양, 마조도일 등이 선풍을 일으킴.

남전(南泉) 748~834, 중국 스님. 마조(馬祖) 스님의 제자.

노(盧) 도령 육조 혜능의 어린 시절을 뜻한다. 속성이 노(盧) 씨였기 때문에 그렇게 부른다.

니르바나 열반(涅槃)의 범어. 불교 최고의 이상.

대승(大乘) 사람을 싣고 이상경에 이르는 교법 가운데 교리와 교설과 수행 목적이 크고 깊은 것을 말한다. 크다는 말은 많다는 것을 말하기도 한다. 소승이 나만을 위한 것이라면 대승은 나 외 많은 사람을 말함.

덕산(德山) 782~865, 중국 스님으로 율사(律師). 74세에 입적

대철(大徹) 755~817, 중국 구주 신안 사람으로 성은 축(祝)씨다. 13세 때 살생하는

장면을 본 뒤 고기를 먹지 않고 출가하여 마조 선사의 법을 이었으며 주로 오월(吳越) 지방에서 선풍을 일으켰다.

돈오(頓悟) 소승에서 대승에 이르는 얕고 깊은 차례를 거치지 않고 처음부터 바로 대승의 길로 묘한 교리를 듣고 단번에 깨닫는 것.

마명(馬鳴) 중인도의 마갈타국 사람. 불멸 후 6백 년경에 출세한 대승의 논사. 본디 세도의 집에 나서 불법을 헐뜯다 협존자에게 설복하여 제자가 되었다. 마갈타국을 중심으로 월지국에 들어가 임금의 보호를 받고 대승불교를 전해 시조라 일컬음. 왕사성에서 5백 왕자를 출가케 함. 마명의 이름이 많은데 그 중 6인의 마명이 있다고 함.

마조(馬祖) 709~788, 남악의 회양 스님에게서 법을 받고 선풍을 크게 드날렸다.

만공(滿空) 한국 말기 스님(1872~1946), 호 월면(月面). 속성 은송. 전라북도 태인에서 태어나 13세에 서산 천장사에서 태허 스님을 은사로 득도. 활구를 참하여 도를 얻고 경허 스님의 법을 이었다. 예산 정혜사, 금강산 유점사에서 선풍을 떨쳤다. 정혜사에서 돌아가심. 나이 76세, 법랍 64세.

만암(曼庵) 한국 최 근세 스님.

무간지옥(無間地獄) 무간지옥(無間地獄)은 8열지옥(熱地獄)의 하나다. 범어로 아비(阿鼻) 또는 아비지(阿鼻旨, Avici)라 번역한다. 남섬부주 아래 2만 유순을 지나서 무간지옥이 있다. 그 무간지옥은 몹시 괴로운 지옥으로 위로 1만 9천 유순, 넓이·깊이·길이가 2만 유순이며, 대초열지옥·초열지옥·대규한지옥·규환지옥·종합지옥·흑승지옥·등활지옥 등이 있으며 8열 지옥·사소지옥이 있는데 이 지옥은 염라대왕이 다스린다. 5역죄의 하나를 범하거나 인과를 무시하고 절이나 탑을 무너뜨리거나 성중聖衆을 비방하고 공연히 시주 물건을 먹는 이는 이 지옥에 떨어진다고 한다. 이 고통받는 모양이 여러 경전에 기록되어 있다. 옥졸이 죄인을 붙들고 가죽을 벗기며 그 벗겨낸 가죽으로 죄인의 몸을 묶어 불수레에 싣고, 훨훨 타는 불속에 죄인을 넣어 몸을 태운다. 그리고 야차들이 큰 쇠창을 달구어 죄인의 몸을 꿰거나 입·코·배 등을 꿰어 공중에 던져 괴로움을 준다. 또는 쇠매가 죄인의 눈을 파먹는 등 여러 가지 극심한 형벌을 가한다. 이 지옥에도 흑승黑繩, 등활等活 등의 지옥과 같이 16별처別處가 있다고 한다.

문언(文偃) 운문종(雲門宗)의 시조. 처음 목주(睦州)의 도명(道明)을 찾고 뒤에 설봉의존(雪峰義存)에게 참배하여 깨달음. 소주(韶州)의 운문산 광태원(光泰院)에 있으면서 종요(宗要)를 말했다.

문익(文益) 법안종을 종로로 하여 부르는 법명이며 시호(諡号)는 법안(法眼)이다.

문희(文喜) 중국 당나라 때 무착선사의 이름.

미륵(彌勒) 인도 바라내국의 바라문 집에 태어나 부처님의 교화를 받고 미래에 성불하리라는 수기를 받아 도솔천에 올라가 있으면서, 지금 그 하늘에서 천인들을 교화. 석가모니 입멸 후 56억 7천만 년을 지나 다시 사바세계에 출현. 3회의 설법으로 석가모니의 교화에서 빠진 모든 중생을 제도한다고 한다. 석가모니의 업적을 돕는다 하여 보처(補處)의 미륵이라 한다.

바루 스님의 밥그릇.

반야(般若) 범어를 음대로 썼다. 지혜(智慧)·혜(慧)·명(明)이라 번역. 모든 사물이나 이치를 밝게 꿰뚫어 보는 슬기. 지식과 다름. 보살이 피안에 이르기 위해 수행하는 여섯 가지 행, 즉 6바라밀 중에 마지막 〈반야바라밀〉은 모든 부처님의 어머니라 하여 다른 5바라밀을 형성하는 바탕이 된다.

방거사(龐居士) 이름은 온(蘊), 자는 도현. 당나라 때 형주 사람. 딸 영조에게 입적을 빼앗긴 스님. 그리고 "내 딸이 솜씨가 빠르구나" 했다. 딸의 장례를 치르고 7일 후에 입적함.

방장(方丈) 사방이 1장이 되는 방. 사원의 주지가 거처하는 방. 또는 방 주인.

방편(方便) 근기가 아직 성숙하지 못하여 깊은 교법을 받을 수 없는 이를 위하여 깊은 진실에 들도록 하는 수단 방법을 말한다.

백장(百丈) 720~814, 당 나라 스님. 〈백장청규〉로 유명하다.

백낙천(白樂天) 흔히 백거이(白居易)라고 부른다. 당나라 시인. 호는 향산거사(香山居士). 당나라 시대에 뛰어난 시인. 29세에 진사에 합격하여 벼슬길에 들음. 그때 《장한가(長恨歌)》를 지음. 장한가로 더욱 알려져 이듬해 정7품 벼슬을 하게 되었다. 40대에 어머니가 죽자 3년간 벼슬을 그만 둠. 사형부까지 하다 75세에 죽음. 《백씨문집(白氏文集)》이 있는데 쉬워서 많은 사람들이 애독함.

법계(法界) 법은 유형 무형의 온갖 물질과 어떠한 일이나 이치를 다 들어 말하고, 계는 경계 또는 범위란 뜻이다. 그러므로 온갖 것을 총칭하는 말이다.

법신(法身) 법은 진여. 법계의 이(理)와 일치한 석가모니의 진신. 빛깔도 형상도 없는 본체신. 현실로 인간에 출현한 석가모니 이상으로 영원한 불의 본체. 석가모니의 말씀하는 교법.

법신불(法身佛) 법의 성품인 만유제법의 본체를 법신이라 하고, 법성에 각지(覺知)하는 덕이 있으므로 부처라 한다.

법안(法眼) 중국 스님으로 9세에 출가. 계율 숭상. 법안종의 시조. 74세에 입적.

보리(菩提) 도(道)·지(智)·각(覺)이라 번역. 불교 최고의 이상인 깨달은 지혜, 곧 불과를 말한다. 또는 정각의 지혜를 얻기 위해 닦는 도, 곧 불과에 이르는 길을 말함.

보리달마(菩提達磨) 중국 선종의 초조(~528). 석가모니 이후 28조. 남인도에서 태어남. 본국에서 40여 년간 교화하다 520년 중국에 건너 갔다. 양 무제와의 문답은 유명하다. 숭산 소림사에서 매일 벽을 향해 좌선하기 9년, 혜가에게 법을 전했다. 영안 1년에 입적. 당나라 대종(代宗)이 원각(圓覺)대사라 시호.

보살(菩薩) 보리살타의 준말. 성불하기 위하여 힘쓰는 이의 총칭. 큰마음을 내어 불도에 들어오고, 사홍서원을 내어 육바라밀을 수행하며, 위로는 보리를 구하고 아래로는 중생을 교화한다.

보신불(報身佛) 인위(因位)에서 지은 한량없는 원과 행의 과보로 나타난 모든 덕이 원만한 불신.

보화(普花) 보화종(普花宗)의 개조(開祖). 반산보적의 교화를 받고 깨달음. 요령을 흔들면서 다닌 괴승.

분별심(分別心) 여러 가지를 식별하여 생각하는 마음.

비구(比丘) 출가한 남자 스님. 걸사라고도 함.

비구니(比丘尼) 출가한 여자 스님. 걸사녀(乞士女)라고도 함.

사무량심(四無量心) 한없이 중생을 어여삐 여기는 마음 4가지. 자·비·희·사(慈·悲·喜·捨).

사리불(舍利佛) 부처님의 제자 가운데 지혜 제일 사리불다라(舍利佛多羅) 또는 사리보달라(舍利補怛羅)라 음역. 또 아버지가 실사(室沙)이기 때문에 우파실사(優婆室沙)라고도 한다. 마갈타국 북쪽 나라 촌에서 나서 목건련과 함께 외도 사연(沙然)을 스승으로 섬기다가 세존께 귀의했다. 남을 교화하는 데 힘썼으며 석가 교단 가운데 중요한 지위의 인물이며 세존보다 먼저 죽었다.

사생(四生) 생물이 나는 형식의 4가지. 태생(胎生)·난생(卵生)·습생(濕生)·화생(化生).

사자후(獅子吼) 세존의 설법을 사자의 영각에 비유한 말.

사제(四제) 고·집·멸·도의 4가지 불교의 강격(綱格)을 나타낸 전형으로 유력한 것.

삼계(三界) 생사 유전이 쉴 새 없는 미계(迷界)를 세 가지로 나눈 것. 욕계(欲界)·색계(色界)·무색계(無色界).

삼독(三毒) 탐욕(貪慾)·진에(嗔恚)·우치(愚癡)의 세 가지 번뇌.

삼보(三寶) 불(佛)·법(法)·승(僧)을 삼보라 함.

삼세(三世) 과거·현재·미래, 또는 전생·금생·내생을 말한다. 그 시간의 길고 짧음은 문제가 아니다. 세계란 말은 삼세(三世)와 십계(十界)의 준말. 계(界)는 방

(方)과 같은 뜻. 그러므로 세계란 우주뿐만 아니라 시간까지도 포함해서 말한 것이다.

삼순(三旬) 3개월.

삼십봉(三十棒) 선종의 종장(宗匠)이 선을 배우는 이들을 깨우치는 것으로 포(褒)하고 폄(貶)하는 두 뜻을 포함.

삼아승지겁(三阿僧祇劫) 보살이 부처님의 위치에 이르기까지 수행하는 횟수.

삼천대천세계(三千大天世界) 불교 천문학에서는 수미산을 중심으로 4방에 4대주(大洲)가 있고, 그 바깥 주위를 대철위산(大鐵圍山)으로 둘러쌌다고 한다. 이것을 1세계 또는 1사천하(四天下)라 함.

삼학(三學) 불교를 배워 도를 닦으려는 이가 반드시 닦아야 할 세 가지.
(1)계학-행위와 언어에서 나쁜 짓을 하지 않고 몸을 보호하는 계율. (2)정학-심의식의 흔들림을 그치고 고요하고 편안한 경지를 나타내는 법. (3)혜학-번뇌를 없애고 진리를 철견(徹見)하려는 법.

상나화수(商那和修) 범어 Sanakavāsa. 인도에서 부법장(付法藏)의 3조. 상낙가바사 또는 사나바사로 음역. 중인도 왕사성에서 출생하였으며 아난의 제자가 되어 아라한과로 증득함. 아난이 죽은 뒤 불교 선전에 전력을 다함.

석두(石頭) 700~790, 중국 스님. 6조 스님 문하에서 공부. 석두 화상이라 함.

선지식(善知識) 석가모니가 말씀한 법을 말하며, 다른 이로 하여금 고통 세계를 벗어나 이상경에 이르게 하는 이. 보통 지혜가 밝은 스님을 말함.

선정(禪定) 6바라밀의 하나. 선은 범어 선나(禪那)의 준말. 정은 한문으로 번역한 말. 진정한 이치를 사유하고 생각을 고요히 하여 산란치 않게 하는 것. 마음을 한곳에 모아 고요한 경지에 드는 일.

설두(雪竇) 980~1052, 중국 스님, 어려서 출가하여 운문 스님의 제자가 됐다. 《염고집(拈古集)》 등 저서가 많다. 74세에 입적. 제자가 승속 1백 50여 명이나 됐다.

설봉(雪峯) 821~908, 당나라 스님. 세수 87세에 입적. 선종 스님

설산(雪山) 석가모니가 6년 수도한 산. 인도의 북쪽에 있는데, 산꼭대기에는 언제나 눈이 있다. 히말라야산의 옛 이름.

성도절(成道節) 석가모니가 깨친 날.

소동파(蘇東坡) 중국 당대의 대시인. 선가를 얕보다가 승호(承皓) 선사에게 무너져 오히려 가르침을 받음.

소림굴(少林窟) 달마대사가 있었던 소림사를 말함.

수미산(須彌山) 수미루라고도 함. 번역하여 묘고(妙高)·묘광(妙光)·안명(安明)·선적(善積). 세계의 중앙 금륜 위에 우뚝 솟은 높은산. 둘레에 7산 8해가 있고 또

그밖에 철위산이 둘러 있어 물속에 잠긴 곳이 8만 유순, 물 위에 드러난 곳이 9만 유순이며, 꼭대기의 제석천 중턱은 4왕천의 주처라 한다.

수좌(首座) 선종의 선방에서 한 대중의 우두머리 되는 이. 우리 나라에서는 선원에서 참선하는 스님네를 수좌라 한다.

신광(神光) (1)달마대사의 제자 이름. (2)부처님의 광명

신심명(信心銘) 중국 선종의 제3조인 승찬 스님 지음. 본문은 구절마다 4글자·146구(句), 584자의 운문체로 된 한편 간단하고 명료하며 직절(直截)하게 선리(禪理)의 극치를 노래한 책.

십대 제자(十代弟子) 지혜(知慧) 제일 사리불(舍利佛), 두타(頭陀) 제일 대가섭(大迦葉), 해공(海空) 제일 수보리(須菩提), 신통(神通) 제일 목건련(目犍蓮), 논의(論議) 제일 가전연(迦旃延), 설법(說法) 제일 부르나(富樓那), 다문(多聞) 제일 아난다(阿難陀), 천안(天眼) 제일 아나율(阿那律), 지계(持戒) 제일 우바리(優婆離), 밀행(密行) 제일 라후라(羅睺羅) 등 열 제자.

십호(十號) 부처님을 일컫는 열 가지 명호. 여래(如來)·응공(應供)·정변지(正遍知)·명행족(明行足)·선서(善逝)·세간해(世間解)·무상사(無上士)·조어장부(調御丈夫)·천인사(天人師)·불세존(佛世尊) 등 열 가지 공덕상을 말함.

쌍림(雙林) 석가모니 부처님이 입멸하신 곳. 부처님이 입멸하신 보상(寶床)의 네 귀에 4쌍 8본(本)의 사라수(沙羅樹)가 있었다.

아난(阿難) 석가모니 부처님의 제2제자.

아미타불(阿彌陀佛) 대승불교의 중요한 부처님. 무량수불이라고도 함. 오랜 옛적 과거세에 세자재왕불(世自在王佛)의 감화를 받은 법장이 2백 10억의 많은 국토에서 훌륭한 나라를 택하여 이상국을 건설하기를 기원. 또 48원을 세워 장구한 수행 후 성불하였다.

아습박구사(阿濕縛窶沙) 외도의 청년 논사. 중인도 마갈타국에서 탄생. 외도에서 배운 학식과 변재로 불교를 헐뜯고 다니다가 협존자에게 설복되어 불교에 공헌했다.

약산유엄(藥山惟儼) 중국 스님. 속성이 유엄. 흔히 세상에서 약산이라 부른다. 영산회조에게 배움. 어떤 스님이 의심이 있다 하므로 약산 스님이 "저녁에 오라" 하고 의심을 풀어 달라는 스님의 멱살을 잡고 "이 중이 의심이 있다네" 하면서 밀쳐 버리고 방장으로 들어 갔다. 이를 약산결의(藥山決疑)라 한다.

앙산(仰山) 815~891, 중국 스님. 위앙종의 시조.

여래지(如來地) 지금까지의 부처님과 같은 길을 걸어서 간 열반의 피안. 따라서 이

상경의 장소.

열반(涅槃) 모든 번뇌의 속박을 끊어버리고 괴로움에서 벗어난다는 뜻이므로 도탈(度脫) 혹은 자유자재라고도 한다. 또는 해탈의 딴 이름으로도 쓰인다. 열반은 불교의 이상으로서 여러 가지 속박에서 벗어난 상태이므로 곧 '해탈' 이라고도 할 수 있다. 곧 생사를 초월해서 불생불멸의 법을 체득한 경지.

열반절 석가모니가 열반에 든 날.

염화미소(拈華微笑) 세존이 영산회상(靈山會上)에서 법좌에 올라 말없이 꽃을 들고 있을 때 마하가섭이 히죽 웃었다. 이때 "마하가섭에게 부촉하노라" 하여 이심전심(以心傳心)으로 뜻을 충분히 표현한 것을 말함.

영산회상(靈山會上) 석가모니가 영축산에 있으면서 설법하던 때를 말함. 주로 여기에서 법화경을 설했다.

영우(靈祐) 위앙종(潙仰宗) 초조 15세에 출가하여 23세에 백장의 제자가 됨. 대위산에 절을 짓고 교화함. 대원산사라고도 하며 제자 혜적(慧寂)은 앙산에서 교세를 확장하였다. 영우·혜적파를 위앙종이라 함.

오가칠종(五家七宗) 중국 남종선(南宗禪) 분파의 총칭. 임제·위앙·조동·운문·법안의 5종을 일컫는다. 칠종은 그 밑에 임제로부터 양기·황룡 2종을 더하여 칠가라 한다.

용수(龍樹) 인도의 대승불교를 드날린 이. 불멸 후 6, 7백 년경 남인도 사람. 인생의 향락을 좇아 궁녀들과 정을 통하다가 탄로나 두 명은 죽고 용수만은 간신히 죽음을 면하여 향락은 괴로움의 근본임을 깨닫고 소승 3장을 배우다가 설산으로 들어갔다. 나중에 대승경전을 읽고 화엄경을 읽어 통달했다 남천측의 철탑을 열고 금강정경을 얻었다고 한다. 그를 제2의 서가 또는 8종의 조사라고 일컫는다.

용심(用心) 마음을 씀.

위산(潙山) 771~853, 중국 스님. 15세에 출가. 백장(百丈) 선사의 제자가 되었다.

위의(威儀) 위엄있는 용모, 손을 들고 발을 내딛는 것이 모두 규칙에 맞게 방정하여 숭배할 생각을 내게 하는 태도.

원오화문(圓悟禍門) 우주의 진리는 문자로 표현할 수 없는 것인데 억지로 설명하다가 참됨을 잃게 되는 것을 경계하는 말.

운문(雲門) ?~949, 중국 스님. 운문종의 시조. 중국 고소 가흥 사람. 처음 목주의 도명 스님을 찾고 뒤에 설봉 스님에게 참배하여 크게 깨달았다.

유마(維摩)거사 석가모니의 속제자(俗弟子). 유마힐, 비마라힐(毘摩羅詰) 등이라 음역. 인도 비야리국 장자로서 속가에 있으면서 보살 행업을 닦은 이. 그 수행이 갸륵하여 불제자로도 미칠 수 없었다고 한다.

육도(六途) 중생들이 윤회하여 돌아다니는 천상 · 인간 · 아수라 · 지옥 · 아귀 · 축생의 여섯 길. 나아가서는 정신상의 온갖 분별을 이른다.

육조단경(六祖壇經) 6조 혜능이 소주 대범사(大梵寺)의 단위에서 말한 법을 원나라 종보(宗寶)가 1920년 엮은 책. 《법보단경(法寶壇經)》이라고도 함. 경이라 한 것은 뒷사람이 그 법을 존경하여 부른 말이다.

육조혜능(六祖慧能) 638~713, 중국 선종은 달마대사를 초조로 삼고 그로부터 6대 되는 혜능을 6조라 한다. 속성은 노(盧)씨. 지금의 공동성 조경부 신흥에서 태어났다. 어릴 때부터 무척 가난하여 공부를 못했다. 24살 때 장터에서 어떤 스님이 《금강경》 읽는 소리에 마음이 열린 바 있었다. 그 스님의 지시로 황매산에 가서 오조 홍인(弘忍) 대사에게 인가를 받았다. 소양 조계산에서 설법을 크게 일으키니 제자만 40여 명이 되었다. 당나라 현종 개원 1년에 76세로 입적.

윤회(輪廻) 사람이 죽었다가 나고 났다가 죽어 몇 번이고 이렇게 반복함을 말한다. 육신이 죽으면 생전에 지은 업적에 따라 지옥 · 아귀 · 축생 · 수라 · 천상, 또는 다시 인간으로 수레바퀴 돌 듯 돌아다니게 된다는 것.

일지두(一指頭) 구지화상(俱胝和尙). 지두(指頭)에 천지를 다 포섭한 말. 우연히 항주 천룡이 오기에 물었더니 천룡이 한 손가락을 펴 보였다. 구지가 홀연히 깨닫고 제창하는 대신 한 손가락을 세우게 되어 유명해짐.

은봉(隱峰) 당나라 스님, 마조 스님의 법사로 기괴한 일을 많이 함. 입적할 때 거꾸로 서서 입적한 것으로 유명함. 등씨 성이므로 등은봉으로 일컬음.

임제(臨濟) ?~867, 중국 스님. 이름은 의현(義玄). 황백 스님의 제자. 임제종의 시조.

자명(慈明) 987~1040, 중국 스님. 석상화상(石霜和尙)이라고도 함.

자장율사(慈裝律師) 신라의 큰스님. 636년(선덕왕 5년) 제자 승실 등과 함께 당에 건너가 청량산에서 문수보살을 친견하고 귀국. 정암사 등 많은 절을 지었다. 《출관창법》등 저서도 있다.

정토종(淨土宗) 무량수경과 십륙판경과 아미타경을 천친의 왕생으로 삼으며 소의(所依)를 삼는 종파. 육조 혜능이 정토종의 초조가 되고 선도(善導) · 승원(承遠) · 법조(法照) · 소강(小康)과 그 뒤 연수(延壽) · 성상(省常) · 원소(元炤)로 이어옴. 노힐부득과 달달박박도 정토종에 속함.

제석천왕(帝釋天王) 제는 인디라의 번역, 석은 서가의 음역. 한문과 범어를 함께 한 이름. 수미산의 정상 도리천의 임금. 선견성에 있어 4천 왕과 32천을 통솔하면서 불법과 불법에 귀의하는 사람을 보호하여 아수라의 군대를 정벌한 하늘 임금.

조계(曹溪) 중국 광동성 소주부의 동남리 30리, 쌍봉산 아래 있는 땅 이름. 그곳에 조계라는 강이 있다. 육조 혜능이 이곳에 보림사를 짓고 선풍을 크게 드날렸다. 혜능의 유골을 이곳에 묻었다.

조동종(曺洞宗) 선종 5가의 하나. 6조 혜능이 조계에 있으면서 법을 전하고 그의 6세손 양개(良介)가 동산(洞山)에서 도를 넓혀서 도동종이라 일컬었다. 2조 조산(曺山)과 1조 동산의 이름으로 종명을 삼았다 함.

조사(祖師) 1종 1파의 선종. 선덕(善德)으로 후세 사람들의 존경을 받는 스님. 보통은 1조 1파를 세운 스님을 부르는 말. 부처님의 바른 종지(宗旨)를, 즉 선법을 전하는 스승을 말함. 종사라고도 함.

조원(祖元) 중국 임제종. 호는 자원(子元). 향주의 북간(北磵)에게서 출가함. 5년 후 경산의 무준(無準)에게 의존함. 석계・언계・물초 등을 찾고 무애한 기용을 얻음

조주(趙州) 778~897, 중국 스님. 임제종 남전(南泉)의 법제자. 120세에 입적. 어록(語錄) 3권이 있는데, 그의 교화가 참으로 크게 떨쳐 조주고불(趙州古佛)이라 일컫는다.

총림(叢林) 불교의 선원・강원・율원・염불원 등 모든 요소를 다 갖춘 곳.

좌탈입망(坐脫立亡) 선정의 힘이 충실하면 육신의 생사를 자유로이 할 수 있다. 수행자가 대개 앉아서 고통없이 가는 것은 오로지 이 선정의 힘이다.

주장자(柱杖子) 법의 상징. 지팡이 형상이다.

중생(衆生) 참 성품을 잃어버리고 망녕된 생각들이 분주하게 일어났다 꺼졌다 하므로 온갖 세계에 돌아다니면서 낳다 죽었다 하는 정식(精識)이 있는 모든 것을 이른다. 따라서 사람 외에 모든 동물을 포함한다. 유정(有精)・함영(含靈)・함식(含識)・군맹(群萌)・군품(群品) 같은 말로도 표현함.

진표율사(眞表律師) 신라 스님. 경덕왕 때의 율사.

천상(天上) 6조의 하나. 육계(六界)・색계(色界)・무색계(無色界)의 여러 하늘. 천계(天界)・천도(天道)로도 씀.

천칠백공안(千七百公案) 공안은 고칙(古則)・화두(話頭)라고 함. 관공서의 문서, 곧 공정하여 범치 못할 법령이며, 그 법령에 의지하여 옳고 그른 것을 판단하는 표준이란 뜻. 선종의 큰스님들이 심지를 밝게 깨달은 기연, 또는 학인을 인도하던 사실을 기록하여 후에 공부하는 규범이 된 것. 그 예가 1천 7백 가지.

청량산(淸凉山) 중국 산서성 오대현에 있는 오대산의 다른 이름.

출가절(出家節) 석가모니가 출가한 날.

탁발(托鉢) 걸식(乞食). 손에 바루를 들고 집집마다 다니면서 얻어 먹는 것을 말한다. 수행의 한 방편.

팔만사천법문(八萬四千法門) 팔만사천교문(八萬四千敎門) 또는 팔만사천법장(八萬四千法藏)이라고도 함. 부처님의 일대 교법을 통틀어 일컫는 말. 중생에게 8만 4천의 번뇌가 있으므로 이것을 대처하기 위하여 8만 4천의 법을 말하였다 함.

피안(彼岸) 범어 바라밀다의 번역. 모든 번뇌에 얽매인 고통의 세계인 생사고해를 건너서 이상경인 열반의 저 언덕에 도달하는 것.

행주좌와(行住坐臥) 일상의 기거동작인 네 가지 위의(威儀). 다니고, 머물고, 앉고, 눕는 일.

황벽희운(黃蘗希運) ?~850, 중국 스님. 황벽은 중국 복건성에 있는 산으로 황벽나무가 많아 황벽이라고 함. 어려서 신동이라 불릴 만큼 영리했다. 백장 스님 문하에서 깨쳤음.

해제(解制) 불가에서 일 년 중 겨울(3개월), 여름(3개월)에 걸쳐 공부 기간, 즉 안거를 둔다. 이 안거에 들어가는 것을 결제라 하고 끝마치는 것을 해제라 한다. 이 해제를 하면 세상을 돌아보며 또다른 공부를 한다.

협(脇) 인도의 스님. 파율습박(波栗濕縛) 파사(波奢)로 음역. 소승 부유종 사람. 600년 후에 가니색가왕에게 전하여 가습미라에 5백 비구니를 모아 세우(世友)와 함께 제4결집(結集)을 행한 것으로 유명함.

혜가(慧可) 487~593, 중국 선종 2조. 40세에 달마대사 앞에서 왼팔을 끊어 법을 받았다. 552년 제자 승찬에게 법을 전하고 1백 7세에 입적.

홍인(弘忍) 중국 당나라 스님. 중국 선종의 오조(五祖). 대만 스님이라 하고 황매산 동산에 탑을 세웠다.

화상(和尙) 범어로 오파타야(鄔波馱耶)라 음역. 오사(烏社)·화사(和社)·화상(和上)이라고도 한다. 친교사(親敎師)·역생(力生)·의학(依學)·근송(近誦)이라 번역. 본래는 아사리와 함께 수계사인 스님을 말하는 것이나 후세에는 덕이 높은 스님을 가리키는 말이 됐다.

화신불(化身佛) 중생들을 제도하기 위하여 알맞은 대상으로 화현하는 것. 부처님 형상이 아닌 용귀(龍鬼)로 나타나기도 하고 중생의 모습으로 나타나기도 한다.

활구(活句) 선종에서 사구(死句)와 활구를 말한다. 의미가 있고 의로가 통하는 말을 사구, 의로가 통하지 않고 의미를 알 수 없는 말을 활구라 한다. 이는 말자취가 있고 뜻이 붙으면 선법이 아니란 뜻. 어디에나 걸리게 되면 죽은 말이 되기 때문이다.